Irene Scharenberg

Aus dem Nichts

Handlung und Figuren dieses Romans entspringen der Phantasie der Autorin. Darum sind eventuelle Übereinstimmungen mit lebenden oder verstorbenen Personen zufällig und nicht beabsichtigt. Nicht erfunden sind Veranstaltungen, Institutionen, Straßen und Schauplätze im Ruhrgebiet.

Originalausgabe Oktober 2022

©Prolibris Verlag Rolf Wagner, Rasenallee 23 d, 34128 Kassel
buero@prolibris-verlag.de
Titelbild © Günter Pilger
Schriften: Linux Libertine
Druck: OSDW AZYMUT Sp. z o. o., Daimlera 2, 02-460 Warszawa, Polen
ISBN: 978-3-95475-242-3

www.prolibris-verlag.de

Irene Scharenberg

Aus dem Nichts

Kriminalroman aus dem Ruhrgebiet

Prolibris Verlag

Die Autorin

Irene Scharenberg ist in Duisburg aufgewachsen und hat hier Chemie und Theologie für das Lehramt studiert.

Seit 2004 sind zahlreiche ihrer Kurzgeschichten in Anthologien und Zeitschriften erschienen und in Wettbewerben ausgezeichnet worden. 2009 gehörte die Autorin zu den Gewinnern des Buchjournal-Schreibwettbewerbs, zu dem mehr als 750 Geschichten eingereicht wurden.

Irene Scharenberg ist verheiratet und hat zwei erwachsene Töchter. Auch wenn sie heute am Rande des Ruhrgebiets in Moers lebt, so ist sie doch nach wie vor ihrer alten Heimat Duisburg und dem gesamten Pott sehr verbunden. »Aus dem Nichts« ist ihr elfter Kriminalroman.

Für meine Familie

Prolog

Imke Bielstett warf ihre langen blonden Haare nach hinten und steuerte eilig auf einen Seitenausgang des Polizeipräsidiums zu. Sie hatten hier einen gemeinsamen Einsatz mit Duisburger Kollegen geplant. Der leicht füllige Martin Wiese, wie sie aus der Polizeiwache Moers, lief dicht hinter ihr. Ehe sie die Tür erreicht hatte, holte er sie ein. Leise seufzte sie. Sie mochte es nicht, wenn er ihr so nahe kam. Ohnehin war sie genervt von dem heutigen Dienst mit mindestens einer Situation, die beinahe eskaliert wäre. Und dann diese Besprechung, mit der sie drei weitere Überstunden angesammelt hatte.

Vielleicht hätte sie das alles locker weggesteckt. Aber die ständigen Pöbeleien gegen sie und ihre Kollegen zeugten von einer wachsenden Respektlosigkeit gegenüber der Polizei. Das trübte mehr und mehr Imkes Freude an dieser Arbeit. Dazu die Aussicht, dass es im Laufe der Dienstjahre wahrscheinlich nicht besser, allenfalls schlimmer werden würde. Ein junger arroganter Mann mit vollständig tätowiertem Hals, dafür ohne Licht am Fahrrad, hatte heute versucht, sie anzuspucken, weil sie es gewagt hatte, ihn zu belehren. Sie sollte diese Erlebnisse für ein Buch zusammenstellen. Es würde wohl ziemlich dick.

»Du willst also wirklich kein Bier mit mir trinken?«, fragte Martin Wiese, während sie zügig an seinem neuen Mazda vorbeilief, mit dem sie gemeinsam von Moers nach Duisburg gefahren waren. Dabei drückte er seine Hand so fest gegen die geöffnete Fahrertür, dass die Knöchel weiß hervortraten. »Nach dieser beschissenen Schicht. Sich einmal den ganzen

Ballast und Frust von der Seele reden, sich gemeinsam davon erholen. Nicht sofort in den gewohnten vier Wänden alleine vor der Glotze hocken. Imke, bitte.« Martin Wiese suchte ihren Blick, aber sie wich ihm konsequent aus. »Irgendwo bei dir in Duisburg«, versuchte er es trotz dieser deutlichen wortlosen Abfuhr weiter, »wo du es anschließend nicht weit zu deiner Wohnung hast. Natürlich fahre ich dich auch gerne nach Hause.« Er stieß einen zischenden Ton aus und ließ die Hand sinken.

Wusste er denn, wo sie wohnte? Duisburg war schließlich eine Großstadt mit etlichen Stadtteilen und kein kleines Dorf. »Nein, ich bin müde und überhaupt ...«, erklärte sie laut. Warum verstand ihr Kollege nicht, dass sie keinerlei Interesse an einer Beziehung mit ihm hegte und die Trennung von Patrick daran nichts geändert hatte?

»Na dann, bis morgen«, erwiderte Wiese mit neutraler Stimme.

Trotzdem spürte sie, dass es ihm schwerfiel, mit der Enttäuschung umzugehen. Sie merkte es an der steilen Falte auf seiner Stirn, der leicht hervorgetretenen Ader an seinem Hals und an der Art, wie er beide Daumen gegeneinanderpresste, eine Angewohnheit, die sie noch bei keinem anderen Menschen beobachtet hatte. Zum Abschied tippte sie kurz mit zwei Fingern an die Stirn, dann drehte sie sich abrupt um und trat den Heimweg an.

Imke Bielstett wohnte wenige Gehminuten vom Theater entfernt. Normalerweise fuhr sie mit dem Zug zur Polizeiwache Moers, obwohl man die Pünktlichkeit des *Niederrheiners* in letzter Zeit nur als katastrophal bezeichnen konnte. Wenn sie dienstlich in Duisburg zu tun hatte, was ab und an durchaus vorkam, genoss sie den kleinen Marsch vom Präsidium zu ihrer Wohnung. Jeder Meter schien Distanz zu ihrer Arbeit zu schaffen.

Heute war das vollkommen anders. In ihrem Kopf kreisten so viele beunruhigende Gedanken. Martins Versuche, sie zu einem Drink nach Feierabend oder gar einem privaten Treffen in der Freizeit zu überreden, häuften sich. Dabei hatte sie ihm schon einige Male zu verstehen gegeben, dass sie erst einmal das Singledasein ohne Verpflichtungen genießen wollte. Und bei einer lockeren Affäre mit einem Arbeitskollegen, genau wie mit Vorgesetzten, waren Komplikationen vorprogrammiert. Nach der Trennung von Patrick hatte sie sich dummerweise mit Mister Big eingelassen. Auch wenn sie das Verhältnis rasch beendet hatte, würde sie denselben Fehler nicht noch einmal begehen. Mensch, was hatte der sie gegängelt, nur weil er beruflich mehr Erfahrung aufweisen konnte als sie.

Die Trennung von Patrick war wirklich schwer genug gewesen. Im Gegensatz zu Mister Big hatte er lange gebraucht, um den Schlussstrich zu akzeptieren, besonders weil er gleichzeitig die Demütigung vor den Kollegen wegstecken musste, wie er immer wieder betont hatte. Sie erinnerte sich mit Schaudern an die vielen Anrufe, mit denen Patrick sie bombardiert hatte, an das ständige Beschatten. Nirgendwo hatte sie sich sicher gefühlt. Normalerweise hätte sie die Polizei eingeschaltet, aber wie hätten die Kollegen bei einem Vorwurf gegen einen von ihnen reagiert? Sie konnte sich lebhaft vorstellen, dass fast die komplette männliche Mannschaft nicht auf ihrer Seite gewesen wäre.

Allenfalls Christian Stolpe hätte wohl zu ihr gehalten. Er zeigte sich immer so verständnisvoll. Nach einem nervenaufreibenden Streit mit Patrick hatte er sie einmal voller Mitgefühl in den Arm genommen und ihr ganz kameradschaftlich auf die Schulter geklopft. »Ich bin dir hoffentlich nicht zu nah gekommen«, hatte er hinterher gefragt und sie schuldbewusst angesehen. Zu ihrem Erstaunen merkte Christian ihr ein Problem immer an und versuchte, ihr so weit wie möglich zu helfen. Einen Mann wie ihn an der Seite zu haben, hätte schon was. Leider zog er sie körperlich kein bisschen an. Nicht unattraktiv, aber zu durchschnittlich.

Eigentlich ging es mit ihrem Seelenleben erst wieder aufwärts, seit Patrick beabsichtigte, die Stelle zu wechseln, und die Fühler in Richtung seiner Heimatstadt Datteln ausstreckte. Imke Bielstett schob eine vorwitzige Locke hinter das Ohr.

Aus einem unergründlichen Impuls heraus schaute sie sich um. Abgesehen von einigen Jugendlichen auf der anderen Straßenseite bemerkte sie knapp hundert Meter entfernt ein älteres Paar. In ihrem Windschatten lief eine weitere Person, die sie jedoch nicht deutlich sehen konnte. Imke gab ein Geräusch von sich, das wie eine Mischung aus Seufzen und Schnaufen klang. Warum fiel es ihr so schwer, sich zu entspannen? Lag das an der heute extremen Belastung durch die Arbeit oder eher an Martin Wieses zunehmender Aufdringlichkeit?

Erneut drehte sie den Kopf. Das Paar schickte sich an, die Fahrbahn zu überqueren, die dritte Person befand sich immer noch hinter den beiden. Gemeinsam liefen sie los. Imke starrte ihnen nach, bis der kleine Trupp in einer Seitenstraße verschwunden war. Der dritte Typ hatte irgendwie den Eindruck erweckt, als wolle er sich lieber verborgen halten. Sie hatte ihre Augen angestrengt, aber sie hatte ihn nicht deutlich sehen, geschweige denn beschreiben können. Ein Mann mittlerer Größe, mehr hätte sie nicht zu Protokoll zu geben. *Jetzt komm mal schleunigst runter von dem Trip,* sagte sie laut zu sich selbst.

Manchmal fragte sie sich, ob sie richtig gehandelt hatte, sich für den Polizeidienst zu entscheiden. Sie hatte dafür eine Ausbildung zur Goldschmiedin aufgegeben, die ihr großen Spaß bereitet hatte. Aus heutiger Sicht konnte sie die Gründe kaum nachvollziehen. Ihr erster Freund war Polizist gewesen, sie hatte ihn bewundert und noch mehr geliebt. So oft sie sich an Tom erinnerte, wurde sie traurig. Selbst nach so langer Zeit. Warum hatte sie diese blöde Intrige einer vermeintlichen Freundin nicht durchschaut und mit diesem liebenswerten Mann Schluss gemacht? Für einen Neuanfang hatte sie das falsche Spiel zu spät erkannt. Um ihm trotzdem wieder nah zu sein, war ihr nichts Gescheiteres eingefallen, als selbst Polizistin zu werden. Statt sich vor Verleumdungen besser zu schützen, war sie auf Patrick reingefallen. Sie hatte sich eingebildet, in ihm einen zweiten Tom zu finden, nur weil er denselben Beruf ausübte. Sie versuchte zu lachen, es klang jedoch eher wie der Beginn eines Klageliedes.

Plötzlich hörte sie ein Geräusch. Außerdem hatte sie das Gefühl, jemand liefe dicht hinter ihr. Sie drehte sich ruckartig um. Obwohl sie niemanden erkennen konnte, spürte sie, dass sich eine Person in ihrer Nähe befand. »Paranoia lässt grüßen«, sagte sie laut und verzog das Gesicht zu einem schiefen Grinsen.

Imke hatte inzwischen den Kant-Park erreicht. Immer wenn sie im Duisburger Präsidium zu tun hatte, durchquerte sie nach Dienstschluss die kleine grüne Lunge der City – selbst in der Dunkelheit. Um einige Meter abzukürzen und etwas sauerstoffreichere Luft einzuatmen. Okay, gelegentlich hielten sich hier Junkies auf, aber die hatten sie bisher nicht belästigt. Außerdem war sie durchaus in der Lage, sich zu wehren. Heute zögerte sie, den Park zu betreten. Sie schüttelte über sich selbst den Kopf. Was war nur mit ihr los? Hatte ihr der Arbeitstag mehr zugesetzt, als sie wahrhaben mochte? Imke eilte weiter. Auf einmal hörte sie dicht hinter sich ein Knacken. Hastig wandte sie sich um. Mit den Augen suchte sie den beleuchteten Teil des Parks ab, dann die abseits des Weges liegenden Bäume und Sträucher.

Knack, da war es wieder. Sicher nur ein Kleintier, versuchte sie sich zu beruhigen. Trotzdem beschleunigte sie ihren Schritt. Auch ihr Atem ging schneller. Das Gefühl, dass sich jemand in ihrer unmittelbaren Nähe aufhielt, wollte nicht weichen. Erneut drehte sie sich um. In diesem Moment sah sie eine Gestalt im Gebüsch verschwinden. Einer der Junkies, der mal urinieren musste? Nein, dazu war die Person zu kräftig, nicht so ausgemergelt wie ein Drogensüchtiger. Eher wie ein normal gebauter Mann mittlerer Größe, von denen sie Dutzende kannte. Zu ihrer Beruhigung trug er keine Polizeiuniform. Bei dieser Überlegung verzog sie den Mund zu einem schiefen Grinsen, dann lachte sie auf. Es klang seltsam verkrampft. Sie dachte an ihre Dienstwaffe, die ordnungsgemäß auf der Wache lag. Mit ihr in der Hand hätte sie in dem Gebüsch totsicher nachgesehen, so erschien ihr das zu gefährlich.

Imke wartete kurz ab, dann setzte sie ihren Weg fort, konzentriert und wachsam. In der Ferne heulte ein Martinshorn und übertönte alle Geräusche in ihrer Umgebung. Der Heulton wurde zunehmend lauter. Wenn sie selbst oder eine andere

Person jetzt in Not geriete, hätte sie kaum eine Chance, sich bemerkbar zu machen, schoss es ihr durch den Kopf und ließ sie frösteln. Ruckartig drehte sie sich um. Imke erkannte den beleuchteten Weg und starrte dann zu beiden Seiten in die Dunkelheit. Angst schnürte ihr unerwartet die Kehle zu, aber es bereitete ihrem Verstand große Mühe, sich dieses Gefühl einzugestehen. Schließlich war sie eine toughe Polizistin und nicht irgendeine wehrlose Frau.

Imke hatte einige Meter zurückgelegt, da nahm sie eine Bewegung hinter ihrem Rücken wahr. Adrenalin überflutete augenblicklich ihren Körper. Angreifen oder Flucht? Für den Bruchteil einer Sekunde wog sie die Möglichkeiten ab, dann spurtete sie los. Es geschah instinktiv, normalerweise hätte sie sich erst einmal vergewissert, wer ihr so nah getreten war. Etwas in ihrem Inneren spürte jedoch Gefahr und befahl ihr, fortzulaufen. Sie gehorchte dem Gefühl und rannte. In ihrem Kopf fuhren die Gedanken Achterbahn. Sie keuchte, ihr Herz klopfte heftig, aber sie glaubte, Abstand zu gewinnen. Bald konnte sie es riskieren, sich umzusehen. Sie wollte sich gerade im Laufen drehen, da stolperte sie. Ein höllischer Schmerz durchschoss ihr linkes Knie. Imke blieb keine Zeit, die Stelle zu ertasten.

Im nächsten Moment beugte sich jemand über sie. Ein kräftiges Bein drückte auf ihren rechten Unterarm. Ehe sie einen klaren Gedanken fassen konnte, versuchte der Angreifer, auch den anderen Arm zu fixieren. Imke wehrte sich heftig. Sie boxte gegen die Wade ihres Gegners und rief laut um Hilfe. Der Schrei ging in dem Heulton des Martinshorns unter. Während sich das Einsatzfahrzeug entfernte, legte sich etwas um ihren Hals. Ein Strick, ein Seil? Panik ergriff sie. Schweiß drang aus allen Poren, ihr Herz pochte heftig. Hilfe, sie bekam keine Luft mehr. Mit der freien Hand zerrte sie an dem Strang. Vergeblich. Die Schlinge zog sich unerbittlich zu, bis ihre Muskeln schließlich erschlafften.

1

Pielkötter zog sich die Jacke an, schielte zu seinem ungewöhnlich aufgeräumten Schreibtisch und verließ das Büro. Im Flur begegnete ihm Barnowski.

»Chef, welch seltener Anblick.« Sein Mitarbeiter, der sich für Pielkötters Geschmack oft zu flapsig gab, sah ihn aus großen Augen an. »Sie machen tatsächlich schon Feierabend? Sonst scheren Sie sich doch nicht darum, ob Sie die vorgegebene Stundenzahl einhalten. Also, in dieser Phase ... wie heißt die noch? Und ob unser allseits beliebter Vorgesetzter Kriminaloberrat Plötsche Ihnen deswegen mal wieder die Hölle heißmacht.«

»Sie meinen die Wiedereingliederungsmaßnahme«, erwiderte Pielkötter nüchtern. »Aber ich verlasse das Präsidium nicht, um Plötsche zufriedenzustellen, sondern aus privaten Gründen.«

»So, so!« Barnowskis Gesicht mit dem jugendlichen Lächeln und den reizenden Grübchen kam bei Frauen jeden Alters gut an, in diesem Moment wirkte es jedoch nicht gerade intelligent.

Pielkötter überlegte, ob er seinen Mitarbeiter mit dem erstaunten, fast schon etwas dümmlichen Gesichtsausdruck zurücklassen durfte, entschloss sich dann aber, eine kurze Erklärung abzugeben. »Ich brauche ein Geschenk für meine Frau. Vielleicht finde ich etwas bei einem Juwelier auf der Königstraße oder sonst irgendwo in der Innenstadt. Eigentlich war ich schon ewig nicht mehr in der City.«

Barnowski schien eine Frage auf den Lippen zu liegen, schluckte sie jedoch hinunter. Wahrscheinlich ging ihm durch den Kopf, ob Pielkötters getrennt lebende Frau inzwischen wieder bei ihm eingezogen war. »Na dann, wünsche ich Ihnen ein glückliches Händchen bei der Auswahl«, brachte er nach einigem Zögern hervor.

Pielkötter hatte das Präsidium noch nicht verlassen, da klingelte sein Diensthandy. Missmutig verzog er das Gesicht. Der Anruf kam von Kriminaloberrat Plötsche. Was wollte der denn? Jetzt hielt er sich an die Vorschrift und machte Feierabend wie vom Arzt verordnet, und was passierte? Sein Vorgesetzter kam ihm in die Quere. Mit heruntergezogenen Mundwinkeln änderte er die Richtung und steuerte auf Plötsches Büro zu.

»Sie wollten mich sprechen?«, kam Pielkötter ohne Begrüßung zur Sache.

»Ja, es geht um eine Fortbildung«, antwortete Plötsche mit einem einladenden Lächeln. »Aber setzen Sie sich doch erst einmal. Darf ich Ihnen etwas anbieten? Kaffee vielleicht oder etwas Kaltes?«

Pielkötters Alarmglocken schrillten. Auf keinen Fall würde er sich von dem freundlichen Getue einlullen lassen. Plötsche teilte ihm garantiert etwas mit, das ihm nicht behagen würde. Und das war bestimmt noch untertrieben. Die Information, Anweisung oder Aufgabe, egal, um was es sich handelte, würde ihn tierisch ärgern, dessen war sich Pielkötter sicher. »Nein danke, ich möchte nichts trinken«, erwiderte er in einem Ton, der eine Spur eisig klang.

»Um es kurz zu machen. Jede Kreispolizeibehörde und jedes Polizeipräsidium wird angehalten, einen Vertreter zu einer zentralen Fortbildung zu schicken, die diesmal in Münster stattfinden wird.«

»Und dabei haben Sie direkt an mich gedacht.« Pielkötters Muskeln spannten sich an.

Plötsche faltete seine Hände und drehte die Innenseiten nach außen, als veranstalte er irgendwelche Dehnübungen. »Nun, ich sehe da keinerlei Einwände. Eher Vorteile. Sie stammen doch aus Münster und ein paar Tage in Ihrer alten Heimatstadt zu verbringen, müsste doch auch ...«

»Das ist doch nicht der eigentliche Grund«, fiel Pielkötter seinem Vorgesetzten ins Wort. Ärgerlich wischte er sich den Schweiß von der Stirn, der sich urplötzlich gebildet hatte. »Das können Sie mir nicht ernsthaft erzählen.«

»Nein, das ist natürlich nur ein Punkt, der für Sie als Kandidaten spricht.« Aus Plötsches Stimme war inzwischen jede Spur von Freundlichkeit gewichen. »Rein vom Thema ist das K11 am besten geeignet. Und ich möchte hier keinen Mann entbehren, der voll funktionsfähig ist. Auf Sie trifft das ja nun mal leider nicht zu.«

Pielkötter wäre am liebsten aufgesprungen und aus dem Büro gestürmt, allerdings war Plötsche nicht nur sein Vorgesetzter, sondern hatte in diesem Punkt sogar Recht. Im Notfall würde er sich immer noch nicht hundertprozentig verteidigen können. Aber glich seine Spürnase das nicht zum großen Teil aus?

»Sie dürfen dabei auch nicht vergessen, dass Ihre Wiedereingliederungsmaßnahme noch nicht ganz abgeschlossen ist, auch wenn Sie den Dienst nun fast wieder im vollen Umfang versehen dürfen.« Plötsche blätterte in einem Papierstapel auf seinem Schreibtisch herum, als ließen sich dort weitere Argumente finden. »Das Thema der nächsten Fortbildung ist höchst interessant«, erklärte er. »Gerade für Sie als Ermittler. *Einblick in die Psyche von Serienmördern.* Soweit ich mich erinnere, hatten Sie es bei Ihrem ersten Fall in Duisburg doch auch mit einem Serienmörder zu tun.«

Pielkötter nickte gezwungenermaßen. Sicher schadete ein solcher Einblick nicht, auch wenn zum Glück im Moment kein derartiger Täter in ihrem Zuständigkeitsbereich sein Unwesen trieb.

»Na also, dann sind wir uns ja einig. Und wenn Sie von der Fortbildung zurückgekehrt sind, wirken Sie hier als Multiplikator.« Plötsches Miene drückte ein gewisses Wohlgefallen aus. »Mit der Weitergabe, zum Beispiel in Form eines Seminars, dürfen Sie sich natürlich Zeit lassen.«

Pielkötter zerbrach sich den Kopf, wie er dem Ganzen entgehen könnte, leider fiel ihm nichts Passendes ein. Missmutig erhob er sich. »Wann soll es losgehen?«, fragte er schon im Stehen.

»Hmm ... übermorgen. Nun, ich weiß, dass das sehr kurzfristig ist, aber es lässt sich leider nicht ändern. Die Einladung ist auf dem falschen Schreibtisch gelandet und von dort nicht weitergeleitet worden.«

»Ich hätte nichts dagegen, wenn das mit den Anmeldeda-
ten auch passiert, und ich erst zu spät erfahre, wann ich wo
hätte sein sollen.«

Vor Plötsches Bürotür atmete Pielkötter kräftig durch. Sein
Chef war nun gewiss sauer auf ihn, damit konnte er jedoch leben. Schließlich hatte auch er selbst guten Grund, verärgert zu
sein. Dass er zu dieser Fortbildung abkommandiert wurde,
hatte einen hässlichen Beigeschmack. Abgeschoben kam er
sich vor. Hoffentlich passierte wenigstens kein Mord, während er sich in Münster die Finger wundschrieb.

2

Eine Flut von Erinnerungen strömte auf Pielkötter ein, als er
vom Münsteraner Schloss in Richtung Innenstadt bummelte.
In der ersten Zeit mit Marianne hatte er oft den Ring über-
quert, um zum Prinzipalmarkt zu gelangen. Sie hatte dort in
einer Boutique gearbeitet und er hatte sie öfter nach Ge-
schäftsschluss abgeholt. Pielkötter lächelte, wurde dann aber
wieder ernst. Wie hatte es nur so weit kommen können, dass
sie sich getrennt hatten? Insgeheim hoffte er darauf, dass sie
sich ihm wieder annäherte und später ganz zu ihm zurückkehrte. Pielkötter passierte die Überwasserkirche und steuerte
auf den Domplatz zu. Seine Gedanken schweiften von Marianne zur Fortbildung, die wider seine Erwartung bisher inte-
ressante Inhalte vermittelte. Dass es drei verschiedene Arten

von Psychopathen gab, hatte er vorher nicht gewusst, nur dass sie alle zu den Narzissten gehörten.

In seinem Kopf geisterten noch die Täter herum, die immer wieder nach einem neuen Kick strebten, da fiel ihm plötzlich ein Mann auf, der ihn an einen ehemaligen Mitstudenten von der Polizeiakademie erinnerte. Das kantige Gesicht, die krausen dunklen, nun grau melierten Haare und vor allem die leicht nach vorn gebeugte Körperhaltung. Der Typ schaute auf die Auslagen eines Geschäfts schräg gegenüber dem historischen Rathaus. Konnte das wirklich Volker Brinkmann sein? Pielkötter fand schnell die Antwort, als der Mann in seine Richtung blickte und grinste. Wenige Augenblicke später stand er neben ihm und klopfte Pielkötter kräftig auf die Schulter, es war die kranke.

»Mensch Willibald, dass man dich immer noch hier antrifft, hätte ich mir ja denken können. Ich meine, so als echtes Münsteraner Urgestein, während die meisten von uns in alle Winde verstreut sind.«

»Da liegst du völlig falsch«, entgegnete Pielkötter sachlich. »Ich bin nämlich nur zufällig wegen einer Fortbildung in der Stadt. Ansonsten lebe ich in Duisburg. Meine Arbeit als Hauptkommissar hat mich dorthin verschlagen. Und du?«

»Lange Geschichte. Deshalb erzählst du besser erst einmal. Ich finde es total spannend, dass du wirklich Ermittler geworden bist.« Volker Brinkmann grinste erneut. »Willibald auf Mörderjagd. Ich kann mir so richtig vorstellen, wie du dich in die Arbeit hineinkniest und den bösen Burschen das Leben zur Hölle machst.«

Pielkötter wusste nicht, wie er das auffassen sollte. Meinte sein ehemaliger Kommilitone das ironisch oder hatte er eben einen Funken Bewunderung herausgehört?

»Auch wenn ich damals bereits im Ausland war, habe ich durch meine Mutter mitbekommen, welche Lorbeeren du schon früh eingeheimst hast«, legte Brinkmann nach. »Ich meine für die Aufklärung des Mordes an dieser ausländischen Studentin. Ihr Vater sozusagen mit ner Ölquelle im Garten. Das hat natürlich zusätzlich für Wirbel gesorgt. Und ... für eine steile Karriere. Willibald in Windeseile vom Anwärter zum Kommissar.« Er stockte. »Warum bist du eigentlich nicht in Münster geblieben?«

»Weil das mit der Karriere so eine Sache war«, antwortete Pielkötter nachdenklich. »Ich habe mich mit meinem Vorgesetzten zerstritten. Kaum zu glauben, aber dabei ging es um Kirchenfragen. Er hat die Meinung vertreten, dass die Institution unbedingt zu schützen sei. Zu dieser Zeit war der Missbrauchsskandal zwar noch kein so großes Thema wie heute, trotzdem fand ich seine Einstellung höchst bedenklich. Nachdem er mich bei einer Beförderung zum Hauptkommissar ungerechtfertigt übergangen hatte, habe ich mich wegbeworben. Zunächst hat mich in Duisburg nur die Stelle gereizt, dann auch die Stadt, die ganze Region. Inzwischen schätze ich die besondere Mischung aus Industrie, Kultur und Natur immer mehr und vor allem die Offenheit der Menschen.«

»Du musst mir unbedingt mehr von deiner Arbeit erzählen. Ich hoffe, du hast Zeit und wir können zusammen irgendwo einkehren. Wenn du hier zur Fortbildung bist, musst du sicher keine Verbrecher jagen.« Er lachte und entblößte dabei eine Reihe von Zähnen mit leichtem Sanierungsbedarf. Mit der rechten Hand deutete er auf die offensichtlich teure Kamera, die an einem rot-schwarz-gestreiften Gurt um seinen Hals hing. »Die Fotos kann ich – bei besserem Wetter – auch morgen noch machen. Soll ein Album werden, für meine Mutter zum Geburtstag.«

»Und ich wollte eigentlich ein Geschenk für Marianne kaufen, weil ich dazu in Duisburg keine Zeit mehr hatte. Aber das kann ich verschieben.«

»Die Marianne?«

»Ja.« Pielkötter fand, dass er das *Die* zu sehr betont hatte.

Volker Brinkmann schüttelte den Kopf. »Da bist du tatsächlich noch mit Marianne zusammen? Ich kann mich noch gut an sie erinnern und an diese Plateauschuhe, in denen sie kaum laufen konnte.«

Pielkötter nickte. Dabei überlegte er, ob er seinen alten Kommilitonen über die komplizierte Familiensituation mit zwei getrennten Wohnungen einweihen sollte. Das geht ihn nichts an, entschied er.

»Arbeitet Marianne eigentlich?«

»Wie kommst du auf diese Frage?«

»Na ja, vielleicht weil ich mir das nicht recht vorstellen kann. Zumindest damals warst du sehr konservativ. So nach dem Motto: Ich verdiene die Brötchen und meine Frau hält mir den Rücken frei.«

»Marianne arbeitet in einer Boutique in der Duisburger Innenstadt«, entgegnete Pielkötter nach einigem Zögern. Auch das ging Volker Brinkmann nichts an. Gut, dass er vorhin die Trennung verschwiegen hatte. Nachher würde sein ehemaliger Kommilitone daraus schließen, dass seine Einstellung der Grund für Mariannes Auszug gewesen sei. Eigentlich verspürte er nicht mehr viel Lust auf einen gemeinsamen Abend, aber nun hatte er zugesagt.

»Schön, dass du dir etwas Zeit nehmen willst«, ließ Volker

das Thema Marianne endlich fallen. »Am besten kehren wir bei Stuhlmacher ein, dann haben wir nur ein paar Schritte zu laufen.«

Das Traditionshaus neben dem Rathaus war stark besucht, doch sie fanden noch einen Platz an einem runden Tisch im Schankraum. Volker bestellte ein Pinkus und er einen Kaffee. Nachdem die Bedienung verschwunden war, sahen sie sich für einige Sekunden schweigend an.

»Jetzt bist du aber an der Reihe«, erklärte Pielkötter. »Ich habe mich immer gefragt, warum du die Ausbildung ohne Vorwarnung einfach von einem Tag auf den anderen hingeworfen hast? Dabei habe ich immer gedacht, zur Polizei zu gehen, wäre dein Traumberuf, zumal das bei euch ja schon so eine Art Familientradition war.«

»Tradition wird allgemein überbewertet«, entgegnete Volker. Nachdenklich nahm er einige Schlucke von dem Bier, das die Kellnerin inzwischen gebracht hatte. »Wie erkläre ich dir das jetzt am besten?« Er strich mehrmals an seinem kurz geschnittenen dunklen Bart entlang. »Das war mir alles zu bürokratisch. Zu viele Zwänge. Und als mein Onkel mir angeboten hat, in seiner Mietwagenfirma in England einzusteigen, war das zu verlockend. Weißt du, wie sehr ich mir immer gewünscht habe, ins Ausland zu gehen? Das geht gar nicht, wenn du bei der Polizei bist. Und dann gleich Oxford. Nicht so 'n Kaff, sondern eine attraktive Stadt mit vielen Studenten und einer noch besseren Kneipenszene als Münster.«

»Aber warum hast du nicht mit mir und den anderen darüber gesprochen?«

»Vielleicht hatte ich Angst, dass ihr mich zum Bleiben

überredet und ich meine Chance ungenutzt verstreichen lassen würde.«

»Und? Hat es sich gelohnt, alles aufzugeben?«

»Ich denke schon.«

»Doch jetzt bist du wieder nach Deutschland zurückgekehrt?«

»Zum Glück nicht.« Er grinste. »Nur zu Besuch. Mein Vater ist inzwischen verstorben, aber meine Mutter lebt noch. Ich bin zu ihrem Achtzigsten hergeflogen und habe dann gleichzeitig wieder einmal alle Verdächtigen besucht.«

»Waren welche von der Akademie dabei?«

Volker schüttelte den Kopf. »Damit habe ich damals radikal abgeschlossen, auch wenn das sicher nicht richtig gewesen ist. Und jetzt sind die ehemaligen Kommilitonen überallhin verstreut und ich kann sie nur durch Zufall treffen, so wie dich.« Volker lachte, wurde jedoch schnell wieder ernst. »Jetzt erzähle ich dir mal etwas, was ich bis vor Kurzem völlig aus meinem Gedächtnis gestrichen hatte. Nach den ersten Jahren in England habe ich eine Weile mit dem Gedanken gespielt, eine Detektei aufzumachen.«

»Und warum hast du die Idee nicht in die Tat umgesetzt?«

»Die Arbeit als Teilhaber in der Firma meines Onkels war zu lukrativ. Allerdings wäre das vielleicht etwas für dich. So unendlich viele Jahre sind es ja nicht mehr bis zu deiner Pensionierung. Und ich kann mir nicht vorstellen, dass du das Rentnerdasein genießen wirst, ohne deine Spürnase einzusetzen.« Er grinste. »Sofern du dich nicht radikal geändert hast.«

Den Kaffee hatte Pielkötter mit einigen Gläsern Pinkus nachgespült und jede Menge Fragen zu seiner Arbeit beantwortet.

Das Lokal verließ er nicht mehr nüchtern. Während er zum Hotel lief, strömte eine Flut von Erinnerungen aus der Ausbildungszeit auf ihn ein. Ehemalige Kommilitonen in wechselnder Runde, einige Male mit Marianne. Mit Volker Brinkmann war er nie besonders eng zusammen gewesen. Hatte er ihn überhaupt gemocht? Pielkötter wusste es nicht mehr. Heute hatte Volker ihn auf jeden Fall animiert, genauer über seine berufliche Zukunft nachzudenken. Brinkmann war freiwillig ausgestiegen, bevor seine Karriere bei der Polizei begonnen hatte. Er selbst würde spätestens in wenigen Jahren den Dienst sogar dann aufgeben müssen, wenn er die Wiedereingliederung ohne Komplikationen überstand. Bisher hatte er nur bis zu diesem Zeitpunkt geplant. Das würde sich ändern.

3

Pielkötter war seit einigen Tagen von der Fortbildung zurückgekehrt und Plötsche möglichst aus dem Weg gegangen. In Duisburg hatte sich zum Glück nichts ereignet, was seine Anwesenheit erfordert hätte. Er hängte seinen Mantel auf, da klingelte das Telefon. Pielkötter hastete zu seinem Schreibtisch und nahm das Gespräch an.

»Im Kant-Park, sagten Sie?« Auf seiner Stirn bildete sich eine steile Falte. »Ja, ja, wir brechen sofort auf.«

Er hatte kaum aufgelegt, da tauchte sein junger Mitarbeiter Barnowski im Türrahmen auf. Und wie immer hatte er nicht angeklopft. »Haben Sie schon gehört, Chef? Eine weibliche Leiche ist im Kant-Park gefunden worden.«

Pielkötter nickte ärgerlich. Wahrscheinlich hatte man seinen Untergebenen wieder einmal vor ihm informiert. War er für die Kollegen etwa schon halb aus dem Dienst? Hatte Plötsche ihnen befohlen, sich zuerst an Barnowski zu wenden? Vielleicht wäre ich besser ausgestiegen wie Volker, überlegte er, dann schüttelte er heftig den Kopf. Trotzdem wertete Pielkötter es als eine Art Fügung, den alten Bekannten getroffen zu haben. Dessen Werdegang zeigte ihm deutlich, dass ein erfülltes Leben nicht vom Polizeidienst abhing.

Es dauerte keine Viertelstunde, bis sie den Tatort erreichten. Die Kollegen von der Streife hatten schon großräumig abgesperrt. Auch das Team von der Spurensuche hatte seine Arbeit bereits aufgenommen. Zuerst trafen sie auf eine völlig fassungslose Polizistin mit feinen Zügen und vollen Lippen. Sie stand direkt hinter dem rot-weißen Flatterband. Pielkötter erstaunte, dass sie eine Leiche derart aus der Fassung zu bringen vermochte.

»Bei dem Opfer handelt es sich ...«, sie rang mühsam nach Worten. »Ich kann es einfach nicht glauben.« Sie schaute an ihnen vorbei in die Ferne, dann kehrte ihr Blick zurück. »Es ist meine Kollegin Imke Bielstett.« Hastig wischte sie über ihre Augen »Ich kenne sie auch privat.«

»Der Name sagt mir leider nichts und wir beide haben bisher wohl auch noch nie zusammengearbeitet.« Pielkötter massierte sein glatt rasiertes Kinn.

»Ich heiße Franziska Gerstner«, erwiderte sie. »Wir gehören beide zur Polizeiwache Moers. Ich war gerade auf dem

Weg zum Amtsgericht. Als ich *Polizistin* und *Kant-Park* hörte, wusste ich sofort, dass das nur Imke sein konnte.« Tränen strömten ihre Wangen hinunter.

»Wir werden das Schwein finden«, meldete sich Barnowski zu Wort, der einen Blick auf das Opfer geworfen hatte und soeben in Schutzkleidung inklusive Schuhüberzieher zurückkehrte. Nach seiner versteinerten Miene zu urteilen ging auch ihm der gewaltsame Tod der jungen Polizistin sehr nah.

»Sie kannten Imke Bielstett?«, fragte Pielkötter verwundert.

»Eher flüchtig. Wir haben nur einmal in der Kantine zusammen zu Mittag gegessen und uns über ihren letzten Urlaub in Griechenland unterhalten. Sie war auf der Insel, auf die Gaby mich seit Jahren unbedingt hinschleifen will.«

Während Pielkötter sich ebenfalls tatorttauglich kleidete, gab ihnen Jochen Drenck, der Leiter der Spusi, ein Zeichen, die unmittelbare Umgebung der Leiche nicht zu betreten. Begründet oder war das Schikane? Barnowski war vorhin doch bereits näher an die Tote herangetreten. Wie er dieses Warten hasste. Er hatte jedoch kaum Zeit, sich darüber zu ärgern, weil Karl-Heinz Tiefenbach plötzlich auftauchte. Der Rechtsmediziner strahlte über das ganze Gesicht, als erwartete ihn ein freudiges Ereignis und keine übel zugerichtete Leiche. Nach einer kurzen Begrüßung durfte Tiefenbach zuerst in den magischen Kreis, den man um den Fundort gezogen hatte. Pielkötter und Barnowski folgten wenige Minuten später. Trotz der Blässe und des schrecklichen Anblicks der rot-violetten Striemen am Hals ahnte Pielkötter, wie attraktiv die Tote zu Lebzeiten gewesen war. Die Uniform hatte der Mörder teilweise aufgerissen oder geschnitten, sodass man ihren Leib sehen konnte. Nackte Haut und viel Blut. Das Opfer lag zwar dicht an einem Gebüsch, aber der Täter hatte sich keine große Mühe gegeben, sie zu verstecken.

»Mindesten zwölf Stunden«, erklärte der Rechtsmediziner. »Die Leichenstarre ist schon vollständig ausgebildet. Und wenn man berücksichtigt, dass sie die Nacht über draußen bei nur zehn bis fünfzehn Grad gelegen hat …«

»Sie ist also hier ermordet worden«, stellte Pielkötter klar.

»Die Leichenflecken deuten darauf hin. Die Todesart – normalerweise lege ich mich ohne Obduktion ja nicht gerne fest – ist in diesem Fall auch ziemlich eindeutig. Das Opfer wurde stranguliert.«

»Und warum dann das Blut?«, fragte Barnowski, während er angewidert das Gesicht verzog.

»Ja, das Blut … Ich bleibe trotzdem beim Strangulieren. Wahrscheinlich war der Stich in den Bauch nicht tief genug, um lebenswichtige Organe zu verletzten. Ich denke, die Sektion wird meine Annahme bestätigen. Meiner Meinung nach ist die Verletzung des Bauchraumes dem Wunsch des Täters geschuldet, an Blut zu kommen, um seine Botschaft auf den Leib des Opfers zu schreiben.«

»Die da wäre?« Pielkötter ging in die Hocke und starrte auf den Leichnam.

»Bisschen verwischt und undeutlich, aber mit etwas Fantasie würde ich *Schlampe* aus der Schmiererei herauslesen. Zumindest bin ich guter Hoffnung, dass …« Tiefenbach schlug sich auf seine Schenkel und lachte, was fast schon nach einem Wiehern klang. »Guter Hoffnung ist zum Brüllen, was? Aber mal Spaß beiseite, ich bin nicht schwanger und die Tote vielleicht auch nicht. Eigentlich wollte ich nur sagen, dass man die Schrift in der Großaufnahme bestimmt eindeutig erkennt.«

»Nun, die Botschaft muss dem Täter wohl ziemlich wichtig gewesen sein, wenn er sie nach dem Mord noch extra geschrieben hat«, erklärte Pielkötter nachdenklich. Anschließend ärgerte er sich über sich selbst. Warum zog er so voreilige Schlüsse? Was sollte sein Mitarbeiter, den er früher dafür öfter getadelt hatte, darüber denken? »Wobei ich nicht ...«

»Chef, Sie wissen doch überhaupt noch nicht, ob der Stich post mortem erfolgt ist«, fiel Barnowski ihm ins Wort.

»Genau, das wollte ich gerade einwenden«, entgegnete Pielkötter. Barnowski schien sich damit zufriedenzugeben, aber er selbst war nicht so schnell bereit, sich den kleinen Lapsus zu verzeihen. Lag seine Zeit als exzellenter Ermittler hinter ihm? Dabei kam es mehr denn je auf seine Spürnase an, angesichts eines Opfers, das sich in seinem Beruf, wie sie alle, in den Dienst der Allgemeinheit gestellt hatte und vielleicht gerade deshalb sein Leben lassen musste. Aber das war Spekulation. Er würde es im Hinterkopf behalten, ohne voreilige Schlüsse zu ziehen.

»Wenn ich mich in die Diskussion der Herren Kommissare einschalten darf«, meldete sich Tiefenbach mit einem penetranten Grinsen zu Wort. »Ich gehe zwar auch davon aus, dass die Dame zuerst an Sauerstoffmangel gestorben ist, aber Sicherheit gibt es erst, wenn ich das Gewebe um die Einstichstelle auf Bluteinspritzer untersucht habe. Falls meine Annahme stimmt, muss der Mörder sich nach ihrem Tod allerdings beeilt haben. Er durfte nicht abwarten, bis das Blut zu den tiefen Stellen abgesunken ist, dann wäre er nicht mehr rangekommen. Ach ja ... ob der Täter das Opfer vergewaltigt hat, steht zum jetzigen Zeitpunkt natürlich auch noch nicht fest, obwohl darauf nichts hindeutet.« Er schaute von einem zum anderen. »Wenn alles glattläuft, bekommen Sie die Ergebnisse allerdings noch bis heute Abend.«

»Danke« Pielkötter erhob sich und sah sich um. Der Kant-Park voraussichtlich ein Tatort. Bisher hatte er diese kleine grüne Oase mitten in der City lediglich als typisch für Duisburg empfunden, in der krasse Gegensätze so nah beieinanderlagen. Hier lag das berühmte Lehmbruck-Museum in unmittelbarer Nähe zu Tummelplätzen für Junkies und Dealer. Er wandte sich zu Barnowski um.

»Was meinen Sie, war Imke Bielstett dienstlich hier?«, fragte sein Mitarbeiter.

»Dann wäre sie allein auf Streife gewesen.«

»Vielleicht war sie besonders ehrgeizig und wollte ...«

»Sie denken jetzt bestimmt an die Dealer hier im Park«, fiel Pielkötter ihm ins Wort. »Aber die würden sich vermutlich nicht durch derart persönliche Wut auf die Polizistin leiten lassen.« Er strich mehrmals über sein Kinn. »Okay. Nehmen wir an, das Opfer macht seine Arbeit, ist ihnen dabei im Weg. Der Täter beschließt, sie unschädlich zu machen. Er erwürgt sie. Was soll dann die Botschaft mit dem Blut?«

»Abschreckung für andere Beamte, die ihre Nase in falsche Dinge stecken.«

»*Beamte* ist gut. Sie halten wohl auch nicht viel vom Gendern?« Pielkötter seufzte. »Sofern unser Rechtsmediziner mit seiner Lesart richtig liegt, hat der Täter *Schlampe* geschrieben und nicht etwas Neutrales.«

»Sie meinen etwas wie *Bullenschweine?*«

»Sie trägt zwar Uniform, trotzdem hat der Täter in ihr

möglicherweise nur die Frau gesehen und nicht die Polizistin. Zumindest lässt das Wort nicht erkennen, dass er einen Hass auf die Berufsgruppe hat.«

Nachdem sie sich von Tiefenbach verabschiedet hatten, redete Barnowski kurz mit der Spurensicherung und Pielkötter wandte sich an Franziska Gerstner.

»Mein Beileid. Es muss sehr schwer sein, das Opfer persönlich zu kennen.«

»Danke. Wenn Sie etwas wissen möchten, fragen Sie ruhig.«

»Erzählen Sie mir etwas über Imke Bielstett. Hatte Sie Freunde, Familie?«

»Ihre Familie kommt eigentlich aus Norden, lebt aber schon lange in Datteln. Durch ihren Exfreund Patrick Momsen ist sie dann nach Moers gekommen. Jedenfalls hat Imke aus Liebe zu ihm die Stelle angetreten.« Während Franziska Gerstner den Namen des Opfers aussprach, traten erneut Tränen in ihre Augen. »Etwa vor einem Jahr haben die beiden sich getrennt. Patrick ist übrigens auch Polizist. Patrick gehörte zur Polizeiwache Kamp-Lintfort. Für Imke war da aber keine Stelle mehr frei. Allerdings hat Imke erzählt, dass er wohl wieder in seine Heimatstadt zurückgehen möchte und deshalb versucht, nach Datteln zu wechseln.«

»Ich nehme an, die Trennung ging von Imke Bielstett aus.«

Franziska Gerstner nickte und nestelte an den Knöpfen ihrer Uniform herum. »Muss nicht ganz einfach gewesen sein. Patrick wollte ihren Entschluss zuerst nicht akzeptieren, aber dann hat er wohl eingesehen, dass es besser ist, wenn sie auszieht. Nur gut, dass sie nicht auf derselben Dienstelle gearbeitet haben.« Sie wirkte, als würde sie jeden Moment wieder anfangen zu weinen.

»Haben Sie eine Ahnung, was Imke Bielstett gestern allein im Kant-Park gemacht haben könnte?«, versuchte Pielkötter, das Gespräch wieder auf eine sachliche Ebene zu ziehen.

»Ich denke, sie wollte einfach von der Arbeit nach Hause laufen. Das ist der kürzeste Weg zu ihrer Wohnung hier in Duisburg. Imke war kein ängstlicher Typ. Sonst wäre Polizistin wohl auch der falsche Beruf gewesen. Jedenfalls hat sie das öfter gemacht. Aus diesem Grund wusste ich auch, dass das Opfer ...«

Pielkötter bedachte sie mit einem väterlichen Blick. »Wieso ist sie eigentlich nach Duisburg gezogen?«

»Ganz sicher wollte Imke räumliche Distanz von Patrick schaffen. Und Duisburg fand sie als Stadt schon immer attraktiv.«

»Hatte sie Probleme? Schwierigkeiten mit irgendwelchen Leuten?«

»Wie ich schon gesagt habe, war die Trennung von ihrem Exfreund nicht ganz einfach.« Franziska Gerstner schob sich eine Locke hinter das Ohr und krauste die Stirn. Erst nach langem Zögern sprach sie weiter. »Allerdings gab es vielleicht noch etwas anderes. Vor ein paar Tagen hat Imke zwischen Tür und Angel so eine seltsame Andeutung gemacht. So in der Art, dass sie mir bei unserem nächsten Treffen etwas Vertrauliches erzählen müsse. Sie hat mich richtig neugierig zurückgelassen und ich war deshalb sauer auf sie. Wenn ich nur ...« Franziska Gerster schluchzte auf und schniefte mehrmals in ein Taschentuch.

»War denn schon ausgemacht, wann Sie sich treffen würden?«, fragte Pielkötter, nachdem sie sich beruhigt hatte.

»Übermorgen, wir sind beide im selben Tennisverein. Wenn unser Dienstplan das zulässt, spielen wir im Club Raffelberg. Anschließend essen wir zusammen im Restaurant dort.«

»Wir nehmen Ihre Aussage noch einmal schriftlich auf, aber das muss nicht unbedingt heute sein«, erklärte Pielkötter und schaute die junge Polizistin verständnisvoll an. »Sobald Sie sich besser fühlen. Sie wissen ja, wo Sie uns finden.«

Er wandte sich von Franziska Gerstner zu Barnowski. »Lassen Sie sich bitte die Adresse von Imke Bielstetts Eltern in Datteln geben. Und dann sollten wir rausfinden, ob Patrick Momsen gerade Dienst hat oder wo wir ihn am besten antreffen können.«

Nach Barnowskis belustigtem Gesichtsausdruck zu urteilen, schien ihm ein lockerer Spruch auf den Lippen zu liegen, aber dann wurde er augenblicklich wieder ernst. »Einen Kollegen als Verdächtigen hatten wir noch nicht und vor allem keine Kollegin als Opfer.« Die letzten Worte hatte er in einer Tonlage gesprochen, wie Pielkötter sie an ihm bisher niemals gehört hatte. Der Mord an Imke Bielstett schien auch ihm ungewöhnlich nahezugehen.

4

Auf der Fahrt zum Rechtsmedizinischen Institut überlegte Pielkötter, dass er sich noch nie vor der Aufgabe gedrückt hatte, bei einer Obduktion dabei zu sein. Zuweilen hatte das aus irgendwelchen Gründen, die er kaum zu verantworten hatte, nicht geklappt, aber er hatte sich niemals bewusst dafür entschieden, dieser unangenehmen Sache aus dem Weg zu gehen. Bei Auffälligkeiten löcherte er den Rechtsmediziner am liebsten sofort mit Fragen, statt darauf warten zu müssen, bis der Bericht vorlag. Ob sein Nachfolger das wohl auch so handhaben würde?

Karl-Heinz Tiefenbach empfing Pielkötter mit der für ihn typischen guten Laune. Er grinste über das ganze Gesicht und hätte ihm sicher auf die intakte Schulter geklopft. Die blutbeschmierten Gummihandschuhe an seinen Händen hielten ihn davon ab.

»Der Kollege Stigelmeyer hat sich schon verpieselt, obwohl wir mit der Sektion erst halb fertig sind. Er weiß eben, dass Sie ihn nicht verraten.«

»Leider kann ich seine Anwesenheit nicht ersetzen.« Pielkötter gab ein tiefes Brummen von sich. »Rein äußerlich wirkt das Opfer auf mich gesund und sportlich. Und natürlich viel *zu jung* zum Sterben.«

»Der erste Eindruck täuscht in diesem Fall nicht. Die Frau war wirklich äußerst fit und durchtrainiert.«

»Ich nehme an, sie hat sich heftig gewehrt. Oder hat der Täter sie durch einen gezielten Schlag sofort außer Gefecht gesetzt?«

»Das wäre für sie sicher besser gewesen, aber alle Fakten sprechen dagegen. Wenn man die Abschürfungen an den Knien, besonders am linken, richtig deutet und die Blutergüsse an den Armen, ist sie gefallen und der Täter hat ihre Lage ausgenutzt, um sie zu fixieren.« Tiefenbach trat etwas zur Seite und zeigte auf die genannten Körperteile. »Er muss sie von hinten überwältigt haben. Auch die Striemen am Hals deuten darauf hin, dass der Mörder die Schlinge im Nacken zugezogen hat. Dafür hat er einen Strick benutzt, der ins Sortiment jedes Baumarkts gehört.«

»Und der Stich?«

»Wie ich vermutet habe, war er nicht tödlich.« Tiefenbach lachte. »Oder besser formuliert, wäre nicht tödlich gewesen. Nach dem umliegenden Gewebe zu urteilen, hat der Täter kurz nach ihrem Tod zugestochen. Meiner Meinung nach ging es ihm dabei ausschließlich darum, an das Blut des Opfers zu gelangen. Was da geschrieben ist, heißt mit Sicherheit *Schlampe*. Ich habe außerdem zwei Pinselhaare gefunden. Eins in der Wunde und das Zweite auf dem *P*. Witzig, was? Ein Haar auf dem *P* der *Schlampe*.«

Pielkötter fand das überhaupt nicht witzig. Eigentlich hatte er Tiefenbachs Humor noch nie verstanden. »Sieht so aus, als hätte der Täter den Mord akribisch geplant«, bemerkte er laut. »Normalerweise hat man nicht unbedingt einen Pinsel bei sich. Ich wüsste zu gerne, ob mit der Bezeichnung eher eine Frau allgemein, eine Polizistin oder konkret Imke Bielstett gemeint ist.« Er massierte mit der Hand sein Kinn. »Vergewaltigt worden ist sie aber nicht?«

»Nein, es gibt keine Anzeichen für eine Vergewaltigung. Übrigens auch nicht für eine Schwangerschaft. Das wenige DNA-Material, das ich gefunden habe, wird noch untersucht, aber ich bin sehr skeptisch, ob das vom Täter stammt. Wer so gut plant, denkt auch daran, keine Visitenkarte zu hinterlassen.« Schon wieder zog Tiefenbach voreilige Schlüsse, obwohl Pielkötters Überlegungen in dieselbe Richtung gingen. »Ich bin fertig und Sie dürfen übernehmen«, wandte er sich an einen breitschultrigen Assistenten mit krausem Haar, der soeben den Sektionsraum betreten hatte. Nachdem er ihm einige Instruktionen erteilt hatte, schaute er wieder zu Pielkötter. »Noch einen Kaffee in meinem Büro?«

»Nein, ich habe es eilig.« Das war nicht der einzige Grund. An Essen und Trinken mochte Pielkötter vorerst nicht denken. Der penetrante Geruch von Formalin hatte sich in seiner Nasenschleimhaut festgesetzt und würde sein Revier eine Weile gegen angenehmere Düfte verteidigen. »Haben Sie schon darüber nachgedacht, was Sie nach Ihrer Pensionierung mit Ihrer Freizeit anfangen wollen?«, fragte Pielkötter, als sie gemeinsam den Saal verließen.

»Wie kommen Sie denn jetzt darauf?« Tiefenbach zog irritiert beide Augenbrauen hoch.

»Während der Fahrt hierher habe ich einen Fußgänger gesehen, der mich an einen ehemaligen Kommilitonen erinnert hat. Volker steht für mich ...« Pielkötter seufzte. »Es fällt mir schwer, das auszudrücken. Vielleicht so etwas wie: jenseits vom Dienst. Früher hätte ich niemals groß darüber nachgedacht. Aber schon seit meiner Verletzung ist das anders.« Pielkötter zog es für einen kurzen Augenblick in Erwägung, Tiefenbach zu gestehen, dass er das Gefühl hatte, von Plötsche aufs Abstellgleis geschoben zu werden. Oder war das zu intim?

Der Rechtsmediziner antwortete, ehe er sich entschieden hatte. »Nun ja, als Mann, der tagtäglich mit der Vergänglichkeit konfrontiert wird, denke ich natürlich schon öfter daran, dass ich hier nicht ewig rumschnippeln kann.« Er haute Pielkötter auf die gesunde Schulter. Seine Handschuhe hatte er inzwischen abgestreift. »Vielleicht wäre Kochen mal ne echte Alternative. Fleisch wahllos zerhacken, ohne dabei ins Diktiergerät sprechen zu müssen, das hätte doch was.« Tiefenbach lachte schallend. »Problem ist nur, dass ich überzeugter Vegetarier bin. Selbst Angeln geht gar nicht.«

Pielkötter hatte ja schon eine Menge nicht alltäglicher Seiten an Tiefenbach kennengelernt, aber er hätte niemals geahnt, dass der alte Rechtsmediziner gegenüber Tieren so zartbesaitet reagierte. Nebenbei machte ihn dieser Charakterzug nur noch sympathischer, fand Pielkötter.

»Am besten besprechen wir das demnächst alles bei einem Köpi in gemütlicher Atmosphäre.«

»Dagegen gehen auch mir die Argumente aus«, antwortete Pielkötter und lächelte zum ersten Mal an diesem Tag.

5

Pielkötter saß mit Barnowski und Nadine Schönling in seinem Büro zusammen, um das weitere Vorgehen zu besprechen und die Aufgaben einzuteilen. Die junge Kommissaranwärterin, die man Barnowski zugeteilt hatte, während sein Chef zur Reha war, wirkte mitgenommen.

»Ich kann es immer noch nicht fassen.«, erklärte sie. »Gerade die Imke war immer so tough. Allein wie die dieses Stalkinggehabe ihres Exfreundes weggesteckt hat. Wir haben ihr zugeredet, Anzeige zu erstatten, aber das wollte sie nicht. Dabei ist wahrscheinlich noch vieles vorgefallen, von dem wir nichts wissen. Imke hat dann immer schnell abgewiegelt, wenn das Thema aufkam.«

»Wen meinen Sie eigentlich mit *wir*«, fragte Pielkötter.

»Franziska Gerstner, Mia Kampmann und ich.«

Pielkötter hob die rechte Augenbraue. »Franziska Gerstner habe ich heute kennengelernt. Arbeitet Mia Kampmann auch bei der Polizei? Der Name sagt mir jedenfalls nichts.«

»Nein, eine Bekannte der beiden. Manchmal, wenn wir uns zum Essen getroffen haben, war sie auch dabei. Imke und Franziska kenne ich durch den Polizeisportverein, im Präsidium sind wir uns nie über den Weg gelaufen. Wir haben öfter zur selben Zeit trainiert. Als ich aus dem Sauerland hierher gezogen bin, war ich froh über jeden Kontakt. Und die beiden waren echt nett.«

»Ich nehme an, du hast auch keine Ahnung, ob Imke Bielstett Feinde hatte«, schaltete sich Barnowski ein und griff in die Dose mit selbst gebackenen kleinen Zimtschnecken, die Nadine Schönling vorhin mitgebracht hatte. »Abgesehen von Patrick Momsen hat ihr niemand Ärger gemacht?«

»Da bin ich wirklich überfragt. Franziska hatte ein viel engeres Verhältnis zu ihr.«

Pielkötters Gedanken überschlugen sich. Obwohl ihm das missfiel, lag hier ein Interessenskonflikt vor. Musste er Nadine Schönling aus Neutralitätsgründen aus dem Fall heraushalten? Sollte er Plötsche informieren? Er massierte einige Sekunden sein Kinn, dann entschied er sich dagegen. Offiziell wusste niemand von der Bekanntschaft durch den Polizeisportverein. Trotzdem hätte er vor seiner Reha anders gehandelt. Er hatte sich in den letzten Wochen und Monaten verändert.

»Gut, Frau Schönling, dann werden Sie Frau Gerstner noch einmal befragen«, ordnete Pielkötter an. »Nehmen Sie bitte auch Kontakt zu dieser Mia Kampmann auf. Vielleicht verhalten sich die beiden Frauen Ihnen gegenüber offener. Möglicherweise ist Franziska Gerstner inzwischen auch noch etwas eingefallen, das ihr nicht relevant genug erscheint, als dass sie uns deshalb kontaktieren würde, das sie Ihnen aber erzählt. Barnowski und ich knöpfen uns Patrick Momsen vor. Und wenn der Obduktionsbericht kommt, gehen wir den zusammen durch, sofern die Wohnungsdurchsuchung beim Opfer uns dazu Zeit lässt.« Nadine Schönling und Barnowski nickten. »Ich nehme schon einmal vorweg, dass das Wort auf dem Opfer post mortem mit ihrem Blut geschrieben worden ist«, fuhr Pielkötter fort. »Der Täter hat dafür einen Pinsel benutzt und ich würde gerne einen Psychologen dazu befragen.« Augenblicklich stutzte Pielkötter über seine eigenen Worte. Er hielt normalerweise nicht viel von Polizeipsychologen, aber womöglich hatte die strukturierte Fortbildung in Münster dazu geführt, dass er seine Einstellung revidiert hatte. Zumindest in dem neuen Fall brannte er darauf, die Meinung eines Fachmanns einzuholen.

»Ehe ich es vergesse«, sagte Pielkötter, nachdem er schon aufgestanden war. »Ich werde mich baldmöglichst mit Imke Bielstetts Eltern unterhalten.« Nadine Schönling nickte, während Barnowski das Gesicht verzog, als hätte er ihm den Jahresurlaub gestrichen. »Stimmt etwas nicht?«, fragte Pielkötter mit ungutem Gefühl.

»Nun … in gewisser Weise«, druckste Barnowski herum. »Ich dachte, also, ich erledige das mal, weil ich mich bisher immer erfolgreich darum gedrückt habe, mit den engsten Angehörigen zu sprechen.«

Pielkötter sah ihm direkt in die Augen. »Und das ist wirklich auf Ihrem Mist gewachsen?« Seine Stimme klang anfangs wütend, dann irritiert.

»Nein, wenn Sie mich schon so fragen«, antwortet Barnowski zerknirscht. »Die Idee stammt von Plötsche. Na ja, *Idee* kann man das wohl auch nicht nennen. Das war eher eine Order.«

»Was heißt das genau?« Das Blut pulsierte schneller durch Pielkötters Adern, Schweißperlen bildeten sich auf seiner Stirn.

»Ich hab Plötsche auf dem Gang getroffen. Dabei hat er erzählt, dass die Polizei in Datteln Imke Bielstetts Eltern informiert hat.« Barnowski wirkte weiterhin betroffen. »Aber das würde natürlich nicht reichen und wir sollten ...« Er brach ab und stöhnte. »Also, nicht *wir*, sondern *ich* sollte noch einmal zu ihnen fahren, um sie zu befragen. Kümmern Sie sich bitte persönlich darum, hat er gesagt.« Barnowski sah ihn an. Sein Blick wirkte aufrichtig. »Ich habe versucht, etwas einzuwenden, aber der Kriminaloberrat hat meine Argumente nicht gelten lassen. Ich denke, ich habe mich unmissverständlich ausgedrückt. Das waren seine letzten Worte.«

»Okay«, brachte Pielkötter mühsam hervor. »Ich werde die Aufgabe trotzdem übernehmen. Den Ärger mit unserem Kriminaloberrat nehme ich natürlich auf meine Kappe.« Wenn er auf Konfrontation aus ist, kann er die gerne haben, dachte er im Stillen. Außerdem fühlte er sich in der Entscheidung bestätigt, Plötsche nicht über Schönlings lockeren Kontakt zu dem Opfer zu informieren.

6

Pielkötter und Barnowski verließen eilig das Präsidium. Inzwischen hatten sie festgestellt, dass Patrick Momsen, der
Freund des Opfers, seine Stelle noch nicht gewechselt hatte.
Er gehörte weiter zur Polizeiwache Kamp-Lintfort und wohnte
in Moers. Bei ihrem Telefonat hatte er signalisiert, die Kommissare lieber nicht auf seiner Dienststelle empfangen zu wollen. Pielkötter und Barnowski hatten sich darauf eingelassen,
um das private Umfeld von Opfer und möglichem Täter ken-
nenzulernen. Schließlich hatte Imke Bielstett laut ihrer Re-
cherche bald drei Jahre mit Momsen in einer Wohnung gelebt.

»Diese Lkw-Waage geht mir so was von auf den Zeiger«,
erklärte Barnowski. »Tempo vierzig auf der Autobahn. Gehts
noch? Und das ganz ohne Baustelle.«

»Wäre Ihnen eine Baustelle lieber?«, fragte Pielkötter und
runzelte die Stirn.

»Nun ja, Baustellen verschwinden auch mal wieder, aber
auf der A 40 müssen alle Pkw seit Urzeiten vierzig fahren, nur
damit sich die Lkw rechtzeitig vor der Rheinüberquerung in
die Spur mit der Waage einreihen können. Es wird wirklich
Zeit, dass die neue Brücke fertiggestellt wird. Okay, man kann
sie fast schon erkennen. Manchmal denke ich jedoch, sonne
Mondlandung kriegen die eher hin als eine simple Brücke.
Gut, vielleicht ist meine Einstellung ungerecht. Schließlich
soll das ein Bauwerk der Superlative werden. Deutschland
weitest gespannte Schrägseilbrücke.«

»Konzentrieren wir uns auf unsere Arbeit«, brummte Pielkötter. »Mir ist nicht ganz wohl dabei, einen Polizisten befra-

gen zu müssen. Wir sollten damit rechnen, dass er uns die Sache nicht zu einfach macht. Außerdem finde ich es befremdlich, dass wir eine Person aus unseren eigenen Reihen als Verdächtigen einstufen müssen. Und ich hoffe wirklich, dass er sich nicht als Täter erweist, auch wenn er im Moment vielleicht sogar unser Hauptverdächtiger ist.«

»Die Sache geht mir sehr nah.« Barnowskis Stimme klang nicht so unbeschwert wie gewöhnlich. »Ist schon was anderes, wenn man mit dem Opfer mal an einem Tisch gesessen hat.« Er wandte den Blick kurz von der Fahrbahn zu Pielkötter. »Könnte man Nadine eigentlich von dem Fall abziehen, weil sie Imke Bielstett öfter gesehen hat, oder sogar mich?«

»Wenn wir die Kontakte nicht an die große Glocke hängen, wird das nicht passieren. Offiziell gab es keine Berührungspunkte. Bei Ihnen erst recht nicht. In der Kantine kann man sich begegnen, ohne jemals ein Wort miteinander gewechselt zu haben.«

»Ihre Meinung beruhigt mich«, entgegnete Barnowski ernst. »Ich möchte nämlich alles tun, um Imkes Mörder zu finden.«

Inzwischen hatten sie die Rheinbrücke passiert und der Verkehr floss wieder recht normal, nur ihre Unterhaltung stockte. Pielkötter fragte sich, in wie vielen Fällen er noch ermitteln würde. Es kommt nicht auf die Anzahl an, sagte er sich, das Wichtigste ist und bleibt die Aufklärungsquote. Barnowski bog ungewöhnlich schweigsam von der Autobahn ab.

»Das Bettenkamper Meer da drüben habe ich mal durch eine meiner ersten Freundinnen kennengelernt«, meldete er sich dann doch zu Wort. »Nun ja, das Wasser in dieser Naturbadeanstalt war ziemlich kalt, aber das Mädchen ...« Er seufzte.

»Manchmal denke ich, ich kriege langsam Vergangenheit und werde alt. Allerdings erscheint mir die Alternative weit weniger attraktiv. Imke Bielstett hätte sicher irgendwann gerne auf eine lange Vergangenheit zurückgeblickt.«

Pielkötter nickte kaum merklich. Wann hatte er seinen jungen Mitarbeiter jemals derart nachdenklich erlebt? Trotz seiner manchmal recht flapsigen oberflächlich wirkenden Art war der Bursche doch ernsthafter, als er zuweilen angenommen hatte. Er hatte sich in brenzligen Situationen immer auf ihn verlassen können. Gegenseitig hatten sie sich das Leben gerettet. Auf jeden Fall würde er Barnowski vermissen, wenn er ... Nein, diesen Gedanken wollte er lieber nicht vertiefen, sich nicht zu Sentimentalitäten hinreißen lassen.

»Schauen Sie mal da drüben hin«, half ihm Barnowski in die Realität zurück. »In Moers hat sich in der letzten Zeit eine ganze Menge verändert. Dieser neue Gebäudekomplex, den Sie dort sehen, liegt direkt am Rand des Schlossparks mit den schönen alten Bäumen. Man hat das ehemalige Verwaltungsgebäude abgerissen und an der Stelle schicke Eigentumswohnungen gebaut. Und der Biergarten im Fußgängerbereich ist auch relativ neu.«

»Aber Momsen besitzt dort kein Eigentum?«

»Nee, mit dem Gehalt eines Polizisten hat er da kaum eine Chance, es sei denn, er macht eine stattliche Erbschaft.«

Momsen wohnte nicht weit entfernt in einem älteren Mietshaus. Trotzdem in guter Lage, mitten in der City. Barnowski parkte den Dienstwagen gegenüber einer Kirche. Sie liefen an einem Bronzebrunnen mit Tierfiguren vorbei. Pielkötter erkannte Esel, Fuchs, Schwein und ein Eichhörnchen. Ihre Gliedmaßen besaßen Gelenke. Ein kleiner Junge, der von seiner Mutter getragen wurde, bewegte lachend die Beine der Tiere. Pielkötter erinnerte sich vage, einen ähnlichen Brunnen schon einmal gesehen zu haben, war das nicht in Aachen gewesen? Barnowski ließ ihm keine Zeit, darüber nachzudenken. Mit einem Blick zu den dunklen Wolken am Himmel bog er in eine Seitenstraße ein und Pielkötter folgte ihm.

Patrick Momsen empfing sie mit versteinerter Miene. Natürlich wusste er längst über den Tod seiner Exfreundin Bescheid. Der Mord hatte sich in Polizeikreisen in Windeseile herumgesprochen. In dem engen Flur roch es nach Farbe und es war dunkel. In den Wohnraum hingegen drang Sonnenlicht durch ein großes Fenster mit extrem kurzen gehäkelten Gardinen herein. Rechts davon stand eine tropische Pflanze, dessen Namen Pielkötter nicht kannte, in einem riesigen knallroten Übertopf. Alles wirkte gepflegt.

»Bei der Befragung werde ich ja noch einiges lernen können«, erklärte Patrick Momsen nach der allgemeinen Begrüßung. Er hatte ihnen einen Platz auf einem zweisitzigen rostroten Sofa angeboten, dass von zwei wuchtigen schwarzen Sesseln flankiert wurde. In einem ließ er sich selbst nieder. »In solch einer Situation war ich jedenfalls noch nie. Bisher habe ich immer die Fragen gestellt.«

Besonders betroffen vom Tod seiner ehemaligen Freundin wirkt er nicht gerade, überlegte Pielkötter.

»Na, dann schießen Sie mal los. Schließlich möchte ich dazu beitragen, dass die schreckliche Tat an Imke aufgeklärt wird.« Er seufzte laut, was in Pielkötters Ohren ein wenig zu theatralisch klang. »Wir sind zwar schon länger kein Paar mehr, aber Imke hat nach wie vor meine volle Unterstützung verdient. Ich war gerne mit ihr zusammen und ...«, er legte eine kunstvolle Pause ein, »wäre es gerne noch immer. Sie hat mit mir Schluss gemacht, aber das wissen Sie sicher längst.«

»Ganz richtig«, bestätigte Pielkötter. »Darüber hinaus wissen wir auch, dass Sie ihre Entscheidung nicht akzeptieren wollten.«

»Was heißt das?« Eine Falte auf Momsens Stirn wanderte höher. »Ich habe versucht, sie zurückzugewinnen, das ist alles. Nachdem man einige Jahre zusammengelebt hat, darf man einen solchen Versuch wohl unternehmen, finde ich.«

»Wir sind auch nicht hier, um über Beziehungsprobleme zu diskutieren«, entgegnete Pielkötter, ehe Barnowski etwas einwenden konnte. »Uns geht es ausschließlich um Fakten. Deshalb frage ich jetzt ganz gezielt, wo und mit wem Sie den gestrigen Abend verbracht haben.«

»Ich hatte keinen Dienst mehr, aber auch das wissen Sie sicher bereits. Vom Präsidium bin ich nach Hause gefahren und habe mich dann mit einem Bekannten in dem neuen Café am Moerser Altmarkt getroffen. Die schließen um neunzehn Uhr und kurz vorher sind wir gegangen. Vielleicht haben wir vor der Tür noch eine Viertelstunde oder etwas länger gequatscht und dann bin ich nach Hause gegangen.«

»Nun, das deckt die Tatzeit nicht annähernd ab«, erklärte Barnowski.

»Ich kann Ihnen nur sagen, dass ich danach hier in der Wohnung war und Musik gehört habe. Leider kann das keine Freundin bezeugen.«

»Gibt es denn eine?«, fragte Pielkötter.

Patrick Momsen schüttelte den Kopf. »Auf diese Frage muss ich nicht antworten und habe es auch nicht vor.«

»Okay, kennen Sie jemanden, der einen Grund gehabt haben könnte, Imke Bielstett zu ermorden?«

»Also, die Junkies im Kant-Park eher nicht.«

»Wieso Kant-Parkt?« Barnowski wirkte irritiert. »Über den Tatort haben wir doch überhaupt nicht geredet?«

»Also wirklich.« Momsen verzog das Gesicht zu einem missglückten Grinsen. »Ich arbeite bei der Polizei. In der Nachbarstadt ist meine Exfreundin, ebenfalls Polizistin, ermordet worden, und Sie glauben ernsthaft, ich hätte nichts über die näheren Umstände mitbekommen?«

»Wir haben Sie nicht gefragt, wen Sie ausschließen würden, sondern, ob Sie jemanden kennen, der ein Motiv haben könnte«, entgegnete Pielkötter nüchtern.

»Nein, eigentlich nicht.« Momsen blickte sie einzeln an und runzelte die Stirn. »Bis auf ihren Vorgesetzten vielleicht. Ich habe da mal sowas läuten hören. Entweder hatte Imke Probleme mit ihm oder eine Affäre, was fast auf dasselbe hinausläuft.«

»Wissen Sie Näheres darüber.«

Momsen schüttelte erneut den Kopf. Er stand auf und lief zu einer Anrichte, über der eine monströse Collage aus Fotografien prangte. Darunter befanden sich etliche Bilder mit Imke Bielstett, wie Pielkötter auf einen Blick feststellte. Abnabelung sieht anders aus, überlegte er, während Momsen in einer Schublade herumkramte. Schließlich kehrte er mit einer Packung Zigaretten und einem Feuerzeug zurück.

»Ich hoffe, es stört Sie nicht, wenn ich rauche.« Momsen wartete ihre Antwort erst gar nicht ab und zündete sich eine Zigarette an. Er inhalierte tief und stieß dann stoßweise den Rauch aus. »Eigentlich habe ich aufgehört, seitdem man nirgendwo mehr rauchen darf, aber für den Notfall habe ich immer ein paar Glimmstängel im Haus. Der Tod von Imke geht mir wirklich nah, auch wenn ich das gerne verbergen möchte. Am meisten vor mir selbst. Und wie vorhin schon angedeutet, habe ich keine Ahnung, wer ihr das angetan haben könnte.« Er hielt inne und sah Pielkötter direkt in die Augen. »Ist Sie eigentlich vergewaltigt worden?«

»Als Polizist sollten Sie wissen, dass wir Ihnen darüber keinerlei Auskunft geben dürfen.«

»Jedenfalls war sie immer sehr unvorsichtig. Deshalb gab es oft Streit zwischen uns. Ich wollte sie gerne beschützen, aber das hat sie nicht zugelassen. Sie kannte keine Angst und das ist ihr offensichtlich zum Verhängnis geworden.« Momsen schnippte die Asche in den Kristallaschenbecher, den er auf den ovalen Tisch gestellt hatte.

»Wir haben gehört, dass Sie wieder in Ihre Heimatstadt Datteln zurückkehren möchten«, erklärte Pielkötter. »Der Zeuge ging sogar davon aus, dass Umzug und Versetzung bereits stattgefunden haben.«

Momsen zog inbrünstig an seiner Zigarette. »Teilweise stimmt das. Ich habe einen Zweitwohnsitz in Datteln. Im Haus meiner Eltern ist eine kleine Einliegerwohnung freigeworden. Wenn ich dienstfrei habe, übernachte ich dort. Ich habe sie allerdings nicht angemeldet.«

»Und wie sieht es mit der Versetzung aus?«, fragte Barnowski und verzog missbilligend das Gesicht, als Momsen erneut den Rauch ausstieß.

»Das steht demnächst an, ich habe aber noch nichts unternommen.«

»Ihre Aussage wundert mich«, erwiderte Pielkötter.

»Wenn es mir wichtig wäre, hätte ich die Versetzung schon längst in die Wege geleitet. Zumal es ja dauern kann, bis sie tatsächlich durchkommt.«

Momsen verdrehte die Augen und drückte die Zigarette aus, als wolle er den Stummel zerquetschen. »Na schön, mein Privatleben geht Sie zwar nichts an, aber ich nenne Ihnen trotzdem den Grund. Ich bin in Datteln wieder mit meiner Jugendliebe zusammen. Johanna Schulze. Das geht natürlich noch nicht so lang und jetzt ist sie auch drei Wochen auf einer Kreuzfahrt, die sie schon lange gebucht hat. Ich kann also nicht genau abschätzen, ob was Festes aus unserer Beziehung wird. Deshalb will ich mir alle Türen offenhalten und hier nicht überstürzt die Zelte abbrechen. In Moers gefällt es mir nämlich recht gut.«

»Das leuchtet ein«, sagte Barnowski.

»Wann haben Sie Imke Bielstett das letzte Mal gesehen?«

»Oh, das ist schon eine Weile her.«

»Geht es etwas genauer?«

»Zwei, drei Monate vielleicht. Jedenfalls habe ich zu diesem Zeitpunkt bereits meine freien Tage in Datteln verbracht. Und das habe ich Imke bei dieser Gelegenheit erzählt.«

»Wo haben Sie sich getroffen?«, Pielkötter fixierte Momsen mit seinen Augen. »Und vor allem aus welchem Grund?«

»Sie werden lachen, wegen eines Dampfdrucktopfs.«

»Im Zuge von Mordermittlungen lache ich nie«, entgegnete Pielkötter trocken.

»Den haben wir mal zusammen angeschafft. Als ich einige Sachen für Datteln zusammengesucht habe, ist mir das Teil wieder in die Hände gefallen. Ich habe nie damit gekocht und Imke hat wohl vergessen, ihn beim Auszug mitzunehmen. Also habe ich sie angerufen und gefragt, ob sie das Ding haben möchte und ob ich es ihr bringen solle. Zuerst wollte sie nicht so recht, aber als ich ihr von der Einliegerwohnung im Haus meiner Eltern erzählt habe, hat sie zugestimmt, sich mit mir zu treffen. Da hat sie wohl verstanden, dass ich die Trennung akzeptiert habe. Die Topfübergabe hat dann an der Ruhrorter Promenade stattgefunden. Ich hätte mich gerne noch mit ihr beim Hübi niedergelassen, aber sie wollte nicht.«

»Gut, das wars fürs Erste. In den nächsten Tagen kommen Sie dann bitte noch einmal ins Präsidium.«

»Oder vorher, wenn Ihnen etwas Neues einfällt«, mischte sich Barnowski ein.

»Chef, was halten Sie von Momsen?«, fragte er, nachdem sie die Wohnung verlassen hatten. »Für mich ist er jedenfalls nicht aus dem Rennen, nur weil er jetzt eine neue Freundin und sich im Haus seiner Eltern ein Zweitdomizil eingerichtet hat.«

»Das sehe ich genauso«, antwortete Pielkötter nachdenklich. »Besonders, weil es in seiner Diele nach Farbe roch. Wer streicht denn die Wände, wenn er nicht weiß, ob er demnächst auszieht?«

»Das ergibt wirklich keinen Sinn. Prophylaktisch für den Auszug zu renovieren bringt auch nichts, wenn man hinterher Bilder aufhängt und Möbel vor die Wände stellt. Apropos Bilder, haben Sie die vielen Fotos von Imke Bielstett gesehen?«

Pielkötter nickte nachdenklich. »Die Ergebnisse der Obduktion legen den Schluss nahe, dass der Mord nicht im Affekt geschehen ist. Die Tat war geplant. Angenommen Momsen hätte schon länger vorgehabt, seine Exfreundin umzubringen, hätte er dann nicht alles drangesetzt, dass wir ihm kein Tatmotiv nachweisen können, und die Bilder abgehängt?«

»Und schon gehen wir ihm auf den Leim! Genau das sollen wir wahrscheinlich denken. Er lässt die Bilder extra hängen. Gleichzeitig tut er so, als hätte er die Trennung akzeptiert, indem er seine Fühler nach Datteln ausstreckt und sich dort eine neue Gespielin zulegt. Ich halte ihn für ganz schön clever.« Barnowski strich sich durch das volle schwarze Haar. »Wir sollten uns auch in Datteln umhören, ob es diese Jugendliebe wirklich gibt und wie ernst man die Beziehung einstufen kann. Wie hieß die Frau noch? Mist, ich habe mir den Namen nicht notiert.«

»Johanna Schulze«, sagte Pielkötter, ohne zu zögern. »Und es wäre wirklich aufschlussreich, die Dame zu befragen. Ich bin gespannt, ob Momsen ihre Nähe gesucht hat. Wenn er die Bemühungen um Imke Bielstett plötzlich aufgegeben und eine Beziehung mit Johanna Schulze forciert hat, sollte uns das zumindest zu denken geben.«

»Mir fällt gerade ihre mehrwöchige Kreuzfahrt ein, die er uns aufgetischt hat. Bin echt neugierig, ob das stimmt.«

»Ich glaube nicht, dass er uns da belogen hat. Er wird nicht so dumm sein zu glauben, dass wir das nicht überprüfen. Allerdings könnte er mit dem Mord abgewartet haben, bis Frau Schulze aus dem Schussfeld ist und für uns zumindest persönlich nicht greifbar ist. Es macht einen Unterschied, ob man eine Auskunft am Telefon bekommt oder einem Menschen von Angesicht zu Angesicht gegenübersteht, und seine Mimik studieren kann.« Pielkötter runzelte die Stirn. »Aber es wird noch andere Zeugen in Schulzes Umfeld geben, die uns über ihre Beziehung zu Momsen Auskunft geben können. Und die dürften in ihrer Einschätzung sogar objektiver sein als sie selbst. Trotzdem sollten wir nicht vergessen, dass Momsen nicht der einzige Verdächtige ist.«

Barnowski öffnete die Autotür und schwang sich hinter den Fahrersitz. »Was halten Sie von dem Hinweis auf Imke Bielstetts Chef? Sollte das ein Ablenkungsmanöver sein?«

»Das können wir zum jetzigen Zeitpunkt kaum einschätzen. Auf jeden Fall müssen wir ihn befragen. Ebenso Martin Wiese, mit dem sie vor dem Mord auf Streife gewesen ist, wie ich heute Morgen erfahren habe.«

»Wen nehmen wir uns zuerst zur Brust?«

»Am besten teilen wir uns auf«, schlug Pielkötter vor, »ich übernehme ihren Chef und Sie den Kollegen.«

»Da fällt mir ein Stein vom Herzen. Nichts gegen Gunnar Terstegen, aber letztens bin ich mal mit ihm aneinandergeraten.«

»Wieso kennen Sie ihn mit Namen?«

»Nach unserem kleinen Disput hat ihn jemand damit angesprochen. Und weil mein erster Vermieter auch Terstegen hieß, nur in zwei Worten geschrieben, wie dieser Fußballer, habe ich ihn mir gemerkt. Na ja, eigentlich ging der Ärger von mir aus. Ich habe seinen Wagen zugeparkt, weil ich nur eben schnell etwas aus dem Büro holen wollte. Genau auf dem Weg musste ich natürlich Plötsche in die Arme laufen und mir das Gelaber von suboptimalen Berichten anhören. Konnte ich damit rechnen, dass der mich aufhalten würde? Als ich endlich wieder zu meinem Auto kam, hatte sich Terstegen bereits ziemlich in Rage gesteigert.«

»Zu Recht, wie Sie selbst schon bemerkt haben«, kommentierte Pielkötter die Sachlage nüchtern. »Aber kommen wir zu unserem Fall zurück. Imke Bielstetts Handy wurde weder in ihrer Wohnung noch an ihrem Arbeitsplatz gefunden. Geortet werden konnte es auch nicht. Bei Wieses Befragung sollten Sie ihn unbedingt darauf ansprechen. Wahrscheinlich war er der letzte Mensch, der mit dem Opfer Kontakt gehabt hat. Ich meine, abgesehen von dem Mörder natürlich.«

»Dann hat es der Täter wohl an sich genommen«, bemerkte Barnowski und strich sich nachdenklich über sein Haar, das bald mal wieder einen vernünftigen Schnitt gebrauchen konnte. »Die Frage wäre nur, warum? Wegen Spuren, die zu ihm führen könnten, oder als Trophäe?«

»Ich hoffe, dass wir nicht von einem Serientäter ausgehen müssen und dass keine weiteren jungen Frauen, vielleicht auch Polizistinnen zu Opfern werden.« Er brummte in sich hinein. »Möglicherweise sind auf dem Handy auch Informationen gespeichert, die für ihn interessant sein könnten.«

7

Barnowski saß zusammen mit Martin Wiese in einem Aufenthaltsraum des Polizeipräsidiums, vor sich einen Kaffee aus dem Automaten. Von draußen drang trübes Licht herein. Barnowski hatte es vorgezogen, eine lockere Atmosphäre zu schaffen, anstatt Wiese offiziell mit Aufzeichnung zu befragen.

»Ist schon eine echt komische Situation«, murmelte Barnowski. »Sonst tauschen wir uns zwischen Kollegen immer über eine Straftat aus …«, er suchte nach den richtigen Worten, »die sozusagen an jemandem dort draußen begangen worden ist.« Er zeigte auf das Fenster. »Und jetzt ermitteln wir quasi in eigener Sache.«

»Es ist nicht komisch, sondern schrecklich«, entgegnete Wiese. »Ich habe eine geschätzte Kollegin verloren, mit der ich sehr gerne zusammengearbeitet habe.« Er seufzte tief. »Um ganz ehrlich zu sein. In der letzten Zeit bahnte sich zwischen uns sogar etwas an. Wie Sie sicher wissen, war Imke bereits länger nicht mehr mit Patrick Momsen zusammen. Ich habe sie schon immer gemocht, aber zuerst war sie wegen ihrer Beziehung zu Momsen nicht erreichbar, dann wollte ich ihr etwas Zeit geben, damit sie Abstand gewinnen konnte, und dann …« Wiese wischte sich mit der rechten Hand über die Augen. Er wirkte mitgenommen. »Und jetzt ist sie für mich unerreichbar.« Er starrte Barnowski traurig an. »Bis in die Ewigkeit«, fuhr er fort und schnäuzte in ein Papiertaschentuch.

Entweder schauspielert Martin Wiese nahezu bühnenreif oder die Trauer hat ihn fest im Griff, überlegte Barnowski. Aber selbst wenn er übertrieb, hieß das nicht automatisch, dass er Imke Bielstett ermordet hatte. Und sogar, wenn sie ihn zurückgewiesen hätte und er das nicht zugeben wollte, brachte man deshalb nicht unbedingt jemanden um. Barnowski gestand sich ein, dass es ihm an gebotener Neutralität mangelte. Ihm fiel es schwer, in einem Kollegen den Täter des grausamen Mordes zu sehen, besonders in einem so sympathischen Zeitgenossen wie Martin Wiese.

Barnowski strich sich mehrmals durch das Haar und begann endlich mit der Befragung. »Kennen Sie jemanden, der ein Motiv hatte, Imke Bielstett zu ermorden? Lag sie vielleicht mit einer Person im Streit?«

»Momsen muss ihr wohl eine Weile nachgestellt haben. Jedenfalls hat Franziska mal so etwas in der Art angedeutet. Allerdings hatte ich den Eindruck, das hätte sich gelegt. Deshalb sind wir uns in letzter Zeit ja auch näher gekommen.«

»Was heißt das genau? Hatten Sie Dates mit ihr?«

»Nein, leider nicht.« Wiese seufzte tief. Auf seiner Stirn bildeten sich leicht diagonal verlaufende Falten. »Noch nicht. Wir standen kurz davor.« Erneut zog er aus der Packung ein Taschentuch und schnäuzte kräftig hinein.

Barnowski zollte ihm einen gewissen Respekt für seine Ehrlichkeit, die er so kaum erwartet hatte. »Kommen wir zu Ihrem letzten gemeinsamen Dienst«, fuhr Barnowski betont sachlich fort. »Gab es auf Streife besondere Vorkommnisse? Ist sie dabei vielleicht mit irgendjemanden aneinandergeraten, der solch eine Wut auf sie entwickelt hat, dass er ...«

»Leuten mit Mordswut im Bauch begegnen wir ja fast täglich, aber woher sollten die wissen, dass Imke nach Dienstschluss allein im Kant-Park in Duisburg herumspaziert?« Wiese stockte und knetete seine Finger.

Barnowski gab ihm Recht. Es kam nur eine Person infrage, die Imkes Wohnort und ihre Gewohnheiten kannte, oder jemand, der ihr vom Präsidium aus gefolgt war. Außerdem legte die blutige, mit Pinsel aufgetragene Botschaft nahe, dass der Täter den Mord vorbereitet hatte. Das würde niemand sein, den Imke Bielstett ein paar Stunden zuvor groß aufgeregt hatte. Über die Einigkeit mit Wiese empfand er eine gewisse Erleichterung. »Hatte Ihre Kollegin ein privates Handy bei sich? Haben Sie gesehen, dass sie es benutzt hat?«

»Tut mir leid, ihr Handy ist mir nicht aufgefallen.« Er kratzte sich mehrmals mit dem Zeigefinger am Kinn. »Nein, Imke hat in meiner Gegenwart definitiv nicht telefoniert, ihre Mails gecheckt oder sonst etwas damit angestellt.«

»Danke, das war es dann erst einmal.« Barnowski reichte Wiese zum Abschied die Hand. »Wegen des Protokolls kommen wir noch einmal auf Sie zurück. Und vielleicht ergeben sich im Laufe der Ermittlungen weitere Fragen. Mehr muss ich Ihnen dazu bestimmt nicht sagen.« Er stockte. »Außer: mein Beileid. Der gewaltsame Tod von Imke Bielstett ist für Sie sicher ein großer Verlust.«

Wiese nickte traurig, wischte sich erneut mit der Rechten über die Augen und seufzte tief. Ihm schienen die Worte zu fehlen. Barnowski verstand das nur zu gut. Wenn er sich vorstellte, dass Nadine etwas zustoßen würde ... Nein, daran mochte er jetzt lieber nicht denken.

8

Erschrocken drückte sich der Mann an die Häuserwand. Er keuchte, hielt sich die Hand an die Brust. Das wäre beinah schiefgegangen. Warum sah sich die Frau immer wieder um? Sie konnte nicht wissen, dass er die gemeinsame WhatsApp-Gruppe mit Imke Bielstett durchforstet und dabei eine Menge nützlicher Informationen über sie erfahren hatte. Es gab keinen Grund für ihre Vorsicht. Oder ahnte sie aus irgendeiner weiblichen Intuition heraus, dass er sie schon einige Zeit verfolgte? Vielleicht steckte auch ihr Instinkt als Polizistin dahinter. Der Gedanke ließ eine dicke Ader an seinem Hals anschwellen.

Lauernd schaute er um die Ecke. Dort hinten lief die Schlampe. Sie war in Zivil, bekleidet mit einem kurzen Rock und Pumps mit halbhohen Absätzen. Den Blick hatte sie wieder nach vorne gerichtet. *Du entkommst mir nicht,* murmelte er und verzog den Mund zu einem seltsamen, missglückten Grinsen, das zunehmend diabolisch wirkte. Sie draußen in einem unbeobachteten Moment zu erwischen, stellte nur eine seiner Chancen dar, und er war bereit, die erstbeste Gelegenheit zu nutzen. Wenn sie wüsste, wie viele Optionen er in der Hinterhand hatte, würde ihr vor Angst das Blut in den Adern gefrieren, bevor ihr Kreislauf ... Der Motor eines getunten Porsches heulte auf und störte seine Vorfreude.

Mit siegessicherem Lächeln auf den Lippen nahm er die Verfolgung wieder auf. Aus dem Plastikbeutel in seiner linken Hand zog er einen zerknautschten grauen Hut und eine Brille mit Fensterglas und setzte sie auf. Nachdem er noch einen hauchdünnen dunkelblauen Regenmantel herausgefischt hatte und hineingeschlüpft war, zerknüllte er die Tüte und warf sie achtlos fort. Aus der Ferne wirkte er nun garantiert wie eine andere Person. Würde die Frau sich erneut umsehen, würde sie ihn kaum wiedererkennen.

Seine rechte Hand fasste nach der aufgezogenen Injektion in seiner Jackentasche. Inzwischen hatte er sich ein Barbiturat sowie Propofol besorgt und hoffte, dass seine spezielle Mischung optimal wirkte. Vorsichtig strich sein Finger über die Schutzkappe, die er im passenden Moment abziehen musste.

Warum gestaltete sich sein Plan diesmal recht kompliziert, nicht so einfach wie bei Imke Bielstett? Die hatte er nicht lange beobachtet, um den richtigen Ort und die richtige Zeit auszuloten. Er hatte nicht einmal diese Dröhnung gebraucht. Auf offener Straße dagegen hieß es vorsichtig sein, selbst zu später Stunde. Wie schnell konnte ein Passant auftauchen, der Zeuge des Überfalls wurde. Sobald er ihr die Betäubung verabreicht hätte, sähe es jedoch so aus, als würde er seine leicht angetrunkene Freundin fürsorglich stützen. Zumindest hoffte er das.

Mit entschlossener Miene drückte der Mann seinen Hut tiefer in die Stirn und beschleunigte seinen Schritt. Der Abstand verringerte sich Meter um Meter. Gleich würde die Frau die nächste Kreuzung passieren. Sobald sie das einsame Viertel dahinter erreicht hat, schnappe ich sie mir, dachte er und fasste erneut in seine Jackentasche. Die Spritze fühlte sich gut an in seiner Hand.

Plötzlich bog sie rechts auf die Hauptstraße ab. Damit hatte er nicht gerechnet. Er wusste genau, wie sie hieß und wo sie wohnte. Das Mietshaus, gebaut für Arbeiter der Zeche Friedrich-Heinrich, lag in der Nähe des Geländes der ehemaligen Landes-Gartenschau in Kamp-Lintfort und geradeaus vor ihm. Ahnte Franziska Gerstner etwa doch, dass er sie verfolgte? Zumindest hatte sie es mit einem Mal sehr eilig. Und was war das? Sie kramte in ihrem Shopper herum, schien etwas zu suchen. Wenig später zog sie ein Handy hervor und telefonierte. Scheiße, was sollte das?

Er entschied, seine Mission augenblicklich abzubrechen, um jedes unnötig hohe Risiko auszuschließen. Das Blut pochte wild in seinen Schläfen. Wut schnürte ihm fast die Kehle zu.

Du entkommst mir nicht, spie er voller Hass aus. Am liebsten wäre er zu ihrer Wohnung geeilt und hätte dort auf sie gewartet, aber heute würde sie zu wachsam sein. Er musste es ein anderes Mal probieren oder ... er ballte die Hände zu Fäusten, sich ein neues Opfer aussuchen. Diesen Gedanken würde er sorgfältig abwägen.

9

Im Anschluss an die Durchsuchung von Imke Bielstetts Wohnung war Pielkötter ins Präsidium zurückgekehrt. Er hätte an diesem Abend gerne weitergearbeitet, aber die Befragung von Gunnar Terstegen entfiel notgedrungen. Der Vorgesetzte des Opfers hatte inzwischen dienstfrei und war privat nicht erreichbar.

Pielkötter beschloss, Mariannes Einladung zum Essen anzunehmen. Bisher hatte er nur unter Vorbehalt zugesagt. Wegen einer kurzfristigen Absage hätte er sowieso einen triftigen Grund gebraucht. In seinem Büro am Schreibtisch zu sitzen und gedanklich die bisherigen Befragungen durchzugehen, reichte dafür nicht aus. Ein kurzer harter Schnitt und morgen mit frischem Kopf erneut an die Arbeit, überlegte er. Allerdings kannte er sich selbst gut genug, um diese Aussicht als Illusion einzuordnen. Es bestand sogar die Gefahr, dass er einen ganz miesen Gesprächspartner abgeben würde, was er sich im Moment überhaupt nicht leisten konnte. Er wollte schließlich, dass seine Frau, die das gemeinsame Haus verlassen hatte, zu ihm zurückkehrte. Pielkötter brummte tief in sich hinein, schnappte seine Jacke vom Garderobenständer und verließ das Präsidium mit dem festen Vorsatz, sich ganz und gar auf das Treffen mit Marianne einzulassen. Er würde sich Mühe geben!

Mit dem Auto dauerte es kaum zehn Minuten bis zu Mariannes Appartement. Auf einmal wurde ihm bewusst, dass sie in der Nähe des Opfers wohnte. Und schon war er in Gedanken wieder bei dem aktuellen Fall. Warum nur hatten sie bei der Durchsuchung der Habseligkeiten keinen gescheiten Hinweis gefunden? Oder hatten sie etwas Entscheidendes übersehen? Nur ein Eintrag in einem Wandkalender drei Tage vor ihrem Tod war ihm aufgefallen, hatte die Ermittlungen aber nicht weitergebracht. *20:00 Uhr, Treffen mit ...* hatte dort gestanden, wobei Imke Bielstett den Termin wohl im Nachhinein durchgestrichen hatte. Das Ganze hatte mehr Fragen aufgeworfen, als geklärt. Auf jeden Fall konnte es nicht schaden, Franziska Gerstner auch darauf gezielt anzusprechen. Pielkötter ärgerte, dass er sie nicht schnell angerufen hatte, um nachzufragen. Früher wäre ihm das nicht passiert. Wurde er langsam zu alt für diesen Job? Dieser Gedanke fühlte sich an wie ein Faustschlag in die Magengrube.

Es kostete Geduld, seinen Golf irgendwo in Fußnähe zu Mariannes Wohnung zu parken. Um diese Zeit waren alle Berufstätigen von ihrer Arbeitsstelle zurückgekehrt und beanspruchten einen Platz direkt vor der Tür. Zum Schluss quetschte er seinen Wagen in eine Lücke, in die er sich ohne die modernen Einparkhilfen nicht hineingewagt hätte. Müde stieg er aus und lief etliche Häuserblocks zurück.

Marianne empfing ihn mit einem vertrauten Lächeln und umarmte ihn. Als sie sich von ihm lösen wollte, hielt er sie noch einige Sekunden fest. Er genoss ihre Wärme und den Duft ihrer Haut. Dabei dachte er an die Jahre, in denen sie ihn bei der Heimkehr aufgebaut hatte, wenn die Arbeit übermächtig zu werden schien. Erst jetzt wusste er zu schätzen, dass sie immer wieder neu diesen Pool gespeist hatte, aus dem er die nötige Kraft für seinen stressigen Beruf hatte ziehen können. Er selbst jedoch hatte sich meist nur daraus bedient. Seufzend gab er Marianne frei.

»Das wurde aber auch Zeit, sonst brennt gleich der Auflauf an«, erklärte sie lachend. »Mach es dir schon am Esstisch bequem, ich komme gleich nach.«

»Ich kann aufdecken, Wein einschenken oder was immer gemacht werden muss.«

»Hol doch bitte den Wein aus dem Kühlschrank. Mehr habe ich für dich nicht zu tun.«

Später beim Essen schwiegen sie eine Weile. Pielkötter empfand die Stille als angenehm. Keiner von ihnen musste dem anderen etwas vormachen oder beweisen. Hier suchte niemand zwanghaft nach den richtigen Worten, Mariannes stummes Lächeln wirkte entspannt.

»Möchtest du noch einen Nachschlag?«, fragte sie, nachdem Pielkötter seinen Teller geleert hatte.

»Danke, es hat ausgezeichnet geschmeckt, aber mehr schaffe ich nicht.«

Sie räumten gemeinsam den und kehrten mit einem Kaffee zum Tisch zurück. »Du hast mir noch nichts von deiner Fortbildung in Münster erzählt«, begann sie die Unterhaltung.

»Ich würde gern mal wieder hinfahren. Wie lange war ich

schon nicht in meiner alten Heimat? Der letzte Besuch ist bestimmt bald ein ganzes Jahr her.« Sie strich eine Locke hinters Ohr und sah neugierig zu ihm hinüber. »Bist du denn überhaupt dazu gekommen, viel von der Stadt zu sehen?«

»Erstaunlicherweise ja. Ich habe geschaut, was es in der Innenstadt Neues gibt. Vielleicht kennst du schon einiges von dem, was für mich fremd war. Vor allem über die Ludgeristraße habe ich mich gewundert. Hier konntest du früher doch nur einkaufen, jetzt sind da ganz viele Lokale. Auf dem Prinzipalmarkt haben neben den traditionsreichen Geschäften auch einige Besitzer gewechselt. Und du ahnst nicht, wen ich dort getroffen habe. Ich bin Volker Brinkmann in die Arme gelaufen. Den müsstest du eigentlich auch kennen.«

»Klar. Einer deiner Kommilitonen von der Polizeihochschule. Der war immer ein bisschen laut. Verstand sich aufs Feiern und ... nun ja, aufs Flirten, wenn man so will.«

»Was heißt, wenn man so will?«, fragte Pielkötter mit hochgezogenen Augenbrauen.

»Also, er kam damit nicht bei jeder Frau gut an, bei mir jedenfalls nicht.« Marianne nippte mehrmals an ihrem Wein. »Ich glaube, wenn er gekonnt hätte ...«

»Du meinst, er hätte dich mir ausgespannt?«

»Ich weiß nicht recht. Das war mehr ein Gefühl. Außerdem ist das so lange her.« Marianne sah Pielkötter direkt in die Augen. »Und wie sieht es jetzt mit den Frauen bei ihm aus? Ist er verheiratet? Hat er Kinder?«

»Keine Ahnung, darüber haben wir nicht geredet. Nur, dass er, seitdem er das Studium an der Polizeihochschule hingeschmissen hat, in England lebt. Dort besitzt er zusammen mit seinem Onkel eine Mietwagenfirma.«

»Und ihr habt über nichts Privates gesprochen?« Marianne runzelte ungläubig die Stirn.

»Über dich schon«, erwiderte Pielkötter schmunzelnd. »Volker konnte sich auch gut an dich erinnern und war verwundert, dass wir noch immer zusammen sind.« Pielkötter beugte sich vor und ergriff Mariannes Hand. »Und in zwei Wochen haben wir Hochzeitstag.«

»Sogar einen Runden«, ergänzte sie. »Manchmal kann ich kaum glauben, wie schnell die Zeit vergangen ist.«

»Ich habe eigentlich mit dem Thema bis dahin warten wollen, doch jetzt liegt mir die Frage einfach auf den Lippen. Also ... ob und wann du zu mir zurückkehren möchtest.«

»Warum sollen wir die endgültige Entscheidung überstürzen. Wir sehen uns doch auch so.«

»Ich möchte nicht erst fragen müssen. Ob ich über Nacht bleiben darf.«

»Möchtest du das denn heute?« Ihr Blick erschien ihm voller Sehnsucht und Begehren. Oder interpretierte er da nur hinein, was er sich in diesem Moment wünschte?

»Ja«, antwortete er unerwartet laut und ohne zu zögern, obwohl er bisher darüber nicht nachgedacht hatte. Als er zu Marianne gefahren war, hatte er sich unendlich müde gefühlt, müde und ausgebrannt. Nun verspürte er das unwiderstehliche Verlangen nach Nähe.

10

Franziska Gerstner zitterte am ganzen Körper. Trotz der fort-
geschrittenen Stunde hatte sie es zu Hause nicht ausgehalten
und war in der Innenstadt von Kamp-Lintfort herumspaziert,
um die Flut ihrer Gefühle wegen Imkes Tod zu ordnen. Auf
dem Rückweg zu ihrer Wohnung in der Nähe des Zechenparks
Friedrich-Heinrich hatte sie festgestellt, dass jemand hinter ihr
herlief. Ein Mann, wie sie mit einem verstohlenen Blick über
ihre Schulter erkannt hatte. Selbst durch einen unsinnigen
Schlenker hatte er sich zunächst nicht abschütteln lassen. Normalerweise war sie nicht ängstlich, sonst hätte sie sich besser
gleich einen anderen Beruf ausgesucht, in der momentanen Situation hielt sie die nervliche Anspannung jedoch kaum aus.

Der Mann war inzwischen aus ihrem Sichtfeld verschwunden, aber er hatte sie verfolgt, so viel stand fest. Oder doch
nicht? Sah sie Gespenster, weil die Gedanken an Imkes Er-
mordung ihren Tag bestimmt hatten? Bei allen Verbrechen,
mit denen sie bisher konfrontiert worden war, hatte sie die
notwendige innere Distanz wahren können. Damit war es seit
dem Mord an ihrer Kollegin und Freundin vorbei. Berufs- und
Privatleben hatten sich auf seltsame Art vermischt. Die Konturen von Gut und Böse, von Einsatz und Erholung erschienen
ihr in einer nicht genau definierbaren Weise verwischt.

Unzählige Fragen stürmten auf sie ein. Wer war dieser
Mann hinter ihr gewesen? Imkes Mörder, der nun sie aus ir-
gendeinem Grund im Visier hatte, oder nur ein harmloser
Spaziergänger? Warum war er plötzlich verschwunden? Sie
hatte weder das Gesicht erkannt, noch konnte sie seine Kör-

pergröße schätzen. Und dann war ein anderer aufgetaucht, den sie aber aus den Augen verloren hatte, während sie telefoniert hatte. Wahrscheinlich waren es wohl doch nicht zwei Verfolger gewesen, die sich abgewechselt hatten. Ging die Fantasie einer Polizistin, die schon zu viele Verbrechen gesehen hatte, mit ihr durch?

Und immer wieder wurde sie mit ihrem schlechten Gewissen konfrontiert, ob sie Imke eventuell hätte helfen können und es nicht versucht hatte. Erst im Anschluss an das Gespräch mit Kommissar Pielkötter war die Bitte ihrer Freundin, das nächste Treffen vorzuziehen, in ihr Bewusstsein gelangt. Feststand, dass sie ihr etwas Wichtiges hatte mitteilen wollen, wobei das nicht unbedingt mit dem Mord in Verbindung stehen musste. Eine heikle Sache, bei der es um Berufliches und zugleich um Privates ging. Wie hatte sich Imke nur ausgedrückt? Mist, warum konnte sie sich nicht erinnern? Auch wenn Franziska Gerstner die Wahrheit wohl nie erfahren würde, bedauerte sie, diesen letzten Wunsch eines ihr nahestehenden Menschen missachtet zu haben.

Ein alter Opel Astra hielt neben ihr und ein etwa dreißigjähriger vollschlanker Fahrer in dunkelroter Trainingshose und giftgrüner Regenjacke öffnete die Autotür. »Mach hinne, Franziska, steig ein!«, sagte Jens ärgerlich. »Ich wollte mich gerade aufs Ohr hauen. Weißt du, wie früh ich morgen zur Schicht muss?«

»Es tut mir leid, Bruderherz«, antwortete Franziska Gerstner, verfrachtete einen Pizzakarton vom Beifahrersitz auf die Rückbank und ließ sich im Wagen nieder. »War quasi ein Notfall und ich mach es wieder gut. Wenn du willst, lade ich dich am Wochenende zum Essen ein.«

»Ach komm, lass stecken. Wenn unsere Oldies demnächst SOS funken, bist du mit dem Löschdienst dran.«

»Danke Jens, du bist einfach der Beste«, erwiderte sie erleichtert und wuschelte kurz durch seine vollen dunklen Locken. Wenige Sekunden später drängte sich ihr erneut das Bild der getöteten Imke auf und sie wurde wieder ernst. »Du brauchst mich auch nicht extra nach Hause zu fahren. Am besten schlafe ich heute Nacht bei dir in Moers.«

Sobald sie das ausgesprochen hatte, wunderte sie sich über sich selbst. Das Fahrtziel hatte sie vorher überhaupt nicht überlegt, nur dass sie schleunigst aus der Nähe dieses seltsamen Passanten verschwinden wollte, ohne gleich die Polizei alarmieren zu müssen.

»Okay, aber morgen früh musst du selbst sehen, wie du zu deiner Wohnung kommst. Ich muss mit dem Wagen zur Arbeit.«

»Kein Problem. Mein Dienst fängt erst später an und ich habe Zeit genug, den Bus zu nehmen.«

»Was für ein Notfall überhaupt?«

Zuerst dachte sie dabei an Imke, aber sie brachte es in diesem Moment nicht fertig, Jens von ihrem Tod zu erzählen. Sie wollte jetzt nicht in Tränen ausbrechen. Außerdem wurde die Information über den Mord aus Ermittlungsgründen vorerst bestimmt zurückgehalten. »Ich glaube, jemand hat mich verfolgt«, antwortete sie laut.

»Und warum rufst du dann mich um diese späte Uhrzeit an und nicht deine Kollegen?«

»Eben, weil es Kollegen sind«, stöhnte sie. »Wenn ich mich irre, möchte ich vor denen nicht gerade als ängstliches Weichei dastehen. Weißt du, wie schwer es mir gefallen ist, mir bei denen Respekt zu verschaffen? Vielleicht gilt das nicht für alle Frauen, aber bei mir war es so. Und meinen jetzigen Status möchte ich nicht gern verspielen.« Sie dachte an Christian. Er würde garantiert nicht reagieren wie die Übrigen. Für einen Augenblick überlegte sie, sich wenigstens ihm anzuvertrauen, aber dann verwarf sie diesen Gedanken. Leider konnte sie nicht ausschließen, dass er ihrem gemeinsamen Kollegen Felix davon erzählte. Schließlich waren die beiden befreundet.

»Ich verstehe dich nicht.« Die Stimme ihres Bruders klang mit einem Mal völlig anders, hellwach und vor allem besorgt »Franziska, ich habe Angst um dich. Vorhin kam in den Nachrichten, dass gestern Nacht eine Polizistin ermordet worden ist. Nur gut, dass du heute Morgen dieses Foto mit den Kinokarten gepostet hast, sonst wäre ich durchgedreht.« Er sah kurz in ihre Richtung. »Meinst du nicht, der Täter könnte es auch auf andere Polizistinnen abgesehen haben?«

»Größer ist die Wahrscheinlichkeit, dass ich einfach überreagiere. Dieser Mann ist mir ja nicht wirklich nahegekommen. Und dass jemand auf demselben Bürgersteig eine Weile hinter mir hergeht, ist auch nicht so außergewöhnlich.«

»Trotzdem solltest du morgen auf der Wache von dem Vorfall berichten.«

»Ich überleg es mir«, erwiderte sie nachdenklich. »Aber erst einmal freue ich mich aufs Bett.«

»Couch«, verbesserte Jens. »Schließlich muss ich morgen viel früher raus als du. Aber jetzt möchte ich erst einmal wissen, warum du überhaupt zu dieser späten Stunde allein draußen rumgelaufen bist.«

»Weil ich heute Abend einfach nicht alleine zu Hause sein konnte«, antwortete sie zerknirscht. »Ich habe mir eingebildet, ein Spaziergang an der frischen Luft würde mein Gehirn ordentlich freipusten. Mit einem Verfolger habe ich nicht gerechnet.«

11

Die Befragung von Gunnar Terstegen hätte Pielkötter am liebsten in seinem Büro durchgeführt, aber Imke Bielstetts Vorgesetzter hatte durchblicken lassen, dass er seinen eigenen Schreibtisch nicht gerne verlassen wollte. Pielkötter hatte dem zugestimmt, da der Mann eine Mitarbeiterin verloren hatte. Außerdem konnte es nicht schaden, eine vertrauensvolle Gesprächsbasis zu schaffen. Er schaute auf seine Uhr und eilte dann den Gang entlang zu Terstegens Büro. Er klopfte mehrmals an die Tür. Nachdem er etwas gehört hatte, das entfernt an ein »Ja, bitte« erinnerte, drückte er die Klinke herunter und trat ein.

Polizeihauptkommissar Gunnar Terstegen sah ihm mit undurchdringlicher Miene entgegen, dann zeigte er den Anflug eines Lächelns.

»Zunächst einmal mein herzliches Beileid«, erkläre Pielkötter. »Es muss furchtbar sein, eine Mitarbeiterin zu verlieren.«

Terstegen nickte. »Und dann noch auf diese Weise. Man findet kaum Worte, ist einfach nur fassungslos.« Er deutete mit der Hand vor seinen Schreibtisch. »Bitte setzen Sie sich. Vielleicht darf ich Ihnen etwas zu trinken anbieten.«

»Nein, machen Sie sich keine Umstände. Es ist sicher in unser beider Interesse, dass wir die Befragung schnell hinter uns bringen.«

Terstegen sog hörbar die Luft ein. »Um eine Ihrer Fragen direkt vorwegzunehmen: Ich kann mir nicht vorstellen, wer Frau Bielstett das angetan haben könnte. Nicht einmal Ihrem Exfreund Patrick Momsen traue ich den Mord zu.«

Pielkötter stutzte, wieso erwähnte er Momsen? Als Vorgesetzter wusste man nicht unbedingt von dem Beziehungsstress seiner Untergebenen. »Ich gehe davon aus, Sie spielen darauf an, dass er dem Opfer nach der Trennung einigen Ärger bereitet hat.«

»Ja, so kann man das wohl auch ausdrücken.« Terstegen schielte zu einer Fotografie an der linken Wand. Darauf war eine etwa vierzigjährige hübsche Brünette mit zwei Jungen zu sehen, die wahrscheinlich die Grundschule besuchten.

»Von wem haben Sie diese Information?«

Terstegen ließ sich Zeit mit der Antwort, und Pielkötter beschlich das Gefühl, er wolle die Quelle nicht preisgeben. »Nun ja, genau kann ich Ihnen das nicht einmal sagen. Man hört einiges nebenbei.« Er lachte gekünstelt. »Schnappt hier und da was auf. Wie das eben so ist.«

Pielkötters Ahnung verstärkte sich. »Darf ich Sie an dieser Stelle an Ihre Funktion als Polizeihauptkommissar erinnern?«, fragte er mit einer Spur Schärfe. »Von Ihnen würde ich schon ein besseres Erinnerungsvermögen erwarten, als von einem Otto Normalverbraucher als Zeugen.« Pielkötters Blut schien schneller durch die Adern zu rauschen. »Also, wenn ich erfahren würde, dass eine Mitarbeiterin Probleme mit einem Exfreund hätte, der darüber hinaus auch noch der Polizei angehört, wüsste ich genau, wer mir das mitgeteilt hat.« Er blickte Terstegen direkt ins Gesicht und erkannte Unsicherheit, sogar eine Spur Angst. »Zumal diese Information danach schreit, überprüft zu werden«, fuhr er fort, ohne Terstegen aus den Augen zu lassen.

»Ich habe ja nicht einmal gewusst, ob an dem Gerücht etwas dran ist«, verteidigte sich Terstegen. »Wahrscheinlich habe ich das irgendwo in der Kantine aufgeschnappt.«

»Das nehme ich Ihnen leider nicht ab.«

»Das ist Ihr Problem.«

Die Antwort ärgerte Pielkötter und er zog seine Augenbrauen hoch. Dass Terstegen log, lag für ihn auf der Hand, die Frage war nur, warum? Und weshalb hatte er Momsen überhaupt ins Spiel gebracht? Womöglich um von sich abzulenken? Besaß er selbst ein Motiv? Eine Affäre zwischen ihm und Imke Bielstett? Das würde erklären, woher er von den Problemen mit ihrem Exfreund wusste. Oder hatte das Opfer eine Korruption aufgedeckt, in der ihr Vorgesetzter verwickelt war, und ihn mit ihrem Wissen erpresst? »Soweit ich informiert bin, war Imke Bielstett im normalen Streifendienst eingesetzt«, sprach er laut aus. »Sie wurde nicht mit einer besonderen Sache betraut oder einem heiklen Delikt?«

»Nein, ihre Einsatzorte haben ständig gewechselt.« Terstegen schien seine anfängliche Souveränität wiedergefunden zu haben. »Ich habe mir wirklich den Kopf darüber zerbrochen, aber ich kann mir kein Motiv vorstellen, das mit ihrer Arbeit zusammenhängen würde.« Er seufzte laut. »Es war sicher auch ein wenig unvorsichtig von ihr, zu später Stunde allein durch einen Park zu gehen. Vielleicht war sie einfach zufällig zur falschen Zeit am falschen Ort, wie man so schön sagt.«

»Nein! Gewisse Details legen nahe, dass der Mörder Imke Bielstett nicht zufällig ausgewählt hat. Wenn man aus allgemeinem Hass auf das weibliche Geschlecht irgendeine Frau umbringen möchte, sucht man sich doch keine Polizistin aus, die sich womöglich wehren kann.«

»Umso schrecklicher«, erwiderte Terstegen gepresst. »Wenn ich mir vorstelle, dass man sie gezielt …« Er rang nach passenden Worten oder gab das zumindest vor.

Pielkötter schaute zu dem Foto an der Wand. »Ihre Familie?«

»Ja, es hat lange gedauert, bis ich nach einem missglückten Versuch die richtige Frau gefunden habe, aber nicht zu spät, um mit ihr noch zwei nette Söhne zu zeugen.«

Der Stolz in seiner Stimme war nicht zu überhören. Hätte Imke Bielstett die Möglichkeit gehabt, diese Familienidylle zu zerstören? Es konnte nicht schaden, Franziska Gerstner gezielt mit diesem Verdacht zu konfrontieren. Wobei es äußerst fraglich war, ob das Opfer sie in dem Fall eingeweiht hätte. Schließlich war Terstegen auch Gerstners Chef. »Ich nehme an, Sie haben für die Tatzeit ein Alibi.«

Terstegen hüstelte. »Wie man es nimmt. Ich bin nach Dienstschluss im Wald gejoggt.«

»Kann das jemand bezeugen?«

»Ich war natürlich nicht allein dort, leider habe ich niemanden getroffen, der mich kennt.«

»Dann lassen wir das vorerst mal so stehen«, erwiderte Pielkötter und erhob sich.

Terstegen bedachte ihn beim Verlassen seines Büros mit einem eisigen Blick, und Pielkötter gewann den Eindruck, bei diesem Mann besser auf der Hut zu sein.

12

Pielkötter seufzte laut. Im Anschluss an Terstegens Befragung war er aufgebrochen, um Imke Bielstetts Eltern in Datteln zu besuchen. Zwar waren sie bereits durch die örtliche Polizei informiert worden, aber sie standen immer noch unter Schock. Zu den Ermittlungen hatten sie nicht viel Neues beigetragen, eher alles bestätigt, was er schon von anderer Seite erfahren hatte. Nachdenklich schaute er auf seine Uhr. Das Gespräch hatte nicht so lange gedauert wie erwartet und ihm blieb etwa eine Stunde Zeit bis zu dem Termin mit der Tante von Johanna Schulze. Momsens neue Freundin hatte keine Eltern mehr und lebte mit der Schwester ihrer Mutter zusammen. Etwas Koffein schadet nicht, überlegte er und zog sein Handy aus der Jackentasche. Er ging die Lokalitäten in der Innenstadt durch und entschied sich schnell für *Köster's Kaffeehaus*, das er in einem kleinen Fußmarsch erreichen konnte.

Pielkötter betrat das Fachwerkhaus mit dem Café und fühlte sich in seine Kindheit zurückversetzt. Der alte Schrank, die antike Wanduhr, besonders der weiße Herd erinnerten ihn an seine Großeltern. Er bestellte Kaffee und ein Stück von dem Schmandkuchen, obwohl er sich vorgenommen hatte, auf Kalorienbomben außerhalb der Hauptmahlzeiten zu verzichten. Sich eine Ausnahme von der Regel zu gönnen, lohnte sich, wie er schnell feststellte. Während er sich die Köstlichkeit auf der Zunge zergehen ließ, war er gedanklich schon bei der Befragung von Johanna Schulzes Tante.

Nachdem er den kleinen Imbiss beendet hatte, zahlte er und brach zügig auf. Das Haus, in dem die Zeugin wohnte, stammte aus den fünfziger oder Sechzigerjahren, wurde aber von neueren Bauten flankiert. Der Mix der Baustile war Pielkötter schon in der Innenstadt aufgefallen.

»Immer rin inne gute Stube«, empfing ihn Antje Kalischek. Sie schaute ihn aus liebenswürdig blickenden, von unzähligen Falten umgebenen Augen an. »Sie sind also der Kommissar, der mich unbedingt sprechen will. Ehrlich gesacht, kann ich et kaum glauben. Wenn ich dat in meinem Klönkreis kundtu, glauben die wieder, ich würd einen vom Pferd erzählen.« Sie brachte ein Lachen heraus, das von eben diesem Tier stammen könnte. »Aber gez kommen Se doch ers ma rein.«

Sie führte ihn durch eine fast quadratische Diele in einen gemütlichen Wohnraum mit einer Unzahl an Bildern und jeder Menge Nippes auf einem Sideboard und in den Fächern einer Stollenwand aus Mahagoni. Die beiden großen Fenster gewährten einen Blick in den Garten. Das Auffälligste aber waren etliche Geweihe an der rechten Wand.

»Wollen Se vielleicht Tee oder Kaffee?«

»Nein danke«, erwiderte er und nahm ihr gegenüber an einem ovalen Esstisch mit gehäkelter Tischdecke Platz.

»Also, wenn ich dat gez richtig inne Birne gekriecht hab, geht et um meine Nichte, die Johanna. Se hat nix angestellt, is aber für die Ermittlungen wichtig. Und da die gerade im Mittelmeer rumkreuzen tut, wollen Se mich quasi als ihren Stellvertreter verhören.« Sie machte eine Pause und sah Pielkötter fragend an. »Sozusagen, meine ich.«

»Im Prinzip haben Sie das ganz richtig zusammengefasst«, erklärte Pielkötter. »Im Umfeld ihres Freundes ist jemand zu Schaden gekommen, und da wir sie vorerst nicht persönlich befragen können, würde ich gerne mit Ihnen reden.« Sobald er das ausgesprochen hatte, wunderte er sich über sich selbst. Wieso hatte er diesen brutalen Mord umschrieben? Warum fiel es ihm schwer, diese liebenswürdige ältere Dame mit der knallharten Wirklichkeit zu konfrontieren?

»Hauptsache ers ma, ihr selbs is nix passiert. Sie müssen wissen, dat ich ziemlich an meine Nichte hängen tu. Die is quasi son Kindersatz für mich.« Sie gab einen Laut von sich, der Pielkötter entfernt an ein Stöhnen erinnerte. »Schauen Se sich hier doch ma um. Ich wette, dat Ihnen als Kommissar sofort die Geweihe aufgefallen sind. Weiß auch nicht, warum ich die nicht längst abgehängt hab. Die stammen noch von meinem seligen Mann. Der hatte genau zwei Leidenschaften, die Jagd und die Weiber.« Auf ihrer Stirn bildete sich eine steile Falte. »Is schon komisch. Gez denk ich zum ersten Mal darüber nach, dass die vielleicht zusammenhängen.«

Pielkötter überlegte krampfhaft, ob er der Dame Einhalt gebot oder sie ungebremst erzählen ließ. Früher hätte er sich diese Frage nicht gestellt und wäre ihr umgehend in die Parade gefahren. Aus welchem Grund reagierte er anders als sonst?

»Nee, mit Gisberts Weibergeschichten war das wirklich sonne Sache. Der hat ja echt geglaubt, ich hät nix davon gemerkt«, fuhr sie fort, und Pielkötter verspürte inzwischen den Drang, das Gespräch schleunigst in die richtige Richtung zu lenken.

»Kommen wir auf Ihre Nichte zurück«, erklärte er und sah Antje Kalischek durchdringend an.

»Also, wenn sie umfassend ermitteln wollen, gehört alles, wat ich Ihnen gez anvertrau, voll dazu.« Sie sah ihn mit einem Blick an, der keinen Widerspruch duldete, und Pielkötter wurde bewusst, dass er ihre Aussage benötigte. Ihm blieb nur übrig, im Stillen die Augen zu verdrehen, wie Barnowski solche Situationen gern überstand. »Die Weibergeschichten von mein seligen Gisbert und meine innige Beziehung zur Johanna hängen ja zusammen. Manchmal denk ich, mit eigenen Kindern wär alles anders gekommen. Dann hät der sich nicht überall inne Nachbarschaft als toller Hecht beweisen müssen.«

»Frau Kalischek, bitte ...«, wandte Pielkötter nun doch ein, kam aber nicht weiter.

»Und ich hab dat immer mitgekriecht. Damals hatte ich ja noch die Bude. Se glauben gar nich, wat man da alles erfährt. Da bleibt ihnen kaum ein Pilz inne Buchse verborgen, sach ich immer. Wenn jemand über die Hämorrhoiden oder die anstehende Scheidung von die Nachbarn Bescheid gewusst hat, dann war ich dat. Aber der Gisbert hat echt geglaubt, dat mit seinen Bettgeschichten wär sein Geheimnis.«

»Und was hat das konkret mit Ihrer Nichte zu tun?«

»Schon gut, Herr Kommissar. Wir sind nah dran. Nur diese eine Sache noch.« Ihre Miene verdüsterte sich und sie rümpfte die Nase. »Da kommt doch eines Morgens die Isabell Lamperts und kauft Zaretten und die Schlampe kann mir kaum in die Augen sehen. Da wusste ich doch sofort, wo der Hammer von mein Ollen wieder zugeschlagen hat. Ganz echt, dat tat weh. Ausgerechnet die Lamperts, als ob et da nich Bessere gegeben hätte.«

»Frau Kalischek, ich verstehe, dass Sie das sehr aufgewühlt hat, aber ich möchte jetzt gerne über Ihre Nichte sprechen.«

»Sind Sie verheiratet?«, fragte sie unerwartet. »Und haben Sie Ihre Frau schon einmal betrogen?«

Da sein Privatleben sie nichts anging, entschied er, darauf

nicht zu reagieren und sie nur tadelnd anzusehen. Anscheinend war es die richtige Strategie.

»Na ja, zu der Johanna habe ich eben eine besonders enge Beziehung«, kam sie auf das eigentliche Thema zurück. »Wegen dem Ärger mit Gisbert natürlich und weil wir keine eigenen Kinder bekommen haben. Obwohl wir allet versucht ...« Pielkötter bedachte sie mit einem durchdringenden Blick. »Gut, dat tut gez hier nix zur Sache. Jedenfalls genieß ich, dat Johanna im Moment bei mir lebt. Auch wenn ich natürlich in mein Innern weiß, dat dat nur für den Übergang ist. Weil dat Kind aus der Wohnung musste und arbeitslos war. Und ich hab ja Platz hier.« Sie holte so tief Luft, dass sie die nächsten Sätze locker ohne Atmung auskommen würde, und redete sofort weiter. »Inzwischen hat die Johanna aber wieder ne Stelle bekommen. Zwar nicht in ihrem erlernten Beruf als Zahntechnikerin, aber immerhin. Seitdem geht et aufwärts. Erst der Job, dann die große Liebe.«

»Genau über die möchte ich mit Ihnen reden«, hakte Pielkötter ein, ehe Antje Kalischek wieder abschweifte. »Ich nehme an, Sie kennen Patrick Momsen persönlich?«

»Dat kann man wohl sagen. Und zwar fast von klein auf. Der is ja mit die Johanna zur Schule gegangen, also auffem Gymnasium. Dat Mädel war von Anfang an in den verliebt. Da haben ihre Eltern noch gelebt. Allerdings haben sie nur ein paar Häuser weiter wech gewohnt, so dat dat Kind auch öfter bei mir war.« Antje Kalischek schaute versonnen zu einer Fotografie an der Wand, die wahrscheinlich ihre Nichte im Teenageralter zeigte. »Die Johanna war schon ein hübschet Ding. Irgendwann hat dat wohl auch der Patrick begriffen und sie waren ein Paar. Dat ging über Jahre und dann war Knall auf

Fall Schluss mit lustig. Patrick hat sich inne andere verguckt und ihr den Laufpass gegeben.«

»In Imke Bielstett, nehme ich an.«

»Sie sagen es. Die war praktisch gerade vonne Küste hierhergezogen und schon haddet gefunkt. Mann, wat hat sich die Johanna die Augen ausem Kopp geheult und allet wegen dem Heini. Statt endlich Trallafitti zu machen, hat se leidend inne Bude rumgehangen.«

»Und dann hat er ihr nach Jahren wieder schöne Augen gemacht.«

»Genau«, bejahte sie, bevor er dazu eine konkrete Frage stellen konnte. »Muss so ein paar Monate her sein. Da steht er aus heiterem Himmel in dem Laden, in dem Johanna so 'n Schnickschnack zum Dekorieren verkauft.«

»Was hat Ihnen Ihre Nichte dazu genau erzählt? Hatte sie den Eindruck, es ging ihm um ein Wiedersehen oder eher um den Kauf eines Geschenks?«

»Der Bursche wollte se wieder um den Finger wickeln, ganz klar«, sprudelte es nur so aus Antje Kalischek heraus. »Er schien von Anfang an gewusst zu haben, dat Johanna in dem Laden war und gekauft hat er auch nix.«

»Wie hat sich Ihre Nichte das unerwartete Wiedersehen erklärt?«

»Die war so wat von happy, dat Se sich dat kaum vorstellen können. Endlich is ihr größter Wunsch in Erfüllung gegangen.«

»Kommen Sie bitte auf meine Frage zurück!«

Antje Kalischek verzog kurz beleidigt die Miene, fing sich aber schnell. »Schicht im Schacht mit Imke Bielstett, is doch logisch. Patrick hat erkannt, dat Johanna die Bessere ist. Also, damit Se mich richtig verstehen. Ich geb gez die Meinung meiner Nichte wieder und nich meine eigene. Weil, ich glaub ja, dat diese Imke erkannt hat, wat der Patrick fürn Tortenheini ist, und ihn vor die Tür gesetzt hat.«

Damit liegt sie nicht einmal so falsch, überlegte Pielkötter. »Und das ist erst wenige Monate her, nicht länger?«

»Ganz sicher. Vor fünf Monaten hatte Johanna Geburtstag. Da hat se rumgenölt, dat ihr die Zeit davonrennen tut ... ohne Partner. Kurz danach hat se dat Angebot bekommen, für eine verhinderte Bekannte die Kreuzfahrt anzutreten. Also, der Patrick war da noch nich aufgetaucht, sonst hät se dat super Angebot garantiert sausen lassen.«

Für Pielkötter wurde es Zeit aufzubrechen, auch wenn Antje Kalischek ihm gern jede Menge weiterer Geschichten aufgetischt hätte. Trotz der Schwierigkeit, beim Thema zu bleiben, hatte sie ihm eine wichtige Information geliefert. Es sah so aus, als habe Patrick Momsen wenige Monate vor dem Mord an Imke Bielstett seine Exfreundin bewusst aufgesucht, um mit ihr wieder eine Beziehung anzufangen. Damit hatte er sich möglicherweise aus der Schusslinie nehmen wollen. Verdächtig machte ihn auch, dass die Tat zu einem Zeitpunkt begangen worden war, zu dem die Zeugin Johanna Schulze nicht persönlich hatte befragt werden können. Was für ein Glück, dass Antje Kalischek so auf Zack war!

13

Der Mann schloss die Tür von innen ab. Nach den letzten anstrengenden Stunden hatte er einen Drink verdient. Seufzend schielte er zu der angebrochenen Flasche Rotwein, die auf einer Anrichte stand. Darüber hing eine farbige Fotografie vom Duisburger Hafen im Abendlicht. Sein Blick wanderte von den Kränen über die Schiffe zum dunkelblauen, fast schwarzen Wasser. Für einen Moment stellte er sich vor, die nächste Leiche darin zu versenken, aber das kam auf keinen Fall infrage. Die sorgsam geschriebenen blutigen Buchstaben bedeuteten ihm enorm viel. Die äußerst wichtige Botschaft durfte nicht abgewaschen werden.

Nachdenklich goss er sich etwas von dem roten Merlot ein und trank einen kräftigen Schluck. Während der Alkohol seine Kehle hinunterrann, drehte er den Stiel des Glases hin und her, bis er es auf die Anrichte zurückstellte. Er sah die Ermittler vor sich, wie sie mühsam nach Indizien suchten, nach der Antwort auf das *Warum*. Mit einem penetranten Grinsen starrte er vor sich hin. Zu seinen Marionetten sollten Pielkötter und seine Leute vom K11 mutieren. Indem er ihnen Hinweise gab, in einer Dosierung, die er für angemessen hielt. Hinters Licht wollte er sie führen, Pielkötter und diesen Barnowski. Nicht zu vergessen die attraktive Nadine Schönling mit ihren blau-grünen Augen.

Tief in seine Gedanken versunken lief er im Raum umher. Abrupt wandte er sich zum Fenster und sah hinaus. Die Dämmerung würde in knapp drei Stunden einsetzen und er hatte sich noch nicht für ein konkretes Vorgehen entschieden, geschweige denn für eine bestimmte Zeit. In seinem Plan gab es zu viele Variablen, die er nicht einschätzen konnte. Würde Franziska Gerstners Wachsamkeit abnehmen, sofern er ihr einige Tage langweilige Routine ohne Aufregung gewährte, oder würde sie eher die Gelegenheit nutzen, ihre Beobachtung zu melden?

Er ging davon aus, dass sie die Verfolgung bemerkt hatte, auch wenn sie an ihrer Wahrnehmung zweifeln würde. Schließlich war er ihr weder zu nah gekommen, noch hatte er sie bedroht. Er versuchte, sich in sie hineinzuversetzen, und kam zu dem Schluss, dass sie ihren vagen Verdacht eher nicht den Kollegen oder Vorgesetzten mitteilen würde. Er war sicher, dass sie ihn nicht erkannt hatte. Aus der Entfernung hatte sie allenfalls einen Mann mittlerer Größe gesehen. Wahrscheinlich hatte sie in der Dunkelheit nicht einmal die braunen Haare registriert, die ohnehin von einer Perücke stammten. Nein, sie hatte nicht vor, sich lächerlich zu machen. Warum sollte man überhaupt davon ausgehen, dass es einen zweiten Mord nach demselben Muster geben würde? Darauf deutete nichts hin. Noch jedenfalls nicht, dachte er und grinste.

14

Franziska Gerstner saß mit versteinerter Miene auf einem Hocker etwas abseits vom Trubel der Party. Nachdenklich beobachtete sie eine munter plaudernde Gruppe von zwei Pärchen, einem älteren Mann und der Gastgeberin, die heute ihren dreiunddreißigsten Geburtstag feierte. Ich bin nur herkommen, weil mir Lea meine Absage furchtbar verübelt hätte, überlegte Franziska. Sie trank einen kräftigen Schluck von ihrem Gin Tonic. Es war ihr dritter. Dabei hatte sie keinen Alkohol trinken wollen, er beruhigte ihre Nerven kaum und über Imkes Tod tröstete er erst recht nicht hinweg. Seufzend schaute sie auf ihre Armbanduhr, ein Geschenk ihrer Mutter. Das Handy hatte sie zu Hause vergessen, zum ersten Mal!

Der Mord an ihrer Freundin warf sie völlig aus der Bahn. Und dazu wiederholt das Gefühl, verfolgt zu werden. Gestern schon wieder. Christian hatte sie nach Dienstschluss in seinem Auto mitgenommen und in ihrem Viertel vor dem Supermarkt abgesetzt, wo sie etwas für das Abendessen einkaufen wollte. Zwischen den Regalen war ihr noch nichts Besonderes aufgefallen, aber nach dem Verlassen des Ladens geriet ihr Körper in Alarmbereitschaft. Eine diffuse Empfindung wich der Gewissheit, dass sie beobachtet wurde. Etliche Male drehte sie sich um, ohne eine auffällige Person zu entdecken. Kurz vor ihrer Wohnung nahm sie einen Mann mit tief ins Gesicht gezogener Schirmmütze wahr, der urplötzlich in einem Hofeingang verschwand. Aus einem Impuls heraus wollte sie umkehren, ihn suchen, Angst hielt sie jedoch zurück. Vor dem Mann? Der Erkenntnis, paranoid zu agieren? Franziska wusste es nicht. Sie beschleunigte ihren Schritt und schloss eilig die Wohnung auf. Erst als die Tür mit einem Knall zugefallen war, hatte sie sich in den nächsten Sessel fallen lassen und aufgeatmet.

Thomas Bergmann, ein alter Bekannter von ihr und Lea, winkte Franziska vom anderen Ende des Raums zu und riss sie aus ihren Erinnerungen. Erleichtert deutete sie auf ihre Armbanduhr und hob zwei Finger. Die Lautstärke der Musik hatte merklich angezogen und ließ ein Gespräch kaum zu. Thomas nickte und verschwand aus ihrem Blickfeld. Müde erhob sie sich, um die Gastgeberin zu suchen. Sie fand Lea an dem kleinen Buffet in der Küche.

»Noch einmal vielen Dank für die Einladung. Und feiere schön weiter.«

»Wie, du willst jetzt schon gehen?« Leas Miene wirkte enttäuscht. »Was ist denn mit unserer Tradition, wir müssen doch den *Bus Stop* tanzen. Außerdem…«

»Tut mir wirklich leid«, fiel Franziska ihr ins Wort. »Der Thomas nimmt mich mit. So bequem komme ich heute sonst nicht mehr nach Hause.«

»Sonst bist du doch immer zurückgelaufen. Weit ist es ja nicht zu dir. Keine halbe Stunde.« Lea forschte in ihrer Miene. »Wegen Imke, nicht wahr?«

»Ja«, antwortete sie knapp, drückte Lea noch einmal an sich und sah sich suchend nach Thomas um.

Da Lea in der Nähe der Mediathek in Kamp-Lintfort wohnte, war der Weg bis nach Hause tatsächlich so kurz, dass es sich eigentlich nicht lohnte, ihn mit dem Auto zurückzulegen. Trotzdem war Franziska sehr froh über diese Mitfahrgelegenheit.

»Ich wäre ja gerne noch auf der Fete geblieben, aber morgen muss ich früh aus den Federn. Allerdings …« Er warf einen kecken Seitenblick auf sie. »Für einen Kaffee bei dir hätte ich schon noch Zeit.«

Franziska überlegte krampfhaft, wie sie darauf reagieren

sollte. Dass sie zu müde sei, ein One-Night-Stand das Letzte war, worauf sie Lust verspürte, oder dass sie ihre ungezwungene Bekanntschaft nicht riskieren wollte. Sie entschloss sich, überhaupt keine Antwort zu geben.

Thomas stoppte den Wagen abrupt am Straßenrand und Franziskas Oberkörper schoss vorwärts, bis der Sicherheitsgurt sie festhielt. »Da wären wir«, bemerkte er. In seiner Stimme klang eine Spur Enttäuschung mit. Vielleicht hatte er seine Bemerkung vorhin ernster gemeint, als sie gedacht hatte, und ihm war es nicht nur um einen Kaffee gegangen.

Franziska bedankte sich und stieg aus. Bevor sie die Autotür zuschlug, schaute sie zu ihrer Wohnung im ersten Stock hoch. Hatte sie am Küchenfenster zwischen Übergardine und dem Blumentopf mit dem Kaktus einen Schatten gesehen? Sie starrte gezielt auf die Stelle, entdeckte aber nichts Besonderes. Mensch, Franziska, rief sie sich zur Räson, verhalte dich nicht wie eine paranoide Zicke, sondern wie jemand, der darauf trainiert wurde, sich und andere zu schützen. Trotzdem geriet sie für einen Moment in Versuchung, Thomas doch auf eine Tasse Kaffee hinaufzubitten. Nur der Gedanke, dass er ihr verspätetes Angebot falsch auffassen könnte, hielt sie davon ab. Sie nickte ihm kurz zu, dann stieß sie heftig gegen die Autotür. Während der Wagen davonbrauste, spähte sie erneut zum Küchenfenster und setzte sich in Bewegung.

Im Treppenhaus schlich sie die Stufen hoch, um die Nachbarn zu der späten Stunde nicht zu stören. Sie nahm einen leichten Geruch nach gerösteten Zwiebeln wahr, der unter normalen Umständen sicher ihren Appetit angeregt hätte. Vor ihrer Tür zögerte sie, dann atmete sie dreimal durch und steckte den Schlüssel ins Schloss. Mit angespannten Muskeln betrat sie die Diele. Sie horchte einige Sekunden. Alles blieb still. Der Duft aus dem Treppenhaus hatte sich längst verflüchtigt, aber nun roch sie etwas Untypisches für ihre Wohnung, das sie nicht genau definieren konnte. Tief sog sie die Luft durch die Nase ein. Ihre anfängliche vage Wahrnehmung bestätigte sich. Was hatte das zu bedeuten?

Du musst hier raus, schrie eine Stimme in ihr. Sie gab der Angst jedoch nicht nach. Schließlich war sie Polizistin und hatte gelernt, wie man einen Gegner überwältigt. Sie dachte an Imke, aber ihre tote Freundin war mit Sicherheit ohne Vorwarnung auf ihren Mörder getroffen. Erneut zog Franziska die Luft durch die Nase. Sie nahm schwach eine Mischung aus Aftershave und irgendwelchen Gewürzen wahr, die sie nicht identifizieren konnte. Womöglich hatte ihr Mantel diesen Mix an Leas Garderobe angenommen? Auf der Heimfahrt war der Geruch vielleicht überlagert worden, um sich nun, da sie sich vollkommen auf ihre Sinne konzentrierte, in ihrer winzigen Diele zu entfalten, deren Ausmaße denen einer früheren Telefonzelle glich. Ich werd verrückt, grübelte sie. Überall witterte sie Gefahr. Am liebsten wäre sie in Tränen ausgebrochen, aber das gestattete sie sich nicht.

Mit energischen Schritten lief sie weiter und stieß die Küchentür so heftig auf, dass sie gegen den Griff des dahinterliegenden Kühlschranks knallte. Es krachte und sie zuckte automatisch zusammen. Von der Straßenlaterne drang so viel Helligkeit durch das Fenster, dass sie alle Umrisse erkannte. Hier war niemand. Trotzdem zog sie ein Messer aus dem Block neben dem Herd und schlich damit zurück in die Diele. Franziska betrat das schlichte Wohnzimmer, das sie neulich erst durch ein neues Sofa mit Karomuster in gelben, grünen und blauen

Farbtönen aufgepeppt hatte. Ihre Hand tastete nach dem Lichtschalter.

Als die Dunkelheit wich, atmete sie die Luft aus, die sie unwillkürlich angehalten hatte. Sie schielte zum ovalen Glastisch vor der Couch, auf dem sie glaubte, das Handy vergessen zu haben. Verflixt, dort lag es nicht. Franziska versuchte, die letzten Minuten vor ihrem Aufbruch zu rekonstruieren. Sie war sicher, dass sie es an sich genommen hatten, bevor sie sich angeschickt hatte, die Wohnung zu verlassen. Der Laptop fiel ihr plötzlich ein. Sie hatte das Ladekabel noch schnell aus der Steckdose gezogen. Seufzend schaute Franziska zu ihrem Schreibtisch, der neben einer kleinen Anrichte stand. Aber dort lag kein Handy. Seltsam, überlegte sie.

Franziska hielt kurz inne, dann setzte sie den Rundgang mit vorgehaltenem Messer fort. Zuerst inspizierte sie das Bad, in dem sich kaum jemand verstecken konnte. Sie schlich weiter, stieß wachsam die Tür zum Schlafzimmer auf und drückte den Lichtschalter. Ihr blieb fast das Herz stehen, als sie etwas Dunkles hinter dem Schrank erkannte. Die Waffe zitterte in ihrer Hand. Mein Morgenmantel, schoss es ihr im nächsten Moment durch den Kopf und sie lachte hysterisch. Was hatte sie denn erwartet? Sie weilte in ihren eigenen vier Wänden, in Sicherheit. Schließlich war Imke in einem öffentlichen Park ermordet worden.

Franziska beschloss, sich nicht weiter von diffusen Ängsten treiben zu lassen, und brachte das Messer wieder in die Küche. Langsam kehrte die Müdigkeit zurück, die sie auf Leas Geburtstagsfete gespürt hatte, kurz bevor sie mit Thomas aufgebrochen war. Sie hoffte, dieses bleierne Gefühl möge bald in einen tiefen Schlaf münden. Das stundenlange Wachliegen mit den immer wiederkehrenden Fragen um Imkes Tod hatte sie satt. Am liebsten hätte sie sich in eine andere Welt gebeamt und dort neu angefangen. Franziska putzte sich die Zähne und betrachtete dabei ihr Gesicht im Spiegel. Es schien in den letzten Tagen um Jahre gealtert zu. Außerdem war jedes Fünkchen Frohsinn aus ihrer Miene verschwunden. Stöhnend griff sie nach dem Zahnputzbecher. Mitten in der Bewegung hielt sie inne.

Hatte sie etwas gehört? Adrenalin schoss durch ihre Adern. Die Badezimmerszene aus dem Film *Psycho* fiel ihr ein. Automatisch schielte sie zum Duschvorhang, obwohl sie vorhin schon dort nachgesehen hatte und das Geräusch wahrscheinlich von draußen gekommen war. Sie stöhnte kurz auf, dann spuckte sie die Zahnpasta ins Waschbecken, ohne den Mund auszuspülen. Leise schlich sie zur Tür und drückte vorsichtig die Klinke herunter. Ihre Hand zitterte dabei. In der Diele rührte sich nichts, nur dieser fremde Duft hing in der Luft. Das wunderte sie nicht, da ihr Mantel kaum einen Meter von ihr entfernt an der Garderobe hing.

Franziska atmete auf. Überall witterte sie Gespenster, die es nicht gab. Vielleicht sollte sie die Überstunden abfeiern, die sich angehäuft hatten, und das Angebot ihrer Cousine annehmen, das Wochenendhäuschen in Holland zu nutzen. Der Plan gefiel ihr. Gleich morgen würde sie mit ihrem Vorgesetzten sprechen. Bei diesem Gedanken fiel die Anspannung, die sie seit dem Mord an Imke verspürte, ein wenig von ihr ab. Sie kehrte halbwegs beruhigt ins Bad zurück.

Franziska trug noch ihre schwarze Jeans und eine dunkelrote Bluse, als sie das Schlafzimmer betrat. Sie drückte auf den Lichtschalter, aber zu ihrem Erstaunen blieb es diesmal dunkel. Mit angstvoll geweiteten Augen wich sie zurück. Ehe sie die Flucht ergreifen konnte, erblickte sie einen Schatten. Eine Gestalt stürzte auf sie zu. Franziska schnellte ihre rechte Faust und den linken Fuß nach vorn, traf aber nichts. Der Angreifer hatte sich geduckt. Im nächsten Moment tauchte er neben ihr auf. Sie wollte laut um Hilfe rufen, die Angst schnürte ihr jedoch die Kehle zu. Ihr Schrei klang heiser und leise. In wilder Panik schlug sie um sich. Die meisten Hiebe stießen ins Leere. Etwas Hartes traf sie am Kopf. Franziska fiel zu Boden, dann war nur noch Nacht um sie.

Bin ich im Himmel? Die Frage rauschte in Sekundenschnelle durch Franziskas Gehirn. Nein, sie befand sich eher im Vorhof der Hölle. Ihr Schädel dröhnte, ihre Glieder taten weh, ihr Unterleib schmerzte, ihre Vagina brannte. Sie fühlte sich so gedemütigt wie noch nie in ihrem bisherigen Leben. Die Arme konnte sie kaum bewegen und atmen nur durch die Nase. Vorsichtig öffnete sie die Augen. Trotz des hell erleuchteten Raums nahm sie alles verschwommen wahr. Zumindest erkannte sie, dass sie auf dem breiten Messingbett im eigenen Schlafzimmer lag. Franziska versuchte krampfhaft, die Schmerzen in etlichen Körperteilen zu ignorieren, und analysierte die Lage. Sie war allein, vollkommen nackt und lag auf der Seite. Ihre Arme waren mit Handschellen auf dem Rücken fixiert. Ein Knebel steckte in ihrem Mund. Unmöglich, nach Hilfe zu schreien. Sie bemühte sich um Ruhe. Vergebens.

Jemand betrat das Zimmer. Ihr Herzschlag schien für einen Moment auszusetzen. Eine Person näherte sich, beugte sich über sie. Das war doch … Er lachte höhnisch, als er ihr Erstaunen sah. Warum, warum, hämmerte es in ihrem schmerzenden Schädel.

»Ihr seid nichts als Schlampen«, stieß er hervor, als hätte er ihre Frage erraten. »Scheißschlampen und sonst nichts.« Sein Mund verzog sich immer weiter zu einem diabolischen Grinsen. »Vögelt mit den Falschen rum, weist wirkliche Männer ab, lasst sie wie Hampelmänner aussehen und zerstört ... Ihr habt nichts anderes verdient, aber genug geredet. Es wird Zeit, eure Taten zu rächen und die Sache zu Ende zu bringen.«

Franziska schrie, doch kein Laut drang aus ihrer Kehle. Der Knebel saß zu fest. Angstvoll weiteten sich ihre Pupillen. Sie hatte keinerlei Chance, sich zu verteidigen. Während er sich näherte, erkannte sie den Wahnsinn in seinen Augen. Hilfe, warum war ihr das nicht schon neulich bei diesem Gespräch aufgefallen, in das er sie verwickelt hatte. Jetzt war es zu spät. Sie warf sich herum, trat mit den Füßen nach ihm. Er wich aus und lachte. Plötzlich zog er einen Strick aus seiner Hosentasche. Sie wusste, was das zu bedeuten hatte, wie Imke zu Tode gekommen war. Tränen stiegen in ihre Augen. Das Herz klopfte wie wild. Ihr blieb nur die vage Hoffnung auf Milde.

Sie hörte auf, sich zu wehren, und sah ihn bittend an. Vielleicht tat sie ihm doch etwas leid und er erlöste sie schnell und schmerzlos. Er würde sie nicht entkommen lassen, das schloss sie vollkommen aus. Er konnte sie nicht verschonen, ohne selbst für lange Zeit in den Knast zu wandern. Angstschweiß überzog ihre nackte Haut. Nur mit Mühe schaffte sie es, ihm noch einmal flehentlich in die Augen zu sehen. Sein Blick erschien ihr kalt. Kalt und unerbittlich, ließ sie erschauern. Er betrachtete ihren Körper von oben bis unten und grinste wieder diabolisch, weidete sich an ihrer aufkommenden Panik.

»Wie gefällt er dir?«, fragte er spöttisch und hielt den

Strick genau vor ihr Gesicht. Eine Weile ließ er ihn baumeln, dann nahm er ihn in beide Hände und zog ihn straff. Sie zerrte an den Handschellen, obwohl das sinnlos war. Ihr Herz wummerte, als wollte es zerspringen.

Während er sich über sie beugte, trat sie erneut nach ihm. Unbeeindruckt setzte er sich auf ihren Brustkorb, seine Knie eng an ihre Seiten gepresst. Blitzschnell wand er den Strick um ihren Hals. Der Schweiß rann von ihrer Stirn, brannte in ihren Augen, vermischte sich mit den Tränen. Bitte, lass es schnell gehen, betete sie. Als er die Schlinge zuzog, hatte sie sich ihrem Schicksal ergeben.

15

Pielkötter saß in seinem Büro am Schreibtisch und schnaufte. Das gab es doch gar nicht. Seit gestern hatte er immer wieder versucht, mit Franziska Gerstner zu sprechen, ohne sie zu erreichen. Inzwischen hatte er erfahren, dass sie heute Morgen Dienst hatte. Trotzdem bleib sie wie von der Bildfläche verschwunden. Am besten rief er bei ihrem Vorgesetzten an. Er griff zum Hörer, da klingelte sein Telefon.

»Polizeihauptkommissar Terstegen«, meldete sich der Anrufer. Hatte er seine Gedanken erraten? »Ich mache mir Sorgen um Franziska Gerstner«, fuhr er fort. »Darüber wollte ich Sie umgehend informieren.« Pielkötter verspürte den Wunsch, Gunnar Terstegen mit Fragen zu bestürmen, ließ ihn jedoch in seinem Tempo erzählen. »Sie ist heute nicht zum Dienst erschienen, ohne sich krankzumelden. Außerdem kann ich sie weder auf dem Diensthandy noch unter ihrer Privatnummer erreichen.«

»Ich nehme an, Frau Gerstner ist sonst sehr zuverlässig«, erwiderte Pielkötter.

»Kann man so sagen. Deshalb messe ich der Sache auch große Bedeutung bei.« Terstegen stockte. »Und natürlich, weil ihre Kollegin und Freundin vor wenigen Tagen ermordet worden ist. Nicht dass wir es mit einem Serientäter zu tun haben, der es auf Polizistinnen als potenzielle Opfer abgesehen hat.«

»Wir sollten keine voreiligen Schlüsse ziehen«, entgegnete Pielkötter mit einer Nuance Schärfe in der Stimme. Terstegens Vermutung gefiel ihm nicht. Bisher gab es lediglich eine tote Beamtin, und sich direkt auf eine Theorie festzulegen, zeugte kaum von Professionalität. Womöglich legte es der Mörder genau darauf an, eine Serie vorzutäuschen. Mit genügend Insiderinformationen ließ sich auf diese Weise das Motiv der ersten Tat verschleiern. Pielkötter räusperte sich. »Das soll natürlich nicht heißen, dass ich Ihre Sorgen nicht teile. Wann haben Sie Franziska Gerstner denn das letzte Mal gesehen?«

»Gestern Nachmittag bin ich ihr kurz vor Dienstschluss im Präsidium über den Weg gelaufen. Sie hat bedrückt gewirkt, aber alles andere wäre auch seltsam gewesen.« Terstegen stöhnte leise. »Wir sollten bei ihr zu Hause in Kamp-Lintfort nachsehen.«

»Wieso gerade dort?«, fragte Pielkötter hellhörig, »sie könnte doch überall stecken.« Er hatte das kaum ausgesprochen, da gab er seinem Gesprächspartner Recht.

»Es ist doch nicht so unwahrscheinlich, dass sie zu Hause ist. Und irgendwo müssen wir ja anfangen, sie zu suchen.«

Pielkötter brummte. Es war vertrackt, dass er selbst Terstegen zu den Verdächtigen zählte. »Ich werde jemanden zu Franziska Gerstners Wohnung schicken«, erklärte er. »Wenn sie nicht öffnet, werden wir in der Nachbarschaft nachfragen.« Er machte eine Pause, bevor er Terstegen aufforderte: »Und Sie könnten bei ihren Kollegen nachforschen. Vielleicht kennen Sie auch einen ihrer Verwandten.«

»Nein, da muss ich leider passen. Ich glaube, ein Bruder lebt in der Nähe, aber mehr weiß ich nicht.«

»Ich melde mich bei Ihnen, sobald es etwas Neues gibt«, beendete Pielkötter den Anruf abrupt.

Pielkötter und Barnowski hatten vergeblich versucht, Franziska Gerstner zu finden oder zumindest ein Lebenszeichen von ihr zu erhalten. Nun standen sie zusammen mit ihrem Vermieter, der im selben Haus lebte, vor ihrer Wohnungstür. Ein ungutes Gefühl machte sich in seinen Eingeweiden breit und er schwitzte. Die Aktion war für ihn und seinen Mitarbeiter in zweifacher Hinsicht ungewohnt. In der Regel wurden sie an einen Tatort gerufen und erwarteten den Anblick einer Leiche. In diesem Fall war das ungewiss. Würden sie wirklich einen Tatort betreten? Darüber hinaus kannten sie das Opfer normalerweise nicht. Hier ging es um eine Kollegin. Auf Nadine Schönlings Anwesenheit hatten sie wohlweislich verzichtet. Allerdings hatte Pielkötter seine junge Mitarbeiterin zuvor gefragt, ob sie sich vorstellen könne, wo sich die gesuchte Polizistin aufhielt, aber sie hatte nichts zu der Lösung des Problems beigetragen.

»Vielen Dank. Den Rest erledigen wir allein«, erklärte Pielkötter, nachdem der Vermieter die Tür aufgeschlossen hatte.

Mit gemischten Gefühlen betrat er die Diele. Barnowskis Miene spiegelte Unsicherheit wider. Jegliche Spur von Heiterkeit war aus seinen Gesichtszügen verschwunden. »Übernehmen Sie die linke Seite«, schlug Pielkötter vor. Er selbst lief bis zum Ende des Flurs. Dabei blähte er die Nasenflügel. Woher kannte er diesen Geruch? Es roch nicht nach Verwesung. Aber müsste es das? Franziska Gerstner hatte gestern Nachmittag noch gelebt. Pielkötters Nervosität wuchs mit jedem Schritt. Am Ende des Flurs befand sich der Wohnraum. Pielkötters Augen glitten über die modernen, bis auf ein Sofa schlichten Möbel, die hübschen gelben Übergardinen, das offensichtlich neue Fernsehgerät und blieben schließlich an einer Fotografie an der Wand hängen. Es zeigte Franziska Gerster im Urlaub auf einem Segelschiff.

»In Bad und Küche konnte ich nichts Auffälliges entdecken«, erklärte Barnowski, der unerwartet hinter ihm auftauchte. »Soll ich mir jetzt den Rest vornehmen?«

»Moment, das Schlafzimmer inspizieren wir am besten gemeinsam.« Pielkötter wandte sich von dem Bild ab und verließ mit Barnowski den Raum. Sein Hals fühlte sich trocken an. Als sein Mitarbeiter die nächste Tür öffnete, sagte ihm sein Instinkt, dass sie wenige Meter weiter Franziska Gerstners Leiche finden würden. Ehe er einen Blick hineingeworfen hatte, registrierte er, wie Barnowski erbleichte. Pielkötter drängte sich an ihm vorbei und schaute zum Bett hinüber, auf dem tatsächlich die Polizistin lag, tot und übel zugerichtet. Unheimliche Wut stieg in ihm auf, eine Emotion, die er normalerweise ohne Anstrengung unterdrückte.

Mit rotem Kopf näherte er sich der Toten. Während Barnowski sein Handy aus der Tasche zog, um die Spurensicherung zu informieren, beugte sich Pielkötter über das Opfer. Soweit er das beurteilen konnte, hatte der Täter sie stranguliert und mit einem scharfen Gegenstand in ihren Bauch gestochen. Da kein Kleidungsstück die Leiche verhüllte, fiel sofort der blutige Schriftzug »Schlampe« auf. Derselbe Täter, überlegte Pielkötter, oder jemand legt es darauf an, uns das glauben zu lassen.

»Die Spusi ist unterwegs«, platzte Barnowski mitten in diesen Gedanken. Er sah immer noch bleich aus. »Ich mag gar nicht beschreiben, was ich diesem Mistkerl am liebsten antun würde.«

»Für Sie ist der Täter also eindeutig männlich?« Pielkötter stellte diese Frage nicht, um seinen Mitarbeiter wegen einer voreiligen Schlussfolgerung bloßzustellen, sondern um das Gespräch auf eine sachliche Ebene zu ziehen. Pielkötter gestattete sich keine großen Gefühle. Es hieß, rational vorzugehen und alles daranzusetzen, den Mörder zu finden.

»Zumindest kann ich mir schwer vorstellen, dass eine weibliche Person solch einen Rochus auf andere Frauen hat, dass sie sie auf diese Weise umbringen würde. Okay, vielleicht ihre Rivalin, aber doch nicht mehrere.« Barnowski hielt inne und sah Pielkötter direkt an. »Um Ihre Einwände gleich vorwegzunehmen. Ja, es sieht erst einmal so aus, als hätten wir es mit demselben Täter zu tun. Wenn neue Fakten dagegen sprechen, lasse ich mich allerdings gerne eines Besseren belehren.«

Pielkötter registrierte, dass Barnowski sonst nicht so empfindlich auf vorsichtig formulierte Kritik reagierte, aber das wunderte ihn kaum. »Sie haben Recht«, lenkte er ein. »Vieles spricht wirklich für ein und dieselbe Person, obwohl der Tatort ...« Pielkötter stockte. »Wenn ich mir die Leiche so anschaue, halte ich es zumindest für ziemlich sicher, dass Franziska Gerstner hier ermordet wurde. Ich wollte sagen, dass trotz der kaum vergleichbaren unterschiedlichen Tatorte und dem Fakt, dass der Täter nur das zweite Opfer vollständig entblößt hat, die Gemeinsamkeiten überwiegen.« Jetzt war ihm selbst der *Täter* herausgerutscht. Nun, bei Mördern zu gendern, fiel ihm halt schwer. Er stammte schließlich aus einer Generation, die sich darüber wenig Gedanken gemacht hatte.

Die Spurensicherung traf ein und bald wimmelte es in der Wohnung von Leuten mit Schutzanzügen. Pielkötter stand am Schlafzimmerfenster und schaute dem Team bei der Arbeit zu. Fuseln, Fasern, Haare und andere mögliche Beweismittel wurden in kleine durchsichtige Tütchen gepackt und beschriftet. Überall wurde nach Fingerabdrücken gesucht, aber er glaubte nicht an einen Erfolg. Dafür hielt er den Täter für zu schlau. Pielkötter ging davon aus, dass er alles darangesetzt hatte, keine Spuren zu hinterlassen. Was nicht hieß, dass man seine DNA nicht finden würde. Mit etwas Glück stießen sie auf eine Hautschuppe oder ... Während er grübelte, eilte Jochen Drenck auf ihn zu.

»Einen ersten Hinweis kann ich Ihnen schon geben«, erklärte der Leiter der Spurensicherung. »Der Täter hat wieder einen Pinsel benutzt, um mit dem Blut des Opfers seine Botschaft auf ihren Körper zu schreiben. Allerdings nicht denselben. Die beiden Haare, die ich entdeckt habe, sind deutlich dicker als die bei Imke Bielstett. Wir werden das natürlich noch genau untersuchen. Trotzdem bin ich ziemlich sicher.«

»Das ist ja sehr interessant«, erwiderte Pielkötter, während er innerlich stöhnte. Er ging davon aus, dass Drencks vorläufige Vermutung stimmte, und das komplizierte seine Arbeit enorm. Obwohl er es weiterhin für unwahrscheinlich hielt, kam damit ein zweiter Täter zumindest in Betracht. Möglicherweise legte es ein gerissener Mörder darauf an, die Ermittler zu verwirren.

»Schönen Tag allerseits«, hörte Pielkötter die sonore Stimme des offensichtlich gut gelaunten Rechtsmediziners. Karl-Heinz Tiefenbach schwenkte seine abgewetzte, dicke kackbraune Ledertasche hin und her, als absolviere er eine seltsame Form von Hantel-Training. »Na, dann wollen wir mal«, sagte er mit Blick auf die Tote. »Ausgezogen ist sie auch schon. Wenn das nicht meine Arbeit enorm erleichtert.« Tiefenbach lachte und sah zu Pielkötter hinüber. »Mann, in Ihrer Haut möchte ich auch nicht gerade stecken. So kurz hintereinander ein weiteres Opfer. Ich seziere die Leichen und gut is, für Sie fängt die Arbeit danach erst richtig an. Aber, was soll ich sagen, Sie haben sich den Job selbst ausgesucht.«

»Für die meisten Menschen dürfte allerdings so ziemlich jeder Job besser sein als der Ihre«, entgegnete Barnowski, der in Franziska Gerstners Schlafzimmer zurückgekehrt war.

»Damit liegen Sie wahrscheinlich nicht so falsch, aber ein bisschen Spaß muss ja sein, sonst ist das Leben einfach zu ernst.«

Pielkötter fand es seltsam, dass gerade Tiefenbach vom Leben sprach. Der Rechtsmediziner beugte sich über das Opfer und sollte in Ruhe seine Arbeit tun. Bewegt beobachtete Pielkötter, wie Tiefenbach die Leiche drehte und das Thermometer aus seiner Tasche zog. Die Würde des Menschen ist leider nicht immer unantastbar, sinnierte er in diesem Moment. Das hatte er bereits vorhin so empfunden, als der Polizeifotograf die nackte Leiche fotografiert hatte. Was war nur mit ihm los? Warum diese Empfindlichkeit?

»Dass sie stranguliert wurde und erstickt ist, brauche ich Ihnen wohl nicht zu erklären«, sagte Tiefenbach. »Das haben die Herren mit Sicherheit schon selbst entdeckt. Aber kommen Sie mal näher zu mir.« Während er auf den Unterleib des Opfers deutete, setzte sich Pielkötter abrupt in Bewegung. Barnowski folgte ihm. »Schauen Sie hier, die Hämatome an den Innenseiten der Oberschenkel. Sieht aus, als sei die Frau vergewaltigt worden. Ich will ja nicht voreilige Diagnosen stellen, nachher verdreht hier einer von Ihnen noch die Augen oder runzelt die Stirn.« Er lachte. »Deshalb drücke ich mich jetzt lieber ganz vorsichtig aus. Der Täter hat es zumindest versucht. Ob der tatsächlich einen hoch ... also, ob er wirklich eingedrungen ist, kann ich natürlich erst durch eine genaue Untersuchung feststellen.«

»So oder so weicht das Muster damit schon erheblich von unserem ersten Fall ab«, entgegnete Pielkötter. »Die Frage ist nur, was das für uns bedeutet.«

»Vielleicht hatte der Täter beim ersten Mal dazu keine Gelegenheit. Schließlich ist der Kant-Park auch nachts ein öffentlich zugänglicher Ort. Möglicherweise war ihm das Risiko, dort entdeckt zu werden, einfach zu hoch.«

»Oder er könnte gestört worden sein«, ergänzte Pielkötter. »Interessanterweise hat er sich bei Imke Bielstett trotzdem nicht nehmen lassen, die blutigen Worte zu schreiben. Ich denke, die waren für ihn noch wichtiger als eine Vergewaltigung. Und ich schließe auch nicht aus, dass er uns mit diesen

Abweichungen verwirren und die Ermittlungen erschweren möchte.« Er sah zu, wie Tiefenbach die Gradskala auf dem Thermometer studierte. Der Rechtsmediziner verstand ihn ohne Worte und antwortete auf seine stumme Frage.

»Sofern hier im Schlafzimmer gestern oder heute Morgen keiner die Heizung auf- und später wieder abgedreht hat, schätze ich den Todeszeitpunkt auf Mitternacht, plus/minus anderthalb Stunden.«

»Tatort und Fundort stimmen demnach überein«, stellte Barnowski fest.

Tiefenbach nickte.

»Mit etwas Glück grenzen wir auch den Todeszeitpunkt weiter ein«, bemerkte Barnowski. »Ich habe vorhin in der Küche neben der Gefrierkombination einen Terminkalender an der Wand entdeckt. Laut einer Notiz hatte gestern eine Lea Geburtstag. Hinter dem Eintrag stand: ab 19:00 Uhr. Wenn Franziska Gerstner an der Feier teilgenommen hat, werden wir von dieser Lea oder den anderen Gästen erfahren, um welche Uhrzeit sie aufgebrochen ist.«

»Wenn das nach Mitternacht war, könnten wir den infrage kommenden Zeitraum weiter eingrenzen, also zwischen zwölf und halb zwei. Leider kann ich mir gut vorstellen, dass unser Opfer so kurz nach dem Mord an ihrer Freundin und Arbeitskollegin nicht zum Feiern zumute war, und sie die Geburtstagsparty deshalb kurzfristig abgesagt hat.«

Tiefenbach erhob sich unter lautem Stöhnen und streifte die Handschuhe ab. Anschließend massierte er mit schmerzverzerrter Miene die mittlere Partie seines Rückens. »Ich glaub, ich werd langsam alt. Das Knien, das Bücken, alles fällt zunehmend schwer. Altern ist wirklich nix für schwache Nerven, wie man so schön sagt.« Die Lachfalten um seine blitzenden Augen verstärkten sich. »Ehe ich jedoch groß Mitleid errege, bin ich dann mal weg. Hier kann ich sowieso nichts mehr tun. Das Opfer kann jetzt abtransportiert werden. Und wie immer verspreche ich, mich bei der Obduktion förmlich zu überschlagen. Sobald die Tote auf meinem Tisch liegt, surrt die Knochensäge los.«

»Wir sehen uns gleich im Rechtsmedizinischen Institut«, erklärte Pielkötter und nickte Tiefenbach zu, während Barnowski nicht begeistert dreinschaute. Er schien einen inneren Kampf auszufechten, und Pielkötter beschloss, ihn davon schnell zu erlösen. Er schlug ihm vor, diese Lea ausfindig zu machen, anstatt der Obduktion beizuwohnen. Wahrscheinlich hätte er noch vor ein paar Jahren wenig Verständnis für seinen jungen Mitarbeiter gezeigt, inzwischen ließ er Nachsicht walten. Sobald er selbst nicht mehr im Dienst war, würde Barnowski sowieso die unangenehmsten Dinge erledigen müssen.

16

Nadine Schönling erschien als Letzte zur Lagebesprechung in Pielkötters Büro. Er und Barnowski saßen vor einem Flipchart-Block, auf dem oben die Namen der beiden Opfer standen.

»Tut mir leid, dass ich spät dran bin«, entschuldigte sie sich. »Ich habe länger mit dem Bruder von Franziska Gerstner gesprochen. Dabei habe ich etwas sehr Interessantes von ihm erfahren.« Sie trat näher an Pielkötter und Barnowski heran und setzte sich auf den einzigen freien Stuhl. »Laut seiner Aussage hat sich seine Schwester vor zwei Tagen draußen verfolgt gefühlt. So gegen elf hat sie ihn ängstlich angerufen und sich von ihm abholen lassen. Sie hat sogar die Nacht bei ihm verbracht.«

»Das gibts doch wohl nicht«, polterte Pielkötter unerwartet los. »Warum hat sie uns nicht darüber informiert? In diesem Fall hätte sie gute Chancen gehabt, jetzt noch zu leben. Ich verstehe das nicht. Sie war doch selbst Polizistin.«

»Eben«, entgegnete Nadine Schönling, »meiner Meinung nach hat sie die Sache genau deshalb nicht angezeigt.« Sie blickte mit ernster Miene von Pielkötter zu Barnowski. »Franziska wollte vor den männlichen Kollegen nicht als Weichei dastehen. Zumal sie sich wahrscheinlich nicht sicher war, ob sie tatsächlich verfolgt wird. Ich kann mir gut vorstellen, dass sie an ihrer eigenen Wahrnehmung gezweifelt hat. Schließlich befand sie sich wegen des Mordes an Imke in einer Ausnahmesituation.«

»Wenn Sie sich so gut in Franziska Gerstner hineinversetzen können, haben Sie sicher auch eine Erklärung dafür, warum sie trotz der möglichen Bedrohung nicht vorsichtiger gewesen ist?«

»Ich kann natürlich nur Vermutungen anstellen. Wahrscheinlich hat sie die Gefahr nur draußen gesehen und sich in ihrer Wohnung sicher gefühlt. Leider zu Unrecht.«

»Da wir gerade beim Thema Wohnung sind, beginne ich gleich mit Jochen Drencks Bericht«, erklärte Pielkötter und notierte die Tatorte unter den Namen der Opfer. »An der Balkontür wurden Einbruchsspuren gefunden. Wir müssen also davon ausgehen, dass der Täter sie in der Wohnung überrascht hat.«

»Vielleicht hat er dort auf sie gewartet, bis sie von der Feier ahnungslos heimgekommen ist«, ergänzte Barnowski. »Inzwischen habe ich die Identität des Geburtstagskindes in Erfahrung gebracht und sie befragt. Franziska Gerstner hat die Party kurz nach dreiundzwanzig Uhr verlassen. Ein Thomas Bergmann wollte sie im Wagen mitnehmen und zu Hause absetzen. Ich habe seine Telefonnummer bekommen, ihn bisher aber noch nicht erreicht. Laut Lea Frickes Aussage könnte die Fahrt etwa fünf Minuten gedauert haben.«

»Das ist schon mal ein Anfang«, sagte Pielkötter, »und grenzt die mögliche Tatzeit weiter ein. Ich bin gespannt auf die Aussage des Fahrers. Vielleicht haben sie sich ja noch vor der Tür länger unterhalten.«

»Ich würde ihn nicht einmal als Täter ausschließen«, bemerkte Nadine Schönling. Nachdenklich knetete sie eine Strähne ihres beim letzten Friseurbesuch rötlich gefärbten Haars. »Möglicherweise hat Nadine ihn abgewiesen und er ist kurz darauf eingebrochen?«

»Aber wieso hat er dann dieselbe Visitenkarte hinterlassen wie bei Imke Bielstett?«

»Franziska könnte ihm auf der Feier davon erzählt haben, schließlich war sie im Kant-Park, hat dort den Tatort gesehen«, wandte Nadine Schönling ein. »Natürlich hätte sie das als Polizistin nicht tun dürfen, aber womöglich hatte sie zu viel getrunken und musste das einfach einmal loswerden. Bergmann wollte womöglich seine eigene Spur verwischen und diesen Mord dem ersten Täter anhängen.«

»Genau nach diesem Schema könnte Patrick Momsen beide Morde begangen haben. Für den ersten hätte er ein griffiges Motiv und der zweite lenkt von dem Motiv ab.«

»Stop!«, befahl Pielkötter. »Wir spekulieren nicht, sondern halten uns an die Fakten. Karl-Heinz Tiefenbach hat mich bereits vor der eigentlichen Obduktion informiert, dass Franziska Gerstner vergewaltigt worden ist. Passt die Theorie dann noch?«

»Warum nicht?«, fragte Nadine Schönling und Barnowski nickte. »Übrigens bin ich dann mal weg, wie man so schön sagt. Ich höre mich bei ihrem Kollegen Christian Stolpe um. Und bei Felix Heisenberg, beide haben mit dem Opfer öfter zusammengearbeitet.«

17

Barnowski steuerte seinen Mazda nach einem anstrengenden und langen Arbeitstag zu seiner Wohnung. Missmutig drückte er auf die Hupe. Der Autofahrer vor ihm hatte nicht bemerkt, dass die Ampel auf Grün umgesprungen war. Vielleicht fand der Depp auch das Gaspedal nicht oder pennte. Bis der Wagen sich endlich von der Stelle bewegte, stieß Barnowski unflätige Flüche aus, die er nicht oft gebrauchte. Mies und schlecht gelaunt erkannte er sich kaum wieder. Normalerweise hatte er den Frohsinn praktisch für sich gepachtet, doch davon spürte er seit Tagen nichts mehr. Der Anblick der jungen Opfer, die er beide zuvor attraktiv und lebend gesehen hatte, ließ ihn nicht los. Dabei hatte er alles Mögliche versucht, die schrecklichen Bilder aus seinem Kopf zu bekommen.

Selbst das, was ihm immer half, auf andere Gedanken zu kommen, hatte diesmal nichts genutzt: die Erinnerung an sein erstes sexuelles Abenteuer mit Miriam. Den beachtlichen Altersunterschied hatte er der reiferen Schönheit natürlich nicht auf die Nase gebunden. Unsicherheit und mangelnde Erfahrung hatte er mit lockeren Sprüchen auszugleichen versucht. Mann, was hatte die über seine Spökskes gelacht. Dafür hatte sie ihre Hände an die richtigen Stellen platziert und alle Hebel – oder besser den entscheidenden Hebel – in Bewegung gesetzt. Barnowski überlegte, ob es die für amouröse Spielchen eher unbequeme Grillhütte oberhalb der Rheinauen in Walsum wohl noch gab. Er war schon so lang nicht mehr in der Gegend gewesen. Sobald die Fälle aufgeklärt waren, würde er mit Gaby mal dort vorbeispazieren, nahm er sich vor.

Barnowski stöhnte und zog die Mundwinkel leicht nach unten. Wenn er es sich recht überlegte, befand er sich sogar in einer Art Zwei-Fronten-Krieg. Er hatte ja nicht nur diese speziellen Fälle am Hals, die arg an seinen Nerven zerrten, sondern darüber hinaus diesen ätzenden Loyalitätskonflikt. Kriminaloberrat Plötsche hätte Pielkötter am liebsten kaltgestellt, so viel stand eindeutig fest. Deshalb informierte er ihn vor seinem Vorgesetzten und beauftragte ihn immer wieder, Pielkötter zu umgehen und vor vollendete Tatsachen zu stellen. »Barnowski, kümmern Sie sich mal persönlich darum«, ahmte er Plötsche mit ungewohnt sarkastischer Stimme nach. So was hatte der Kriminaloberrat doch vorher niemals gesagt. Bei einem Gespräch hatte er sogar durchblicken lassen, dass er Pielkötter kaum für dienstfähig hielt. Barnowski konnte sich nicht mehr an den genauen Wortlaut erinnern. Das änderte leider nichts daran, dass man ihn in eine ganz beschissene Situation manövriert hatte.

Selbstverständlich empfand er die Aussicht verlockend, befördert zu werden und in ein paar Jahren Pielkötters Platz einzunehmen, allerdings nicht um jeden Preis. Für ihn bedeutete es schon einen gewaltigen Unterschied, ob Pielkötter seinen Posten freiwillig räumte oder von Plötsche dazu gezwungen wurde.

»Scheiße, scheiße, scheiße«, schimpfte Barnowski. Es wurde Zeit, dass endlich etwas Positives passierte. Vielleicht würde Gaby es verstehen, ihn heute Abend ein wenig aufzuheitern. Zwei Ampeln weiter, dann konnte er vor dem Mietshaus parken, in dem er schon seit etlichen Jahren mit seiner Freundin wohnte.

Gaby öffnete ihm die Tür, ehe er den Schlüssel im Schloss umgedreht hatte, und fiel ihm stürmisch um den Hals. Er schenkte ihr dafür sein strahlendes Lächeln. Der unerwartet herzliche Empfang war ganz nach seinem Geschmack. Seit die Fälle Imke Bielstett und Franziska Gerstner ihn in Beschlag nahmen, hatten sie nicht mehr so richtig miteinander gekuschelt. Das war genau die Ablenkung, die er jetzt dringend brauchte. Gaby löste sich von ihm und sah ihn mit leuchtenden Augen an.

»Gibt es etwas Besonderes?«, fragte Barnowski erstaunt. »Womit habe ich diese Aufmerksamkeit verdient?«

»Das wirst du gleich sehen.«

Verwundert hängte Barnowski seine für die Jahreszeit zu kühle Jacke an die Garderobe, wusch sich im Badezimmer kurz die Hände und lief hinter seiner Freundin her. Im Wohnzimmer schaute er auf den liebevoll gedeckten Esstisch. Gaby hatte den dreiarmigen alten Kerzenständer, ein Erbstück von ihrer Oma, in die Mitte gestellt. Die Kerzen hatte sie bereits angezündet. Obwohl er es für gefährlich hielt, den Raum mit offenen Flammen zu verlassen, schimpfte er jetzt besser nicht. Es wäre unklug, Gaby ihre romantische Stimmung und sich selbst den Abend durch eine unpassende Meinungsverschiedenheit zu verderben.

»Ich habe dein Lieblingsgericht gekocht«, erklärte Gaby, während er auf einem der kürzlich erstanden Designerstühle mit Polstern in mint Platz nahm.

»Davon gibt es einige.« Barnowski schmunzelte.

»Lachs mit Spinat und Süßkartoffeln, wenn du es genau wissen willst.«

»Du bist die Beste«, erwiderte er und meinte das in diesem Moment wirklich sehr ernst. Er schaute zu, wie sie Mineralwasser einschenkte und runzelte die Stirn, was ihn etwas älter aussehen ließ. »Gibt es kein Bier zu dem Festessen oder Wein?«

»Nein, dafür Sekt nach dem Essen. Ich habe extra eine teure Flasche kaltgestellt.«

»Haben wir denn etwas zu feiern?« Barnowski zog die Augenbrauen hoch und versuchte, den Anschein zu erwecken, scharf nachzudenken, obwohl ihn die Situation eher erheiterte. »Also, meines Wissens kommt dein nächster Geburtstag erst im Mai und unseren Kennenlerntag haben wir schon vor ein paar Wochen gefeiert.«

»Den du fast wieder einmal vergessen hättest.«

Barnowski studierte ihre Miene, konnte jedoch keine Spur

von Verstimmung entdecken. Seine Freundin strahlte weiterhin pure Lebensfreude aus, als hätte sie die leichte Kritik gar nicht so gemeint. Er fragte besser nicht weiter und genoss einfach den Abend. Das hatte er sich wahrlich verdient.

Nach dem Essen räumten sie gemeinsam das Geschirr ab. Eine undefinierbare Melodie summend suchte Barnowski die Flasche Sekt im Kühlschrank und fand sie im Eisfach.

»Das ist ja Champagner«, bemerkte er und zog überrascht die Augenbrauen hoch. »Hast du etwa im Lotto gewonnen, obwohl du nicht spielst?« Gaby schüttelte amüsiert den Kopf. »Steuerrückzahlung für deinen Frisiersalon?«, hakte er weiter nach. »Oder hat etwa deine liebe Mutter Geld lockergemacht?« Barnowski bereute sofort, mit welcher Ironie er das Wort *lieb* ausgesprochen hatte, aber Gaby hatte anscheinend den Tonfall überhört. Wenn er nur an Marielle Böttcher dachte, bekam er die Krise. Kein Wunder, die Frau bediente alle Klischees ihrer Zunft. Dabei gab es auch vollkommen anders gestrickte Schwiegermütter. Sein Vater zumindest hatte sich nie über seine beschwert.

»Den Grund wirst du gleich erfahren«, brachte ihn Gaby wieder in die Gegenwart zurück, nachdem er den Korken mit einem lauten Knall aus der Flasche gezogen hatte. »Bitte nur einen kleinen Schluck, danke, reicht schon«, stoppte sie ihn zu seinem Erstaunen, als das Glas nicht einmal halb voll war. »Wir erheben das Glas und trinken auf, wie formuliere ich das jetzt angemessen ...« Sie machte eine kunstvolle Pause und lächelte ihn seltsam selig an. »Auf unseren Familienzuwachs.«

»Nein, nicht doch«, stöhnte Barnowski. Seine Laune sank ruckartig auf der Skala um einige Stufen nach unten. »Klar sind diese neu geborenen kleinen Katzen von unserem Nachbarn irgendwie niedlich, aber so ein Tier macht doch unwahrscheinlich viel Arbeit. Außerdem hatten wir uns ja bereits darauf geeinigt, das Angebot der Petris nicht anzunehmen.« Er sah sie ärgerlich an. »Also ganz ehrlich, mich jetzt mit dem romantischen Zauber umstimmen zu wollen, finde ich unfair. Wir haben lange darüber diskutiert. Und die Entscheidung, die dabei herausgekommen ist, solltest du respektieren.«

»Es geht nicht um die Kätzchen«, erwiderte Gaby und sah ihn an, als verstünde sie nicht, warum er so begriffsstutzig reagierte. »Wir trinken auf unser ungeborenes Kind.«

Zuerst registrierte Barnowski, wie sich Gabys Miene veränderte, dann begriff er langsam, was sie ihm soeben mitgeteilt hatte. »Unser Kind? Was willst du denn damit sagen?«

»Ich bin schwanger«, blaffte sie und schob den Sektkelch von sich. »So einfach ist das. Aber wenn du unser Baby nicht willst, bringe ich es auch alleine durch.« Mit geröteten Wangen stand sie vom Tisch auf.

»Halt, warte«, bat er schnell. »Das habe ich doch gar nicht gesagt. Nur … ich … also … ich weiß eben nicht, wie das passieren konnte. Damit hat doch keiner gerechnet.«

»Tust du jetzt nur so naiv oder bist du es wirklich?«

»Na ja, ich meine, wo wir doch verhüten.«

Sie sah ihn mit diesem taxierenden Blick an, den er an ihr absolut nicht mochte. »Seit ich die Pille nicht mehr nehme und eine Spirale auch nicht infrage kommt, haben wir uns doch beide auf ziemlich unsichere Methoden eingelassen oder etwa nicht?« Sie schnaubte. »Wenn alle Stricke reißen, soll es eben so sein, darin waren wir uns doch einig. Gilt das nicht mehr?« Sie fixierte ihn mit ihren wunderschönen grünen Augen.

»Ja, ja, aber wer denkt schon daran, dass tatsächlich etwas passiert? Und wir sind ja auch noch so jung. Ich meine, wegen der ganzen Verantwortung. Uns bleibt so viel Zeit, um zu üben und Kinder zu kriegen.«

»Hast du gerade zu jung als Argument in den Raum geworfen«, spie sie förmlich aus. »Du wirst in zwei Monaten achtunddreißig. Und geübt haben wir wohl oft genug.«

»Trotzdem kommt das jetzt alles so plötzlich.«

»Wenn du das nach mehr als einem gemeinsamen Jahrzehnt so nennen willst, tu das von mir aus.« Gaby warf ihm einen ihrer Blicke Marke *Fall tot um* zu und schnellte vom Stuhl hoch. »Ich ziehe jedenfalls erst einmal für ein paar Tage zu meiner Freundin Susanne. Dann hast du Gelegenheit, in Ruhe über deine Reaktion nachzudenken.«

Barnowski überlegte, wann ihre Stimme jemals so eisig geklungen hatte. Er erinnerte sich an keine einzige Situation. Am liebsten hätte er sie trotz seiner widersprüchlichen Gefühle in den Arm genommen und zum Bleiben überredet. Allerdings wusste er, wie zwecklos das war. Heute Abend würde sie sich nicht mehr umstimmen lassen.

Gaby blies die Kerzen aus. Anschließend verließ sie das Zimmer, ohne ihn zu beachten. Barnowski blieb mit einer Flut negativer Gefühle zurück. So also sieht ein Drei-Fronten-Krieg aus, überlegte er und stürzte den Champagner in einem Zug hinunter.

18

Terstegen wohnte in Neukirchen-Vluyn. Dorthin, also zu seiner Familie, hatte Pielkötter seine Mitarbeiter Barnowski und Nadine Schönling geschickt, während er selbst den Chef der beiden Opfer erneut auf den Zahn fühlen wollte. Pielkötter ging davon aus, dass Terstegen unter Druck stand, nachdem er für den ersten Mord kein Alibi hatte vorweisen können, und traute ihm nun ein falsches zu. Um den Eheleuten möglichst keine Gelegenheit für eine Absprache zu geben, sollte die Befragung zeitgleich erfolgen.

Auf der A 40 beobachtete Barnowski Nadines Profil. Sie saß am Steuer. Im Grunde genommen hatte sie sogar darauf bestanden, zu fahren, und er hatte genickt. Eigentlich mochte er starke Frauen, so wie ...

Barnowski massierte seinen leicht verspannten Nacken. Gaby gehörte auch zu denen. Notfalls würde sie das Kind alleine durchbringen, aber wollte er das? Himmel, es war sein Kind. Warum fiel es ihm nur so schwer, sich darüber zu freuen? Bei Frauen kam er gut an, doch bisher war er seiner Freundin stets treu gewesen. Vielleicht würde ihm ein letzter heftiger Flirt anschließend ein bedingungsloses Ja zu einer risikoreichen Veränderung erleichtern. Barnowski dachte an seine Eltern, die sich ständig gestritten hatten, und sah dann erneut zu Nadine. Zweifellos war sie eine Sünde wert, allerdings würde das Komplikationen nach sich ziehen. Am besten konzentrierte er sich auf die beiden Fälle, die ihn ohnehin genug belasteten.

»Ich bin heilfroh, wenn die neue Rheinbrücke endlich fertig ist«, schimpfte Nadine. »Immer das gleiche Theater vor der Waage. Gibt es so was eigentlich sonst noch irgendwo in unserer Republik? Eine Lkw-Waage mitten auf der Autobahn? Das Blöde ist nur, dass es nicht viele Alternativen gibt, um den Fluss zu überqueren. Und die sind natürlich auch gern dicht, wenn auf der A 40 nichts mehr geht.«

Normalerweise hätte Barnowski dazu einen Kommentar abgegeben. Im Moment interessierte ihn die Stauwahrscheinlichkeit nicht im Geringsten. Oder doch? Sollte man wirklich ein Kind in eine Welt mit ständig verstopften Autobahnen setzen?

»Mich verfolgen diese Fälle nachts«, unterbrach Nadine diesen Gedanken. »Immer wieder werde ich im Traum verfolgt und man versucht mich umzubringen.« Sie wendete ihren Blick kurz von der Fahrbahn ab und sah zu ihm hinüber. »Bisher habe ich das noch niemandem erzählt, nicht einmal ...«

»Ja, ist schon eine andere Nummer, wenn die Leute aus unseren eigenen Reihen die Opfer sind.«

»Bernhard, es bedeutet mir sehr viel, dass du mich verstehst. Auch, dass man trotz alledem weitermacht. Erik will, dass ich aufhöre. Er meint, es sei sowieso langsam an der Zeit, endlich zusammenzuziehen und eine Familie zu gründen.«

»Aber der arbeitet doch in Süddeutschland«, entgegnete Barnowski und runzelte die Stirn.

»Genau. Deshalb ärgert mich am meisten, dass es für ihn nur selbstverständlich wäre, dass ich meine Zelte in Duisburg abbreche, beruflich zurückstecke und mit ihm in Tübingen lebe.«

»Dann ist der Typ womöglich nicht der Richtige für dich«, brach es aus Barnowski heraus.

»Leider bist du ja schon vergeben.« Nadine lachte, ihm blieb das Lachen im Halse stecken.

In Barnowskis Kopf überschlugen sich die Gedanken. Was hatte sie konkret damit gemeint? Hätte sie unter normalen Umständen nichts dagegen, mit ihm …? Er wusste nicht, wie sie zu einer Affäre stand, aber er fand diese Vorstellung sehr reizvoll, gestand er sich ein. Vielleicht wäre es sogar für beide erstrebenswert, sich noch einmal ungebunden zu fühlen, um hinterher für eine feste Bindung frei zu sein. Dabei war ihm das Paradoxe an dieser Überlegung durchaus bewusst.

»Ich mag mir nicht ausmalen, wie es hier aussieht, wenn ein Fahrzeug auf einer Spur liegen bleibt«, fuhr Nadine fort. »Man kann wer weiß wie lange nicht die Seite wechseln.«

Barnowski bereitete es Mühe, diesen Themenwechsel nachzuvollziehen. Eigentlich fiel ihm im Moment alles schwer, besonders jedoch, mit seinem arg durcheinandergebrachten Leben klarzukommen. Er seufzte tief. Gaby hatte sich nicht mehr gemeldet, seit sie mit einer Reisetasche zu ihrer Freundin Susanne aufgebrochen war. Dabei hatte er zig Mal versucht, mit ihr in Kontakt zu treten, telefonisch, per Mail und über WhatsApp. Das volle Programm. Es wurde Zeit, den Spieß umzudrehen und sie ein wenig schmoren zu lassen. »Hast du heute Abend schon was vor?«, fragte er. »Wir könnten nach Dienstschluss zusammen irgendwo ein Bier trinken gehen.«

»Warum nicht«, antwortete seine Kollegin, ohne zu zögern. »Ein bisschen Abwechslung von der Ermittlungsarbeit kann uns nicht schaden. Aber was sagt denn deine Freundin dazu?«

»Och, die ist im Moment sehr beschäftigt und bestimmt froh, wenn sie etwas Zeit für sich hat.« Barnowski hatte das kaum ausgesprochen, da kam ihm ein verstörender Gedanke. Womöglich kämpfte sie mit gesundheitlichen Problemen und sie hatte sich deshalb nicht gerührt. Am besten rief er nachher bei Susanne an und erkundigte sich bei ihr.

»Geschafft, endlich!«, erklärte Nadine. Die Waage lag hinter ihnen und der Verkehr rollte wieder schneller. Der Qualm der Schornsteine auf der linken Rheinseite zeigte steifen Ostwind an. »Bis Neukirchen-Vluyn ist das jetzt ein Klacks.«

Die Familie Terstegen lebte in einem Neubaugebiet gegenüber der ehemaligen Zeche Niederberg. Reines Wohnviertel, wenn man von einer Bäckerei mit Café direkt an der Niederrheinallee absah. Ihre Doppelhaushälfte war weit genug von der Durchgangsstraße entfernt, die Neukirchen mit dem Stadtteil Vluyn verband. Der Verkehrslärm lag hinter ihnen. Alles hell und freundlich, fand Barnowski. Wahrscheinlich fühlten sich Kinder hier wohl. Seine Magenwände schienen sich zu verkrampfen. Vor ein paar Tagen hätte er niemals über solch einen Aspekt nachgedacht. Fehlte nur noch, dass er sich darüber den Kopf zerbrach, wo es den nächsten Kitaplatz gab.

»Kommst du?«, fragte Nadine.

Er setzte sich sofort in Bewegung. Anscheinend hatte er einige Sekunden vor sich hingestarrt. Das ungeborene Kind machte ihn kirre. Während er und Nadine auf Terstegens Haus zuliefen, überlegte er, dass er niemals Sex mit einer schwangeren Frau gehabt hatte, zumindest nicht bewusst. War er dazu überhaupt in der Lage? Also, was dachte dieses winzige Wesen von ihm, wenn er als Erstes …

»Bernhard, ist was? Du siehst ganz blass aus.«

»Nee, nee. Ich habe letzte Nacht etwas schlecht geschlafen.« Die Antwort war nicht einmal gelogen. Gaby fehlte ihm, wenn er im Halbschlaf ins Nachbarbett griff und seine Hand völlig ins Leere fasste.

»Ich hoffe, wir sind nicht umsonst hergefahren. Möglicherweise ist Terstegens bessere Hälfte wer weiß wo. Aber Pielkötter setzt ja voll auf das Überraschungsmoment. Als ob der sich nicht schon längst mit seiner Frau abgestimmt hätte, sollte das überhaupt nötig sein.«

»Trotzdem dürfen wir Pielkötters Spürnase nicht unterschätzen.« Barnowski drückte so heftig gegen den Klingelknopf, als sei der eine Art »Hau den Lukas« für Zeigefinger.

»Ja bitte«, ertönte es wenige Sekunden später aus der Gegensprechanlage.

»Kommissar Barnowski und meine Kollegin Nadine Schönling. Wir möchten Ihnen gerne ein paar Fragen stellen.«

Eine Brünette mit heruntergezogenen Mundwinkeln öffnete die Tür. Das etwas strähnige Haar hatte sie zu einem Pferdeschwanz gebunden, der nicht recht zu ihrem herben Typ oder dem Alter von etwa vierzig Jahren passte. Misstrauen lag in ihrem Blick und den Eingang schien sie nur widerwillig freizugeben.

»Carola Terstegen, aber das wissen Sie ja bereits.« Sie gab ihnen die Hand. Barnowski fand, dass sie sich seltsam kalt anfühlte. »Setzen wir uns ins Wohnzimmer.«

Barnowski folgte ihr und Nadine durch eine breite Diele. Die linke Wand bedeckte eine Strukturtapete in auffällig roter Farbe, die für seinen Geschmack ausgezeichnet zu der weiß gestrichenen Raufasertapete an den anderen Wänden und zu den hellen Möbeln passte. Im nächsten Raum registrierte er zuerst die große Fensterfront, die einen Blick in den Garten gewährte. Offensichtlich besaßen die Bäume und Büsche noch jede Menge Wachstumspotenzial. Dabei fiel ihm wieder dieser ungeborene Winzling ein. Jetzt reiß dich mal zusammen und lass dein Privatleben außen vor, rief er sich zur Räson. Er war es Imke Bielstett und Franziska Gerstner verflixt noch mal schuldig, seinen Job anständig zu erledigen.

Sie steuerten auf eine gemütliche Sitzgruppe zu, aber dann schlug Carola Terstegen einen Haken und deutete mit der Hand zu einem rechteckigen Esstisch aus Mahagoni. »Es geht um die beiden toten Polizistinnen, nicht wahr?«, fragte sie mit unstetem Blick. »Furchtbar, dass so etwas passieren kann, ganz furchtbar.« Sie schaute an ihnen vorbei zu einer Glastür, die zu der Garagenauffahrt führte, soweit er das von seiner Position aus erkannte. »Mein Mann leidet unendlich darunter, dass die beiden Opfer in seinen Zuständigkeitsbereich gehörten.«

Barnowski fand, dass sie das etwas seltsam ausgedrückt hatte und beschloss, direkt zum Hauptangriff überzugehen. »Wo war Ihr Mann gestern Nacht?«

Augenblicklich überzog sich Carola Terstegens Gesicht mit einer leichten Röte. »Gestern Nacht?«, echote sie mit deutlich veränderter Stimme. Ihre rechte Hand nestelte an den Knöpfen ihrer Bluse herum. »Nun ... also, Gunnar war natürlich hier zu Hause.« Sie lachte gekünstelt. »Wo sollte er auch sonst gewesen sein? Er hatte ja keinen Dienst gestern Abend.« Entsetzt sah sie von Nadine zu ihm. »Aber wieso fragen Sie mich das? Sie können ihn doch nicht ernsthaft verdächtigen.«

»Nein, das tun wir natürlich nicht«, erwiderte Barnowski, ehe Nadine zu Wort kam. »Wir müssen einfach diese Fragen stellen. Alles Routine, sozusagen. Und wir dürfen auch keine

Ausnahme machen, nur weil Ihr Mann selbst zur Polizei gehört.«

Carola Terstegens Miene wirkte kurz erleichtert, dann verfinsterte sie sich. »Nun, ich kann Ihnen nur versichern, dass er gestern den ganzen Abend hier bei mir war. Wir haben Karten gespielt.« Sie verzog das Gesicht zu einem missglückten Lächeln. »Canasta. Ja, Canasta, das spielt Gunnar immer so gern.«

»Und wie lange haben Sie mit Ihrem Mann Karten gespielt?« Nadine fixierte die Zeugin mit wachsamen Augen.

»Wie ich schon sagte, den ganzen Abend.«

»Eine genaue Uhrzeit wäre uns allerdings erheblich lieber«, schaltete sich Barnowski erneut ein. Die Röte in Carola Terstegens Gesicht intensivierte sich. »Irgendwann werden Sie ja wohl ins Bett gegangen sein.« Er hatte nicht vorgehabt, dermaßen ironisch zu klingen.

»Vielleicht war es zehn oder halb elf.« Sie knetete unaufhörlich ihre Finger. »Und nach dem Kartenspiel haben wir uns selbstverständlich zusammen schlafen gelegt.«

»Selbstverständlich«, wiederholte Barnowski, wobei die Ironie in seiner Stimme sich gesteigert hatte.

»Allerdings nicht im selben Raum«, warf Nadine Schönling ein.

Carola Terstegen wirkte irritiert und sie nestelte erneut an den Knöpfen ihre Bluse herum. »Was meinen Sie damit?«

»Ich darf natürlich keine Auskunft darüber geben, woher ich diese Information habe, aber Ihr Mann hat anscheinend einmal etwas in dieser Richtung auf der Arbeit erwähnt.«

Die Röte verschwand aus Carola Terstegens Gesicht zugunsten einer unnatürlich bleichen Farbe. »Nun, er schnarcht zuweilen. Deshalb schläft Gunnar normalerweise im Gästezimmer, die Türen stehen allerdings immer offen.« Sie stockte, schien angestrengt nachzudenken. »Aber gestern, wie das bei Verheirateten so vorkommt, gestern Nacht haben wir beide in unserem Ehebett geschlafen.«

»Leider glaube ich Ihnen nicht«, erklärte Nadine mit gerunzelter Stirn.

»Nun, das ist Ihr Problem und nicht meins«, presste Carola Terstegen ärgerlich hervor.

»Wenn Sie sich da mal nicht irren.« Barnowski sah ihr direkt in die Augen und erkannte Angst. »Ich gebe Ihnen meine Karte. Sofern Sie Ihre Aussage revidieren möchten, können Sie sich jederzeit bei uns melden.«

»Es gibt nichts zu revidieren«, entgegnete Carola Terstegen, wobei sie für Barnowskis Geschmack mindestens eine Sekunde zu lange gezögert hatte.

»Die lügt doch ganz offensichtlich«, erklärte Nadine Schönling aufgebracht, nachdem sie das Haus verlassen hatten.

»Klar, darin stimme ich mit dir überein, aber dass ihr Mann kein Alibi für die Tatzeit aufweisen kann, heißt nicht unbedingt, dass er den Mord begangen hat.«

»Kein Alibi für gleich zwei Morde«, konterte sie.

Er grinste »Okay, das sollten wir ausgiebig bei einem Bier diskutieren, sobald wir den Dienstwagen abgestellt haben. Ne, warte mal, da kommt gerade eine Frau, womöglich eine Nachbarin. Manche von ihnen sind ja sehr aufmerksame Kaliber, mit denen ich zwar nicht unbedingt als Privatmensch, aber auf jeden Fall als Ermittler sehr gute Erfahrungen gemacht habe.«

Barnowski lief auf die Frau zu, die inzwischen fast die Tür der anderen Doppelhaushälfte erreicht hatte. Erst jetzt erkannte er die Aktentasche in ihrer Hand. Vielleicht nur eine Vertreterin, überlegte er leicht enttäuscht, dann registrierte er einen Schlüsselbund in ihrer Rechten. »Entschuldigung, ich bin Kommissar Bernhard Barnowski«, sprach er sie an, »von der Kripo Duisburg. Darf ich Ihnen ein paar Fragen stellen?« Er suchte in seiner Jacke herum. Mist, wo steckte denn dieser verflixte Ausweis? Barnowski wühlte erfolglos weiter und zuckte dann mit den Schultern. Zum Glück eilte in diesem Moment Nadine zu Hilfe. »Weist du dich bitte eben aus, bis ich ... Aha, da ist er ja.« Erleichtert zog Barnowski das gesuchte Dokument aus der Tasche. Wo war er nur mit seinen Gedanken?

Die Frau holte ihre Lesebrille aus der Aktentasche und ließ sich mit dem Studieren der Namen und Dienstränge Zeit. »Hoffentlich ist nix passiert«, bemerkte sie plötzlich erschrocken.

»In Ihrem Umfeld zumindest nicht«, antwortete Barnowski und beobachtete, wie sich ihre Gesichtszüge wieder entspannten.

»Und weshalb sind Sie dann hier?«

Er schluckte, wechselte einen hastigen Blick mit Nadine. Manchmal war der Job echt nicht leicht. Wenn er die Frau ausquetschte, würde er den Terstegens unweigerlich auf die Füße treten. Doch sofern es Ärger geben sollte, konnte er darauf keine Rücksicht nehmen. Sie ermittelten in zwei Mordfällen, das war Legitimation genug. »Zunächst einmal gehe ich davon aus, dass sie in dieser Doppelhaushälfte wohnen.«

»Ja, warum? Ist schließlich nicht verboten.« Sie versuchte, amüsiert zu wirken, was ihr jedoch auf ganzer Linie misslang.

»Natürlich nicht, ich möchte nur feststellen, ob Sie uns helfen können. Vielleicht haben Sie gestern Abend beziehungsweise in der Nacht Ihren Nachbarn auf seinem Grundstück oder im Auto wegfahren gesehen?«

»Gunnar? Ich meine, Herrn Terstegen. Hat der etwa wat angestellt? Der ist doch selbst bei der Polizei.«

»Genau. Deshalb geht es in diesem Fall auch nur um reine Routine, Frau ...«, schaltete sich Nadine ein und setzte ein harmloses Lächeln auf.

»Scholten, Ines Scholten.« Sie tippte mit dem Zeigefinger gegen ihre hohe Stirn. »Da muss ich erst überlegen. Der Gunnar?« Sie stellte ihre Tasche ab und schnaufte leise. »Ja genau, gestern Abend ist er noch einmal weggefahren. Muss so um zehn herum gewesen sein, vielleicht auch später. Der Krimi im Ersten war jedenfalls schon zu Ende. Ich bin noch in die Küche, um mir einen kleinen Schlummertrunk aus dem Kühlschrank zu holen.«

»Und da haben Sie Ihren Nachbarn wegfahren sehen?«

»Weißwein von der Ahr«, erwiderte sie. »Man muss die armen Flutopfer doch irgendwie unterstützen. Der Anbau der Trauben ist ja weitergegangen. Die Weinberge liegen höher und waren nicht so betroffen.«

»Uns interessiert jetzt eher, was Sie gesehen haben.«

»Das erzähle ich Ihnen besser drinnen. Glauben Sie mir, ich habe heute lange genug rumgestanden. Ich muss mich dringend hinsetzen.«

Barnowski hielt es für vorteilhaft, das Gespräch im Haus fortzuführen. Möglicherweise gab die Frau mehr preis, wenn sie nicht befürchtete, von ihrer Nachbarin dabei gehört zu werden.

»Wo war ich stehengeblieben?«, fragte sie, nachdem sie ihnen einen Platz auf einem beigen Zweisitzer angeboten hatte.

»Sie haben beobachtet, dass Gunnar Terstegen so gegen zehn Uhr abends das Haus verlassen hat.«

»Genau. Ich schenk mir also so 'n kleines Gläschen ein und gehe damit zum Küchenfenster. Eigentlich wollte ich nur die Rollos herunterlassen. Jedenfalls habe ich da gesehen, wie er mit seinem SUV abgedüst ist, als gäbe es keine verkehrsberuhigte Zone.«

»Haben Sie ihn selbst erkannt oder nur das Auto.«

»Der war so schnell weg. Deshalb habe ich den Fahrer nicht gesehen. Außerdem war es ja dunkel.«

»Es hätte doch auch Frau Terstegen hinter dem Steuer sitzen können. Möglicherweise saßen sogar beide in dem Wagen?«

Ines Scholten lachte. »Ne, ne, auf keinen Fall. Sie war noch im Haus.« Anscheinend kann die Dame durch Wände gucken, überlegte Barnowski irritiert. Sie erläuterte ihre Aussage, ehe er genauer nachfragen konnte. »Natürlich bin ich keine Hellseherin, aber ich kenne ja die Carola und vor allem ihren Musikgeschmack, wenn sie so 'n paar Gläschen intus hat. Also, wenn Bryan Adams *I will die for you* aus dem Nachbarhaus röhrt, weiß ich Bescheid. Bei Terstegens hat et wieder Zoff inne Hütte gegeben, Carola hat sich einen hinter die Binde gekippt und die Mucke aufgedreht. Gunnar nimmt dann Reißaus. Vielleicht fährt er zu einer Freundin oder in den Puff, keine Ahnung. Na ja, jeder verarbeitet seinen Stress anders, sag ich immer.«

»Bei Terstegens gibt es also öfter Streit«, stellte Nadine

noch einmal fest. »Haben Sie eine Ahnung, worum es dabei geht?«

Ines Scholten zuckte mit den Schultern, ihre Miene wirkte nachdenklich. »So lange wohnen wir ja noch nicht nebeneinander. Okay, inzwischen duzen wir uns, laden uns alle paar Monate zum Grillen oder zum Fondue ein, aber ich bin für Carola sicher keine Freundin, der sie das Herz ausschütten würde.«

»Dennoch haben Sie bestimmt eine Vermutung«, hakte Barnowski nach.

»Sie sind mir ja ein ganz Gewitzter. Wat Sie alles aus mir herauszukitzeln versuchen. Also gut. Allerdings übernehme ich dafür keine Gewähr, dass meine Einschätzung der Realität entspricht.« Typisch Ruhrpott, überlegte Barnowski. Manchmal etwas prollig daherreden und dann so einen durchgestylten Satz in die Runde schmeißen. »Ich glaube, der Gunnar kommt damit nicht klar, dass das Geld für das Haus mehr oder weniger von Carola stammt. Sie hat von ihren Eltern geerbt und sein Gehalt hätte wohl nicht ausgereicht ... Wie gesagt, alles Spekulation. Im Sommer haben Sie das Thema mal im Garten angesprochen. Gunnar ist dabei ziemlich laut geworden. Ich stand zufällig an der Hecke neben ihrem Grundstück. Keine Ahnung, ob sie mich bemerkt haben oder ihnen selbst aufgefallen ist, dass sie gut gehört werden könnten. Jedenfalls sind beide ganz plötzlich im Haus verschwunden.« Ines Scholten schaute von Nadine zu ihm. »Ob es bei ihren Differenzen immer um dieses Thema geht, kann ich Ihnen natürlich nicht sagen.«

»Haben Sie zufällig mitbekommen, wann Ihr Nachbar gestern wieder nach Hause zurückgekehrt ist?«

»Vor Mitternacht zumindest nicht.«

»Wie kommen Sie darauf?«, hakte Barnowski nach. »Haben Sie bis dahin aus dem Fenster geschaut?«

»Nein, aber ich habe die Musik gehört. Ich schlafe gerne bei offenem Fenster, und wenn Carola auch eines aufstehen hat, kann ich nicht schlafen. Sobald aber Gunnar nach Hause kommt, ist immer schlagartig Schicht im Schacht. Gestern war ich drauf und dran, bei Carola anzuklingeln, aber dann habe ich mir lieber Ohropax in die Ohren gesteckt, um keinen Ärger zu kriegen.« Sie stockte. »Aber warum wollen Sie das alles so genau wissen?«

»Darüber dürfen wir Ihnen keine Auskunft geben«, erklärte Nadine.

»Und Ihr Mann«, lenkte Barnowski von dem brisanten Thema ab, während er auf Ines Scholtens Ehering schielte.

»Lutz ist seit drei Tagen auf Geschäftsreise in Zürich und kommt erst morgen zurück.«

»Dann erst einmal vielen Dank für die Zeit, die Sie uns geopfert haben.« Barnowski erhob sich lächelnd und gab ihr die Hand. Nach Ines Scholtens Miene zu urteilen, schien sie die Befragung nicht als Mühe zu sehen und hätte ihnen sicher gern noch länger zur Verfügung gestanden.

»Terstegen ist damit noch nicht aus dem Rennen«, bemerkte Nadine, als sie wieder im Dienstwagen saßen. »Ich glaube, darauf könnte auch ich ein Gläschen vertragen, aber erst müssen wir ins Präsidium, um Pielkötter Bericht zu erstatten.«

19

Gunnar Terstegen lief mit hochrotem Kopf zwischen seinem Schreibtisch und dem Fenster, das zur Straßenseite lag, hin und her. Gelegentlich sah er hinaus, ohne etwas wahrzunehmen. Wiederholt strich er mit der Hand durch das recht schüttere dunkelblonde Haar. Schließlich nahm er auf dem Bürostuhl Platz und drückte die Spitze des Brieföffners so fest in einen Notizblock, als wolle er ihn aufspießen, da klopfte jemand an der Tür. »Jetzt lassen Sie gefälligst das elende Hämmern und kommen endlich rein«, brüllte er.

Augenblicklich tauchte Martin Wiese auf.

»Setzen Sie sich!« Gunnar musterte dabei die Miene seines Mitarbeiters. Martin Wiese wirkte irritiert, was ihn nicht wunderte. Normalerweise sprang er nicht so barsch mit seinen Untergebenen um. »Hat man Sie auch erneut aufgesucht?«

»Ja, Hauptkommissar Pielkötter hat sich bei mir gemeldet. Ich war gerade auf Streife.«

»Sie haben also noch nicht mit ihm gesprochen, wenn ich das richtig interpretiere.«

»Nein oder besser: nur kurz.« Verächtlich verzog Wiese sein Gesicht. »Nach meinem Alibi für gestern Nacht hat er gefragt. Ohne Umschweife, ganz direkt. Da fühlt man sich in gewisser Weise schon wie ein Schwerverbrecher. Dabei kann ich schließlich nichts dafür, dass Imke und Nadine zufällig meine Kolleginnen waren.«

»Ich verstehe Sie voll und ganz«, erklärte Terstegen mit veränderter Stimme. »Mir ergeht es nicht anders. Wobei ich als Vorgesetzter der beiden vielleicht noch die schlechtere Position habe.« Er musterte Wiese mit leicht theatralischem Blick. »Ich muss nicht nur den Verlust von zwei jungen Mitarbeiterinnen verkraften. Ich muss mir auch die Frage stellen, ob ich meiner Fürsorgepflicht als Chef gerecht geworden bin.«

»Leider nehmen Hauptkommissar Pielkötter und sein Team wenig Rücksicht darauf, dass wir zwei Menschen verloren haben, mit denen wir fast täglich zusammengearbeitet haben.«

Terstegen runzelte die Stirn. Auf ihn persönlich traf Wieses Aussage über die enge Zusammenarbeit eigentlich nicht zu. Trotzdem hatte er in gewisser Hinsicht ein besonderes Verhältnis ...

»Das Schlimme daran ist, dass man sich gegen diesen latenten Verdacht nicht wehren kann«, unterbrach Wiese seine Gedanken. »Man fühlt sich irgendwie ausgeliefert.«

Man, man, man, überlegte Terstegen. Wen meinte Wiese damit? Alle Befragten allgemein, sie beide oder nur sich selbst, um durch diese Umschreibung die eigene Betroffenheit zu kaschieren. Mensch Gunnar, rief er sich zur Räson, er hatte jetzt wirklich dringendere Probleme, als die Worte seines Mitarbeiters zu analysieren. »Weshalb ich Sie herbestellt habe«, sagte er plötzlich laut und Wiese zuckte kaum merklich zusammen. »Ich finde, wir sollten erst einmal nichts verlauten lassen, was unsere Dienststelle belasten könnte. Sollte es etwas zu klären geben, kümmern wir uns selbst darum. Zunächst jedenfalls.« Während er den letzten Satz aussprach, forschte er in Wieses Gesicht.

»Chef, das sehe ich ganz genauso«, erklärte Wiese zu seiner Zufriedenheit. »Das sind wir Imke und Franziska schuldig. Schließlich waren sie unsere Kolleginnen ... beziehungsweise

Mitarbeiterinnen.« Sein Körper schien sich zu straffen und er atmete hörbar die Luft aus. »Und wir sind auch Polizisten.«

»Gut, dann können Sie jetzt gehen.«

Sie erhoben sich beide. Terstegen lief ungewöhnlich flink um seinen mit viel Papierkram bedeckten Schreibtisch herum und klopfte Wiese kameradschaftlich auf die Schulter. Er hatte nicht vorgehabt, ihn genauer in seine persönlichen Belange einzuweihen, aber unerwartet platzte es aus ihm heraus: »Die Kripo Duisburg hat die Unverschämtheit besessen, bei mir zu Hause vorbeizuschneien und meine Frau in die Zange zu nehmen. Zeitgleich haben Sie mich befragt.«

»Wirklich unverschämt«, erwiderte Wiese. »Und ich versichere Ihnen noch einmal, dass Sie sich auf mich verlassen können.«

Wiese ließ ihn nachdenklich zurück, dann hellten sich Terstegens Gesichtszüge auf. Die Kriminalkommissare hatten absolut nichts gegen ihn in der Hand.

20

Der Mann lächelte süffisant. Niemand würde ihm etwas nachweisen. Er hatte auch diesen Mord perfekt geplant, an alles gedacht. Handschuhe, die eigenen Haare mit einer Perücke geschützt, Schuhe und Kleidung sofort nach der Tat in einem Altkleidercontainer entsorgt. Selbstverständlich in einer anderen Stadt. Trotzdem war Vorsicht besser, als seiner Freiheit beraubt in einer Zelle zu landen und sich von den tonangebenden Mitgefangenen schikanieren zu lassen. Pielkötter und seine Meute schwirrten wild umher und waren doch blind gegenüber der Wahrheit.

Manchmal erstaunte ihn, wie schnell seine Stimmung umschwenkte. Vor ein paar Stunden noch war er schrecklich wütend gewesen, hatte sogar ein wenig befürchtet, folgenschwer in den Fokus der Ermittlungen geraten zu sein, doch inzwischen lächelte er darüber. Pielkötter und Konsorten wirbelten zwar Staub auf, der würde ihnen jedoch die Sicht vernebeln. Daran änderte auch Pielkötters ausgezeichnete Aufklärungsquote nichts, über die er sich genau informiert hatte.

Während er einer Wasserlache auswich, versuchte er, sich an die Genugtuung zu erinnern, die er bei dem Mord an Franziska Gerstner verspürt hatte, eine enorme Steigerung zu der Tötung von Imke Bielstett, obwohl er das eher andersherum erwartet hätte. Lag das an dem zusätzlichen Reiz durch die Penetration? Bei der ersten Tat war ihm dazu leider keine Zeit geblieben. Außerdem hatte er sein erstes Opfer im Park von hinten angegriffen und sich nicht an der wahnsinnigen Angst in ihren Augen berauschen können. Der Mann gab einen undefinierbaren Laut von sich, der entfernt an ein Grunzen erinnerte, und kickte einen Stein vom Gehsteig. Jedenfalls hatte er durch den Mord an den beiden Schlampen gezeigt, dass man mit ihm nicht ungestraft umspringen konnte, wie man wollte. Als er an einer Bank vorbeikam, blieb er für einen kurzen Moment stehen und schloss die Augen.

Im Geiste sah er sein drittes Opfer vor sich, ihren forschen Gang, ihr mädchenhaftes Lächeln, das bald ersterben würde. »Aller guten Dinge sind drei«, flüsterte er. »Vorerst zumindest.« Der Gedanke gefiel ihm. Bis auf ein winziges i-Tüpfelchen war sein Plan ausgereift, gewährte der nächsten Schlampe kaum noch Galgenfrist. Und er würde sich so schnell wie möglich darum kümmern, das restliche Risiko zu minimieren. Inzwischen hatte er herausgefunden, dass ihre Wohnung gesichert war wie Fort Knox. Ein Überfall auf offener Straße kam nicht infrage, aber er hatte eine andere vielversprechende Idee ...

Er ließ sich eine Weile auf der Bank nieder und schaute den vorbeieilenden Passanten zu. Eigentlich hatte er keine Zeit tatenlos herumzusitzen, trotzdem beschloss er, die Ahnungslosigkeit der Menschen weiter zu genießen. Wie die Leute wohl reagieren würden, wenn sie von seinen Morden wüssten? Davonlaufen? Schreien? Sich unerschrocken auf ihn stürzen? Nein, so mutig waren sie nicht. Er verzog den Mund zu einem aufgesetzten Grinsen. Helden starben langsam aus, ebenso die Zivilcourage. Er musterte den überquellenden Papierkorb direkt neben seiner Bank, dann schaute er auf die Uhr und erhob sich eilig. Auf ihn wartete ein vorzügliches Mahl, gekocht von einer Frau.

21

Missmutig saß Pielkötter an seinem Schreibtisch und stützte den Kopf auf seine Hände. Der Fall Imke Bielstett schien durch den Mord an ihrer Kollegin Franziska Gerstner noch vertrackter zu werden, anstatt etwas Licht in die Aufklärungsarbeit zu bringen. Schönling und Barnowski, die er zu Terstegens Frau geschickt hatte, um die Alibis der Eheleute abzugleichen, hatten sich noch nicht bei ihm gemeldet, obwohl er ihre Informationen dringend erwartete. Pielkötter trommelte mit den Fingern der rechten Hand auf seine Schreibtischunterlage, dann nahm er einen Kugelschreiber und malte konzentrische Kreise auf den Notizblock, den er bereitgelegt hatte, um die neuen Infos festzuhalten.

Als die Handy-Melodie einen eingehenden Anruf ankündigte, schreckte er hoch. Endlich. Zu seinem Erstaunen meldete sich Karl-Heinz Tiefenbach und nicht Barnowski.

»Ich glaube, jetzt habe ich ein Köpi gut oder auch zwei. So wie ich mich wieder überschlagen habe.«

»Gerne, allerdings bin ich jetzt einfach nur neugierig.«

»Die ersten Eindrücke haben sich bestätigt. Ich muss also keine meiner Aussagen revidieren, zu denen ich mich vorher habe hinreißen lassen.« Er stieß sein wieherndes Lachen aus. »Das wäre mir auch sehr gegen den Strich gegangen und hätte mich tief in meiner Ehre gekränkt.«

»Wenn ich Ihren Unterton richtig deute, ist das nicht alles.«

»Na ja, Ihnen macht man eben so schnell nichts vor. Das Opfer hat einen nicht tödlichen Schlag auf den Kopf bekommen. Ich hoffe für Franziska Gerstner, dass sie dadurch bewusstlos war, bevor der Täter sie vergewaltigt hat. Die Vergewaltigung hat jedenfalls vor ihrem Tod stattgefunden. Die Blutungen im Gewebe zeigen eindeutig, dass ihr Kreislauf da noch funktioniert hat.«

»Darf ich fragen, warum Sie das besonders erwähnen. Haben Sie etwas anderes erwartet?«

»Nein, obwohl es mich auch nicht gewundert hätte. Die blutige Botschaft ist zumindest pervers genug, um andere Abnormitäten inklusive der Nekrophilie nicht auszuschließen.« Tiefenbach räusperte sich. »Ich würde mit Ihnen liebend gerne über den Sex mit Leichen, die Psyche oder die Motive des Täters philosophieren, doch wie das im Leben oft so ist, bleibt mir dafür keine Zeit. Den Bericht müssen Sie also ohne mich interpretieren. Ich muss zur Fahrstunde. Mache gerade den Motorradführerschein.«

»Motorrad?« Pielkötter betonte einzelne Silbe.

»Neues Hobby. Soll ja gut gegen Alzheimer sein.«

»Motorradfahren?«, fragte Pielkötter erstaunt. Tiefenbach war ein gleichsam komischer wie sympathischer Kauz.

»Nee, mal was Neues wagen. Die alten, eingefahrenen Wege zu verlassen, regt die grauen Zellen enorm an.«

»Bei mir übernehmen das die Mordfälle!«

Tiefenbach lachte und hätte sich bald verschluckt. »Sie und Ihr trockener Humor. Köstlich, einfach köstlich.«

Trotz ihrer langen Zusammenarbeit schaffte es der Rechtsmediziner immer wieder, Pielkötter zu irritieren. Wie kam Tiefenbach nur darauf, er hätte das witzig gemeint? »Na dann, gute Fahrt«, sagte Pielkötter laut.

Kurz nach dem Telefonat tauchten Nadine Schönling und Barnowski in seinem Büro auf. Pielkötter hätte sie am liebsten sofort mit Fragen bestürmt, hielt sich damit jedoch zurück. Er berichtete zuerst, dass Franziska Gerstner vor ihrem Tod vergewaltigt worden war.

»Der Täter lässt wohl nichts aus«, bemerkte Nadine Schönling angewidert.

»Ich werde dazu noch einmal einen Kriminalpsychologen zurate ziehen.« Pielkötter überlegte, ob sein Interesse daran mit der Teilnahme an der Fortbildung in Münster zusammenhing. Darauf eine Antwort zu finden, fiel ihm schwer. »Kommen wir zu den Alibis«, fuhr er mit gerunzelter Stirn fort. »Da hätten wir zunächst einmal Patrick Momsen. Er wird natürlich noch einmal vernommen, aber eines kann ich schon vorwegnehmen: Auch für den zweiten Mord hat er kein Alibi. Das gilt ebenso für Martin Wiese, mit dem ich kurz am Telefon gesprochen habe.«

Nadine räusperte sich. »Interessanterweise behaupten die nächsten Kandidaten, Felix Heisenberg und Christian Stolpe, die Zeit um die Tat herum auch diesmal zusammen verbracht zu haben. Entweder ist das eine dicke Männerfreundschaft oder sie decken sich gegenseitig.«

Barnowski grinste, was ein wenig anzüglich wirkte.

»Ein bisschen mehr Ernst bitte«, erklärte Pielkötter mit tadelnder Stimme. »Bei dem Mord an Imke Bielstett waren sie beide im Kino und diesmal auf mehrere Bier in Christian Stolpes Wohnung.«

»Gut nachprüfbar ist das nicht gerade«, bemerkte Nadine. »Allerdings könnten wir bei den Kollegen mal nachfragen, ob die wirklich so dicke miteinander befreundet sind.«

»Kommen wir endlich zu Terstegen.« Pielkötter sah von Schönling zu Barnowski und wieder zurück. »Laut seiner Aussage vorhin hat er an dem Abend, an dem Franziska Gerstner ermordet worden ist, mit seiner Frau Karten gespielt. Ich bin gespannt, ob die das bestätigt hat. Überzeugend bestätigt hat.«

»Hat Sie natürlich, auch wenn das nicht gerade glaubwürdig klang.«

»Die hat dabei ziemlich rumgestottert und auch ihre Gestik sprach Bände«, ergänzte Nadine Schönling. »Eigentlich egal.«

»Wieso?«, fragte Pielkötter hellhörig.

»Wir haben einen anderen Zeugen aufgetrieben, der die Aussage infrage stellt.«

»Genauer gesagt, eine Zeugin, die in der Doppelhaushälfte neben den Terstegens wohnt.« Schönling setzte eine triumphierende Miene auf. »Und sie hat behauptet, gesehen zu haben, wie sein Wagen nach zweiundzwanzig Uhr weggefahren ist.«

»Jetzt dürfen die nur keine Person herbeizaubern, die für sie lügt und behauptet, in dem Wagen gesessen zu haben«, schnaufte Barnowski.

»Wenn wir Glück haben, rechnen sie nicht mit der Aufmerksamkeit ihrer Nachbarin«, erwiderte Pielkötter und kratzte über einige Bartstoppeln am Kinn.

22

Nadine summte am Steuer ihres Wagens leise vor sich hin. Der Abend mit Barnowski war aufregender gewesen, als sie sich das vorgestellt hatte. Sie musste höllisch aufpassen. Nachher verknallte sie sich in ihn und das würde unweigerlich zu Komplikationen führen. Auch wenn ihr seine Art und dieses jungenhafte Lächeln mit den Grübchen so gefielen, durfte sie sich nicht gehenlassen. Schließlich wohnte er schon lange mit seiner Freundin zusammen, obwohl sie heute nicht viel von einer festen Bindung gemerkt hatte. Nadine gab einen Laut von sich, der entfernt an ein Seufzen erinnerte. Mit welchem Blick er sie angesehen hatte ... Nein, nein, da interpretierte sie jetzt sicher etwas völlig Falsches hinein.

Im Radio spielten sie *Candle in the Wind* von Elton John. Normalerweise mochte sie das Lied, aber im Moment passte es nicht zu ihrer frohen, aufgekratzten Stimmung. Nadine setzte den Blinker und bog von der Straße zur Tiefgarage ab. Das Tor bewegte sich nach oben und sie steuerte in das Gebäude. Die Scheinwerfer ihres Wagens erhellten die vor ihr liegende Strecke, ansonsten erschienen ihr große Teile der Garage recht dunkel. Was war denn mit dem Licht los? Sie erinnerte sich nicht daran, dass es hier unten jemals so düster gewesen war. »Wenn du jetzt keine Polizistin wärst, hättest du bestimmt ganz schön Angst«, sagte sie leise zu sich selbst. Kaum hatte sie das ausgesprochen, da tauchte das Bild der beiden toten Kolleginnen vor ihrem geistigen Auge auf. Sie waren darauf trainiert worden, sich zur Wehr zu setzen, doch das hatte ihnen leider nichts genützt.

Nadines Laune sackte auf dem Stimmungsbarometer um etliche Grade nach unten. Langsam fuhr sie den spärlich beleuchteten Gang entlang, dann änderte sie die Richtung und scherte links ein. Wenige Meter weiter befand sich ihre Parkbucht. Sie erkannte sofort den dunkelblauen Van des Mieters von gegenüber, der den Platz vor ihrem Wagen belegte. In diesem Bereich schien die Deckenbeleuchtung vollständig ausgefallen zu sein. Mit der Rechten kramte sie in ihrer Tasche nach dem Handy. Wenn sie das Display auf den Boden richtete, würde das Licht ausreichen, um nicht zu stolpern.

Nadine schaltete das Handy ein und den Motor aus. Er-schrocken stellte sie fest, dass ihr Herz schneller klopfte. Sie blieb einige Sekunden im Wagen sitzen, dann öffnete sie die Fahrertür. Ehe sie ausstieg, spitzte sie die Ohren, als erwarte sie jeden Moment ein Geräusch, konnte jedoch nichts hören. Sie begegnete selten jemandem in der Garage. Trotzdem kam ihr die Stille zum ersten Mal seltsam, wenn nicht gar bedroh-lich vor. Instinktiv wollte sie nach ihrer Dienstwaffe greifen. Die lag leider ordnungsgemäß verschlossen im Präsidium. Mit der Walther P99 in ihrer Rechten hätte sie sich auf jeden Fall sicherer gefühlt.

Zügle deine Fantasie und denk rational, ermahnte sie sich. Sie war Polizistin wie die beiden Opfer, kannte die beiden so-gar über den Polizeisportverein, vom Tennis und von einigen Drinks, aber damit erschöpften sich die Gemeinsamkeiten. Sie hatten unterschiedliche Laufbahnen eingeschlagen, gehörten verschiedenen Dienststellen an und bewegten sich in einem anderen Freundes- und Bekanntenkreis. Objektiv gesehen gab es keinerlei Grund, warum auch sie in den Fokus des Täters geraten sollte.

Nadine gab sich einen Ruck, stand auf und schlug die Au-totür zu. Sie ließ das Handy mit dem beleuchteten Display kreisen. Das Licht war so schwach, dass sie nicht einmal die gegenüberliegende Wand erkennen konnte. Im Moment fühl-te sie sich eher wie ein verschrecktes Kind und nicht wie die toughe Ermittlerin, die sich nicht scheute, gefährliche Risiken einzugehen. Die Morde an Imke und Franziska brachten ihr bisheriges Bild von sich selbst ins Wanken.

Sie lief einige Meter, dann blieb sie abrupt stehen. Das Blut rauschte schneller durch ihre Adern. Automatisch aktivierten sich alle Sinne. Was war das für ein Geräusch? Es kam aus dem mittleren Teil der Tiefgarage und hörte sich an, als ob eine Person vorsichtig auf eine zusammengedrückte Dose oder etwas anderes Metallisches treten würde. Warum vernahm sie keine Schritte? Versuchte jemand, seine Anwesenheit zu verbergen, hatte sich unabsichtlich verraten?

Nadine spannte alle Muskeln an. Sie war bereit, sich zu verteidigen. Ihre Gedanken rotierten. Wenn sie zur Tür lief, hinter der das Treppenhaus lag, oder zum großen Einfahrtstor passierte sie automatisch den Teil, aus dem sie dieses Knacken vernommen hatte. Nadine visierte den Ausgang an, der ins Haus führte. Die kleine Notbeleuchtung darüber funktionierte noch. Wenn sie es bis dahin schaffte, lag die Gefahrenzone hinter ihr. Im Treppenhaus konnte sie schreien, falls ihr jemand folgte und sie sich die Bedrohung nicht nur eingebildet hatte.

Sie schaute auf ihr Handy. Verstärkung anzufordern kam nicht infrage. Die Hilfe würde zu spät kommen oder sie machte sich lächerlich. Und solange das Licht ihres Handys gut zu erkennen war, gab sie ungewollt eine gute Zielscheibe ab. Mit zitternden Fingern schaltete sie es aus. Sie blieb auf der Stelle stehen und horchte. Nicht ein Laut drang zu ihr, trotzdem spürte sie die Anwesenheit eines Menschen. Warum verbarg er sich? Oder war kein Verlass mehr auf ihre Sinne?

Nadine schlich einige Schritte vorwärts, verharrte erneut, versuchte, ihre Umgebung zu erspüren. Die Notbeleuchtung über dem Ausgang zum Treppenhaus erschien ihr so fern. Lautlos setzte sie einen Fuß vor den anderen, ansonsten rührte sich nichts. Trotzdem fiel es ihr schwer, sich zu entspannen. Das Gefühl, nicht allein zu sein, wollte nicht weichen, im Gegenteil. Plötzlich nahm sie einen Geruch wahr, den sie nicht definieren konnte. Sie blieb stehen, sog die Luft tief durch die Nase ein. Das war nicht der übliche Gestank nach Abgas, eher eine Mischung aus Aftershave und Kräutern oder Gewürzen. Automatisch sprang eine innere Lampe auf Rot. Jemand befand sich in ihrer Nähe, das stand für sie endgültig fest. Ihre Knie wurden weich. Sie strengte ihre Augen an und versuchte, die Dunkelheit in ihrer unmittelbaren Umgebung zu durchdringen.

Der Geruch verstärkte sich. Plötzlich stürzte jemand auf sie zu. Instinktiv sprang Nadine zur Seite. Sie wollte um Hilfe schreien, aber ihre Stimme versagte, ihr Hals fühlte sich an wie zugeschnürt. Sie musste kämpfen. Ihr Fuß schnellte hoch. Etwas fiel zu Boden und sie vernahm einen leisen dumpfen Laut. Ehe sie ein zweites Mal zutreten konnte, traf sie ein Faustschlag. Sie ignorierte den höllischen Schmerz in ihrer Brust und hechtete fort. Bei dem spärlichen Licht erkannte sie nur die Umrisse des Angreifers. Er verharrte auf seiner Position, bewegte nur die Arme. Suchte er nach einer Waffe? Nadines Gedanken überschlugen sich. Gegen einen bewaffneten Gegner hätte sie kaum eine Chance. Sie musste fliehen.

Ihr Herz klopfte, als wollte es zerspringen. Schreiend stürmte sie los. Hinter sich hörte sie Schritte. Sie näherten sich. Es gab kein Entkommen. Nadine schrie weiter um Hilfe. Blitzschnell drehte sie sich um, holte mit dem Fuß aus, aber der Tritt ging ins Leere. Sie verlor ihr Handy. Etwas Hartes knallte gegen ihre Lippe. Sie wich aus, schmeckte Blut. Der Angreifer stürzte sich auf sie. Nadine fiel mit ihm zu Boden. Während sie sich zur Seite rollte, traf ein Schlag ihre Schulter.

»Hallo!«, rief eine männliche Stimme. »Hallo, hat da jemand geschrien?«

»Hilfe, Hilfe!«, brüllte Nadine.

Der Angreifer ließ von ihr ab. Eilig rappelte er sich hoch und rannte.

»Schnell, rufen Sie die Polizei!« Nadine erkannte ihre Stimme kaum wieder. Sie suchte nach ihrem Smartphone, fand es aber nicht.

Nadine hockte auf dem Boden der ordentlich beleuchteten Tiefgarage und starrte benommen vor sich hin. Ihr Nachbar Herr Hufschmied hatte inzwischen die Sicherung eingeschaltet und einen Notruf abgesetzt. Außerdem hatte er eine Spritze auf dem Beton gefunden, aufgezogen mit einer klaren Flüssigkeit. Eine Schutzkappe fehlte. Pielkötter und Barnowski waren auch bereits informiert. Vorsichtig betupfte sie mit einem Papiertaschentuch ihre Lippe, die sich deutlich geschwollen anfühlte. An dem Taschentuch klebte Blut. Trotzdem hätte die Sache weitaus übler ausgehen können. Ihr Schutzengel hatte an ihrer Seite gestanden. Nadine versuchte zu lächeln, aber das tat furchtbar weh.

»Mensch, Nadine, was ist denn passiert?« Barnowski stürmte mit besorgter Stimme auf sie zu. Hauptkommissar Pielkötter folgte ihm. Seine Miene wirkte ebenfalls ernst. »Brauchst du einen Arzt? Sollen wir einen Krankenwagen rufen?«

Nadine schüttelte den Kopf. »Nicht nötig, das wird schon wieder.« Pielkötter sah sie fragend an. »Ein Mann hat mich überfallen. Und ich denke, das war unser Täter, kein zufälliger Akt. Alles durchgeplant. Angefangen von der ausgeschalteten Sicherung bis hin ...« Nadine fiel mit einem Mal das Sprechen schwer. In diesem Moment wurde ihr richtig bewusst, wie nah sie dem Tod gewesen war. »Und das ... hat mein Nachbar gefunden«, fuhr sie stockend fort und reichte ihnen vorsichtig

einen Klarsichtbeutel, in dem sie die Spritze verstaut hatte.
»Vielleicht findet die Spusi die Schutzkappe auf dem Boden.«

»Sie nehmen also an, dass sie vom Täter stammt.« Pielkötter zögerte. »Obwohl man bei den beiden Opfern keinerlei Betäubungsmittel nachgewiesen hat.«

»Da bin ich ziemlich sicher. Während unseres Kampfes ist etwas auf den Boden gefallen. Wahrscheinlich habe ich dem Angreifer die Injektion mit dem Fuß aus der Hand geschlagen.«

»Jedenfalls haben wir für eine Analyse die volle Dröhnung«, schaltete sich Barnowski wieder ein und streckte seinen Daumen in die Höhe. »Wie ist der Täter eigentlich hier rausgekommen? So wie es uns Herr Hufschmied geschildert hat, stand er in der Tür zum Treppenhaus und die Fahrzeug-Einfahrt war verschlossen.«

»Auf der Seite gibt es einen Notausgang.«

Pielkötter bedachte Barnowski mit einem Blick, der besagte, dass ihm die Vorschrift für Tiefgaragen hätte bekannt sein müssen. »Dann hoffen wir mal darauf, dass er bei dem Kampf oder auf der Flucht etwas verloren hat, das uns weiterhilft.«

23

Barnowski tauchte verspätet im Besprechungsraum auf, was Pielkötter mit einem Hochziehen der Augenbrauen quittierte. Beide schauten zu Nadine, die mit dunklen Augenringen seltsam verknittert wirkte. »Die Spusi hat mich fast die ganze Nacht auf den Kopf gestellt«, erklärte sie. »Anschließend war ich so aufgewühlt, dass an Schlaf nicht zu denken gewesen wäre. Ich bin im Präsidium geblieben und habe noch einmal die Akten durchgesehen.«

In Pielkötter meldete sich das schlechte Gewissen. Seine Mitarbeiterin hatte bestimmt Angst gehabt, alleine nach Hause zu gehen, und er hatte versäumt, ihr Schutz und Hilfe anzubieten. Das musste er schleunigst nachholen. »Hat die Spurensicherung etwas Brauchbares gefunden?«, fragte er laut.

»Leider nein. Bei dem Schlag auf meine Lippe hat der Täter Handschuhe getragen, da bin ich sicher.«

»Gehen wir einfach alles noch einmal durch. Können Sie ihn beschreiben?«

»Nicht wirklich.« Nadine Schönling knetete ihre Finger. »Es war zu dunkel. Ich habe kaum mehr als einen Schatten gesehen.«

»Wie schätzt du denn etwa seine Größe ein, seine Statur?«

»Er war schon größer als ich. Vielleicht zehn Zentimeter, also etwa ein Meter achtzig, aber darauf lege ich mich nicht fest. Normale Figur, weder zu dick noch zu dünn. Nur den Geruch würde ich wiedererkennen, so ein seltsamer Mix aus Gewürzen und Aftershave.«

»Das ist leider kein wirklich brauchbares Fahndungsmerkmal.« Barnowskis Gesichtsausdruck wechselte blitzschnell von einem Grinsen zu einer bedauernden Miene. »Aber bei der verständlicherweise groben Beschreibung seines Äußeren scheidet zumindest Felix Heisenberg aus. Der ist dann einfach zu groß und zu kräftig.«

»Ich schalte am besten die Fallanalytiker ein, bevor wir die

Ermittlungen einstellen müssen«, bemerkte Pielkötter, der eine Weile schweigend zugehört hatte.

»Einstellen?«, ertönte es wie aus einem Mund. Obwohl diese Schlussfolgerung nur logisch war, schien sie einzuschlagen wie eine Bombe.

»Nun, mit dem Überfall auf Frau Schönling sind wir selbst involviert. Plötsche kann gar nicht anders verfahren. Vielleicht können wir noch einen Tag Zeit herausschinden, sehr viel mehr wird nicht drin sein.«

Barnowski schaute sichtlich betroffen von Pielkötter zu Nadine.

»Auch wenn uns das nicht gefällt, ist das nun mal die Dienstvorschrift«, fuhr Pielkötter fort. »Bis die Fallanalytiker uns eine Rückmeldung geben und die Besonderheiten mit der Datenbank ViCLAS abgeglichen sind, kann es dauern. Deshalb habe ich mich entschlossen, umgehend einen mir bekannten Psychologen aufzusuchen.«

»*Violent Crime Linkage Analysis System*, warum hat man eigentlich nicht die deutsche Abkürzung gewählt?«, fragte Barnowski spöttisch. »ASzVvG, Analyse-System zur Verknüpfung von Gewaltdelikten, hört sich doch viel besser an. Aber Sie setzen sowieso erst einmal auf MM, Mark Milton. Ist doch richtig? Jedenfalls glaube ich, mich zu erinnern, dass er so hieß.«

»Genau. Ich denke, es kann nicht schaden, wenn er auf die Schnelle einen Blick auf die Details der beiden Morde und den Überfall auf Frau Schönling wirft.«

»Und unsere Polizeipsychologen?«, fragte Barnowski. »Ich meine nicht nur wegen einer Analyse, sondern auch wegen Nadine.«

»Sind überlastet«, erklärte Pielkötter. »Leider ist auch bei ihnen die Personaldecke dünn. Besonders, wenn krankheitsbedingt jemand ausfällt.« Er trommelte mit seinen Fingern auf den Tisch. »Zuallererst sollten wir jetzt selbst klären, wie der Überfall zu den Morden passt.« Er bedachte Nadine Schönling mit einem väterlichen Blick. »Für Sie wird es bestimmt nicht einfach sein, so kurz nach der schockierenden Tat gleichzeitig die Rolle des Opfers und der Ermittlerin einzunehmen. Ich hätte auch großes Verständnis dafür, wenn Sie bei der Aufklärung lieber nicht mithelfen möchten, bis wir ohnehin offiziell von dem Fall abgezogen werden. Natürlich setze ich außerdem alle Hebel in Bewegung, damit sie möglichst schnell Unterstützung bekommen. Ohne Aufarbeitung sollten Sie die Sache nicht auf sich beruhen lassen.«

»Ich bin so lange mit von der Partie, bis Plötsche sein Veto einlegt«, erklärte Nadine Schönling mit fester Stimme. »Und wegen der Hilfe ... die nehme ich natürlich gerne in Anspruch, obwohl ich überzeugt bin, es auch allein zu schaffen.«

»Gibt es irgendeine brisante polizeiinterne Sache, von der Sie und die beiden vorigen Opfer gewusst haben könnten?«, wechselte Pielkötter das Thema. »Oder gibt es eine Gemeinsamkeit unter Ihnen, die von Bedeutung sein könnte? Ich meine abgesehen vom Polizeidienst.«

Nadine Schönling schüttelte den Kopf. »Allerdings sollte man nicht ausschließen, dass Imke Bielstett und Franziska Gerstner vielleicht ein Geheimnis geteilt haben und der Täter davon ausgeht, ich sei eingeweiht. Vielleicht hat er uns öfter zusammen gesehen, beim Tennisspielen oder im Polizeisportverein.« Sie runzelte leicht die Stirn. »Und wenn es einer von uns ist, wie Patrick Momsen zum Beispiel, weiß er einfach durch Imke selbst, dass wir uns öfter außerhalb des Dienstes getroffen haben.«

»Damit gehen Sie davon aus, dass der Täter die Personen beseitigen will, die ihm mit ihrem Wissen gefährlich werden könnten. Aber was könnte das sein? Und warum sollten nur Frauen davon wissen? Vielleicht handelt es sich ja doch um eine Serie von Sexualdelikten mit tödlichem Ausgang.« Pielkötter seufzte. »Genau darüber werde ich nachher mit dem Psychologen sprechen. Und Sie überprüfen bitte für die Tatzeit gestern Abend die Alibis aller Personen, die wir bereits im Zuge der beiden Mordermittlungen befragt haben. Dass wir zum ersten Mal die genaue Tatzeit kennen, dürfte dabei sicher von Vorteil sein.« Seine Mitarbeiter waren schon auf dem Weg zur Tür, da rief er sie noch einmal zurück. »Frau Schönling, ich halte es für besser, wenn Sie Ihre Aufgaben vom Büro aus erledigen. Und ich beantrage Personenschutz.«

»Ich glaube nicht, dass das nötig ist«, erwiderte Nadine.

»Der Täter könnte durchaus den Ehrgeiz entwickeln, es ein zweites Mal zu versuchen«, wandte Barnowski ein. Seine verkniffene Miene drückte deutlich aus, wie unwohl er sich fühlte.

24

Der Mann lief die Treppe zur Mercatorinsel hinab und schaute zu dem *Echo des Poseidon*, ohne das Kunstwerk zu würdigen. Ihm war die monumentale Bronzestatue ebenso egal wie die

Umgebung. Eigentlich hatte er diesen Ort nur ausgesucht, um an der frischen Luft allein zu sein. Auf dem schmalen Landstreifen zwischen Rhein und Kanal befürchtete er nicht, von unliebsamen Personen gesehen zu werden. Er brauchte Ruhe, um sich einen neuen Plan auszudenken, und die würde er hier finden. Bis auf ein paar Hundebesitzer und ihre Lieblinge lief zu dieser Uhrzeit niemand hier herum.

»Scheiße, Scheiße, Scheiße!«, fluchte der Mann leise vor sich hin und schnitt eine Grimasse. Ärgerlich spuckte er auf den Boden. Warum hatte er seinen Posten kurz verlassen, um zu urinieren, und die Sache damit versiebt? So hatte er nicht mitbekommen, dass sein Opfer hereingefahren war, und hatte die Betäubungsspritze nicht plangemäß direkt nach dem Ausstieg aus ihrem Wagen in den Körper rammen können. Und dann hatte die Schlampe sich auch noch heftig gewehrt. Dabei hätte er wegen der Reaktion von Franziska doch damit rechnen müssen.

Nun stand für ihn die Frage im Raum: Riskierte er es ein weiteres Mal bei Nadine Schönling? Er unterbrach seinen Spaziergang und schüttelte den Kopf. Sie würde künftig wachsam sein, sehr wachsam. Nein, als drittes Opfer kam sie nicht mehr infrage. Er musste sich eine andere Schlampe suchen, am besten eine, die nicht vorgewarnt war. Und auf keinen Fall die Kunst der Verteidigung beherrschte. Für einen kurzen Moment zog er in Erwägung, es bei zwei Opfern zu belassen, aber das ließ seine Ehre nicht zu. Auf keinen Fall konnte er sich als Abschluss mit einer missglückten Mission zufriedengeben. Seine Gedanken rotierten. Er gierte danach, ein Zeichen zu setzen, ein gelungenes Finale zu inszenieren und den Druck auf die Ermittler zu steigern.

Missmutig schaute er zum Ruhrorter Ufer hinüber. Der

dunkle Anstrich des Museumsschiffs Oscar Huber war so düster wie seine Stimmung. In der Nähe stand eine Gruppe von Leuten. Wahrscheinlich wollten sie zu einer Hafenrundfahrt aufbrechen. Am liebsten hätte er aus voller Verachtung hinübergeschrien: Elendes Volk! Wie viele von ihnen ärgerten sich über den Chef, den Vermieter oder über Frauen, die sich ihnen verweigerten. Und was unternahmen diese Duckmäuser? Sie versuchten, sich abzulenken und brachen zu einer Hafenrundfahrt auf. Zum Glück war er da ganz anders gestrickt. Ihn demütigte man nicht ungestraft.

Tatsächlich tauchte ein Schiff auf und die Leute, die an der Promenade gewartet hatten, stiegen ein. Mit heruntergezogenen Mundwinkeln und zusammengekniffenen Augen schaute er zu, wie die *Rheinfels*, dieser Name stand auf dem Schiff, sich auf dem Kanal in Bewegung setzte. Er lief in die entgegengesetzte Richtung. Auf einmal blieb er abrupt stehen. Gerade kam ihm eine Idee, eine ganz ausgezeichnete Idee. Beschwingt trat er den Rückweg an. Die Zielperson, die soeben in seinen Fokus geraten war, bot die besten Voraussetzungen, seine Rache durch einen triumphalen Abschluss zu adeln. Vor allem würde das Opfer schutzlos sein. Er grinste. Seltsam, dass er bei seinem Plan nicht sofort an sie gedacht hatte.

Ein voll beladenes Containerschiff passierte den Hafenmund. Am Heck erkannte er eine niederländische Flagge. Vermutlich kam es aus Rotterdam. Er würde bald dorthin reisen, nahm er sich vor, ebenso nach Amsterdam und Den Haag. Sobald er seine Mission erfüllt hatte. Er grinste in sich hinein. Welch seltsame Formulierung für die Strangulierung mit nettem Rahmenprogramm.

Er fragte sich, warum er das Töten dieser Frauen so genoss.

Morden empfand er als Macht. Das Leben eines Menschen auszulöschen stellte für ihn sogar die größte Macht dar, die man über ihn besitzen konnte. Und dann die Extrabonbons. Es ging ja nicht nur um die Tat an sich. Sie löste etliche Schockwellen aus, bei den Angehörigen und im Kreis der Ermittler, was ihm einen ganz besonderen Kick verschaffte. Ja, er hielt die Fäden in der Hand, ließ Pielkötter und die anderen Kommissare tanzen und stundenlang in muffigen Räumen zusammenhocken, um sich die Köpfe über sein Motiv zu zerbrechen. Er scheuchte sie von einer Befragung zur nächsten, raubte ihnen den Schlaf, traf sie immer gezielter und würde bald bis in ihr Mark vordringen.

Genüsslich sog er die Luft ein, die zunächst frisch und seltsam nach Meer roch, bevor der Gestank von Schiffsdiesel sich daruntermischte. Sein Plan konkretisierte sich weiter. Um seine Lust zu steigern und die Rache bis zum Anschlag auszukosten, würde er das dritte Opfer für etliche Tage verstecken und sich länger mit ihm amüsieren. Der Gedanke gefiel ihm und er lächelte in sich hinein. Vor seinen Augen sah er die einsame Jagdhütte, die er einige Male besucht hatte. Er erinnerte sich an die Blenden der Fenster, die hölzerne Eckbank, den Kamin und sogar an diese Falltür auf dem Boden. Er hatte keine Ahnung, ob sie zu einem Keller oder einem kleinen Bunker führte, aber zumindest befand sich unter der Erde ein Kabuff, das ihm nützlich sein konnte. Sobald seine Auserwählte dort ausharrte, würde für ihren Liebsten das große Zittern beginnen. Beschwingt von den neuen Ideen, die sein genial funktionierendes Gehirn hervorgebracht hatte, beschleunigte er den Schritt. Er benötigte weitere Informationen, bevor er seinen optimierten Plan in die Tat umsetzte.

25

Mark Miltons Praxis lag im Dellviertel. Pielkötter gönnte sich vom Präsidium einen Spaziergang dorthin, den er nutzte, um an der frischen Luft seine Gedanken zu ordnen. Neben der Aussicht auf Hilfe freute er sich, den Psychologen wiederzusehen. Er hatte ihn vor etlichen Jahren im Zusammenhang mit einer Serie von Mordfällen kennengelernt. Seltsam, auch jetzt geht es wieder um mehrere Tötungsdelikte an Frauen, überlegte er. Damals hatte er Mark Milton allerdings als Verdächtigen eingestuft, heute hingegen erhoffte er sich von ihm neue Impulse zur Aufklärung der Fälle.

Schnaufend stieg Pielkötter die Stufen zur Praxis in der zweiten Etage hoch. Häuser ab zwei Stockwerken ohne Aufzug müssten verboten werden, hatte er früher immer gemeint. Mit gestiegenem Umweltbewusstsein hatte sich diese Einstellung inzwischen gewandelt. Ein Mann mittleren Alters mit Hut und leicht getönter Sonnenbrille kam ihm entgegen. Ob der wohl zum Patientenstamm des Psychologen gehörte?

»Schön, Sie nach langer Zeit wiederzusehen«, begrüßte ihn Milton.

»Ganz meinerseits«, antwortete Pielkötter, »auch wenn ich mir dafür gerne einen anderen Grund ausgesucht hätte.«

»Am Telefon haben Sie angedeutet, es gehe um Ihre Arbeit. Ich hoffe, Ihre privaten Probleme haben sich zu Ihrer Zufriedenheit geklärt.«

Während Pielkötter etwas Undefinierbares in sich hineinbrummte, fiel ihm ein, dass er mit Milton auch einmal über die

Schwierigkeiten mit Marianne geredet hatte, die heute aber kein Thema sein sollten.

Pielkötter betrat nach Milton den Behandlungsraum. Schreibtisch, Couch und Sessel standen noch an derselben Stelle. Selbst an das in einem warmen Gelbton gerahmte Gemälde, auf dem man mit viel Fantasie eine grüne Wiese mit Klatschmohn erkannte, erinnerte er sich.

»Nehmen Sie Platz«, forderte Milton ihn auf. »Ich hole uns Kaffee von nebenan, wenn Ihnen das recht ist.«

»Koffein kann nicht schaden. Mit Milch und Zucker bitte. Damit der Kaloriengehalt stimmt.«

Milton kehrte mit einem Tablett zurück und schenkte Kaffee ein. Pielkötter fügte zwei Stückchen Würfelzucker und Kaffeesahne hinzu, rührte um und schilderte die wichtigsten Details der Mordfälle. Der Psychologe hörte aufmerksam zu und strich gelegentlich mit der Hand über seine linke Schläfe.

»Tja, ich kann natürlich auch nur Vermutungen anstellen. Trotzdem bin ich relativ sicher, dass es sich um einen einzigen Täter handelt und der blutige Schriftzug auf dem Körper des zweiten Opfers nicht dazu dient, ein anderes Motiv zu verschleiern. Ich gehe von einem Mörder aus, der sowohl tiefen Hass auf Frauen als auch auf Polizistinnen empfindet, wobei er der Polizei an sich nicht negativ gegenüberstehen muss. Höchstwahrscheinlich ist der Mann bereits durch Erfahrungen in der Kindheit, möglicherweise auch durch eine neurologische Erkrankung tief gestört, aber das erklärt nicht alles. Meiner Meinung nach kommt mindestens ein traumatisierendes Ereignis mit einer Polizistin als Auslöser hinzu.«

»Könnte dafür eine einzige Zurückweisung reichen?« Pielkötter nahm einen Schluck Kaffee und kratzte sich am Kinn.

»Also, nicht nur für den ersten Mord, sondern auch für den zweiten und für den Mordanschlag. Als ob er seine Wut quasi auch auf andere Opfer überträgt.«

»Bei den Voraussetzungen, die ich gerade angesprochen habe, ist das sicher möglich. Ein psychisch gesunder Mensch steckt Kränkungen und Niederlagen in der Regel ohne große Rachegedanken weg. Das gilt allerdings nicht für Narzissten oder gar Psychopathen. Sie empfinden es schon als unverzeihliches Fehlverhalten, wenn man ihre überragenden Fähigkeiten nicht anerkennt. Wenn das Objekt ihrer Liebe oder auch ihrer Begierde einen Annäherungsversuch ablehnt, ja, dann kann das zu einer Übertragung des Hasses auf andere Frauen führen.«

»Sofern Sie Recht haben, kristallisiert sich das Motiv heraus. Trotzdem fällt damit keiner der Hauptverdächtigen durch das Raster.«

»Wie viele Personen wären das denn?«

»Der Exfreund des ersten Opfers, der Chef beider Opfer und ein Kollege, der offen eingesteht, ein Auge auf die erste ermordete Polizistin geworfen zu haben.« Pielkötter stöhnte leise. »Zwei weitere Kollegen, die sich gegenseitig gleich für beide Morde ein Alibi geben. Angeblich haben sie sich privat getroffen, was nicht nachweisbar ist. Alle andern haben zumindest für eine Tat ein hieb- und stichfestes Alibi, manche waren zum Beispiel auf Streife. Ich kann nur hoffen, dass sich durch eine erneute Befragung etwas ergibt. Mit dem Mordversuch an Nadine Schönling besitzen wir zum ersten Mal eine ganz genaue Tatzeit. Allerdings würde ich viel darum geben, dieser Überfall hätte nicht stattgefunden.« Pielkötter musterte Milton mit ernster Miene. »Mir bleibt immer noch unklar, wie ich einschätzen soll, dass meine Mitarbeiterin angegriffen worden ist.«

»Möglicherweise hat der Täter Nadine Schönling zunächst überhaupt nicht ausgewählt«, erklärte Milton mit sachlicher Stimme. »Er könnte sie erst im Laufe der Ermittlungen kennengelernt haben. Vielleicht ist sie ihm dabei durch spezielle Fragen auf die Füße getreten, vielleicht hat ihn ihre toughe Art provoziert. Oder sonst etwas, das er hasst. Denkbar wäre auch, dass er Sie und Barnowski damit treffen will, jedoch davor zurückschreckt, männliche Opfer anzugreifen. Auf jeden Fall glaube ich, die Hemmschwelle wird immer kleiner, die Anlässe, die zu einer Untat führen, immer nichtiger. Der Lustgewinn kann beim ersten Mal so hoch gewesen sein, dass der Mörder dieses Gefühl unbedingt erneut auskosten möchte.«

Milton sah Pielkötter mitleidig an. »In Ihrer Haut möchte ich wirklich nicht stecken, ganz speziell wegen der Wahl von Frau Schönling als Opfer. Wie ich vorhin schon angedeutet habe, verschafft die Nähe zu den Ermittlern manchen Psychopathen einen besonderen Kick. Das ganze Team ist ja dadurch persönlich betroffen.« Milton stockte. »Passen Sie gut auf sich auf. Man kann schlecht einschätzen, wie weit es der Täter mit der Nähe zu Ihnen noch treibt. Deshalb dürfen Sie den Fall bestimmt nicht behalten, oder irre ich mich da?«

»Leider nicht. Ich rechne jeden Moment damit, dass mich Kriminaloberrat Plötsche aus diesem Grund zu sich zitiert.«

»Wie ich Sie kenne, wird Ihnen das überhaupt nicht gefallen. Und … Sie werden entgegen der Vorschrift inoffiziell weiter ermitteln.«

»Psychologen bleibt offensichtlich nichts verborgen«, erwiderte Pielkötter. In seiner Miene zeigte sich trotz der misslichen Lage ein kurzes Lächeln.

26

Barnowski starrte missmutig auf sein Handy. Das gab es doch nicht. Wie oft hatte er inzwischen versucht, Gaby zu erreichen? Diese elende monotone Stimme der Mailbox nervte ihn gewaltig. Garantiert schoss sein Blutdruck in die Höhe, sobald er nur das erste Wort hörte. Auch zu ihrer Freundin Susanne hatte er vergeblich Kontakt gesucht. Er hatte sogar in Erwägung gezogen, bei der unmöglichen und bei ihm sehr unbeliebten Mariella Böttcher nach ihrer Tochter zu fragen, hatte das dann aber doch verworfen. Inzwischen war der Ärger verflogen und er machte sich Sorgen. Wenn Gaby nun im Krankenhaus lag? Gerade im frühen Stadium der Schwangerschaft konnte so viel passieren. Zumindest hatte er so etwas Ähnliches gehört. Er entschied, eine letzte Anrufrunde zu starten, und fing bei Gabys Freundin an.

»Susanne Emmental«, meldete sie sich.

»Hier Bernhard, ich muss dringend mit Gaby sprechen.«

»Die ist leider nicht bei mir.«

»Komm schon, ich habe diese Spielchen wirklich satt. Ohne echte Aussprache wird doch nichts besser. Wie müssen reden, uns zusammenraufen. Das sind wir dem Kind doch schuldig.«

»Klar, aber Gaby ist trotzdem nicht da«, erwiderte Susanne. Ihre Stimme klang durchaus glaubhaft. »Ich weiß auch nicht, wo sie sich jetzt aufhält. Eigentlich müsste sie schon längst zurück sein. Sie wollte nur schnell ein paar Sachen aus eurer Wohnung holen.«

»Gut, dann rufe ich gleich bei uns zu Hause an. Und wenn sie wieder bei dir auftaucht, soll sie sich unbedingt melden. Ich mache mir wirklich ernsthafte Sorgen.«

»Okay, ich richte es aus.«

Nach dem Telefonat wählte er den eigenen Festnetzanschluss. Er ließ es lange klingeln, ohne dass jemand darauf reagierte. Offensichtlich hatte Gaby die Wohnung schon wieder verlassen. Selbst wenn diese Vermutung nicht stimmte, blieb ihm keine Zeit mehr, sie dort zu treffen. Pielkötter erwartete ihn bereits. Seufzend setzte sich Barnowski ans Lenkrad und brauste zum Präsidium.

Einige Stunden später, in denen er die Alibis für den Überfall auf Nadine überprüft hatte, klingelte sein Handy, und er zuckte automatisch zusammen. Gaby, war sein erster Gedanke.

»Sind Sie weitergekommen?«, fragte Pielkötter.

»Ja, aber die Ausbeute ist sehr bescheiden, wenn auch nicht gleich null.«

»Was heißt das genau?« Die Stimme seines Chefs hörte sich leicht ärgerlich an.

»Fast alles wie gehabt. Wiese und Momsen haben auch diesmal kein Alibi. Terstegen wird durch seine Frau gedeckt. Nur Felix Heisenberg und Christian Stolpe haben den Abend ausnahmsweise nicht gemeinsam verbracht. Felix Heisenberg hat angegeben, den Abend und die Nacht mit einer Frau zusammen gewesen zu sein, und sie hat das bestätigt. Er scheint damit raus zu sein und Stolpe in gewisser Weise auch.«

»Wieso Stolpe? Wo sind Sie mit Ihren Gedanken?«, tadelte Pielkötter.

Barnowski fühlte sich sofort schuldig. Tatsächlich war er bei Gaby und dem Baby gewesen. »Nein, Quatsch, Stolpe natürlich nicht. Aber Heisenberg!«

»Heisenberg mit seiner Größe und der kräftigen Statur kam nach Frau Schönlings Beschreibung doch sowieso nicht mehr infrage. Aber Stolpe müssen Sie überprüfen. Könnte ja sein, Heisenberg hat ihm bei den beiden Morden ein falsches Alibi gegeben. Bleiben Sie also dran.«

Nachdem Pielkötter aufgelegt hatte, starrte Barnowski nachdenklich vor sich hin. So durfte es nicht weitergehen. Sogar seine Arbeit litt unter Gabys Verhalten, nicht nur sein Seelenfrieden. Er musste unbedingt etwas unternehmen. Am besten schaute er persönlich bei Susanne vorbei.

Gabys Freundin wohnte an der Stadtgrenze zu Dinslaken und er brauchte eine ganze Weile, bis er vor dem Mietshaus stand. Zu seinem Erstaunen ließ Susanne ihn sofort herein.

»Wo ist sie?«, fragte er ohne Begrüßung.

»Keine Ahnung. Eigentlich müsste Gaby schon längst wieder zurück sein. So langsam mache ich mir auch echt Sorgen um sie.«

Barnowski schluckte.

»Ich habe es öfter auf ihrem Handy versucht, aber es geht immer nur die Mailbox ran.«

»Willkommen im Club«, erwiderte er, was nicht wie sonst, wenn er diesen Spruch gebrauchte, wenigstens ansatzweise lustig klang. Die Idee, eine Vermisstenanzeige aufzugeben, schoss ihm durch den Kopf, obwohl er wusste, dass sie zu diesem frühen Zeitpunkt nichts bringen würde. Jeder Beamte würde das Verschwinden seiner Freundin als polizeilich irrelevant einstufen. »Okay, ich geh dann wieder«, seufzte er. »Bitte melde dich sofort, wenn Gaby auftaucht.«

»Mach ich, ganz bestimmt.« Susannes Stimme klang ebenfalls besorgt.

Nachdenklich schlich Barnowski die Stufen nach unten. Mit jedem Schritt schien er weiter in einen Abgrund hinunterzusteigen. Nein, was er sich da jetzt ausmalte, war wilde Spekulation.

27

Angespannt schaute Pielkötter aus dem Fenster seines Büros. Das Telefon klingelte. Plötsche, schoss es ihm automatisch durch den Kopf, Plötsche der ihn und sein Team von dem Fall abziehen wollte. Und zwar mit sofortiger Wirkung.

»Eine Frau Sophie Wellmann möchte Sie in dem Mordfall Imke Bielstett sprechen«, erklärte eine Beamtin oder Angestellte, deren Stimme er nicht kannte.

»Gut, schicken Sie sie bitte hoch«, erwiderte Pielkötter. Sophie Wellmann, wer mochte das sein? Anscheinend hielt der Tag einige Überraschungen für ihn bereit. Zuerst hatte Volker Brinkmann eine Karte ins Präsidium geschickt und nun erschien eine neue Zeugin. Während er auf sie wartete, zog er noch einmal die Post hervor.

Hallo Willibald, wir haben vergessen, unsere Kontaktdaten auszutauschen, deshalb versuche ich es auf diesem Weg. Ich fand es schön, dich zu treffen, und würde mich freuen, wenn du mich mal in Oxford besuchen kommen würdest. Spätestens, wenn du in Pension gehst, hast du bestimmt eine Menge Zeit.

Es folgten die üblichen Floskeln und seine Mailadresse.

Warum kam diese dusselige Karte gerade jetzt an? Zu einem anderen Zeitpunkt hätte er sich darüber gefreut, aber nicht in einer Situation, in der er wahrscheinlich bald schon von einem Fall abgezogen würde und immer noch nicht genau wusste, wie es beruflich mit ihm weiterging. Mitten in diesen Gedanken hinein klopfte es an der Tür. »Herein«, sagte er möglichst freundlich.

Eine junge Frau mit streichholzkurzen blonden Haaren und etlichen Sommersprossen im Gesicht betrat sein Büro. Sie hatte eine sportliche Figur und trug eine enge Jeans, die ihre gut geformten Beine betonte. Ihre Jacke hatte sie bereits ausgezogen und über ihren Arm gehängt. Ihre Augen waren gerötet, ihre Miene wirkte ernst. »Sophie Wellmann«, stellte sie sich vor, »ich hoffe, ich bin hier richtig.« Aus ihrer Stimme hörte Pielkötter einen leichten norddeutschen Akzent heraus. »An der Pforte hat man mir mitgeteilt, dass Sie die Ermittlungen leiten. Also, im Fall von Imke, Imke Bielstett.«

Noch, überlegte Pielkötter im Stillen. »Ja, das ist richtig«, erwiderte er laut. »Bitte nehmen Sie doch Platz. Darf ich fragen, in welchem Verhältnis Sie zu dem Opfer standen?«

»Opfer, wie sich das anhört«, stammelte sie. »Irgendwie

kann ich nicht fassen, dass Imke tot ist.« Ihre Augen wurden feucht und sie musste sich offensichtlich sammeln, um weitersprechen zu können. »Wir waren mal eng befreundet, als Imke noch in Norden gelebt hat. Eigentlich sogar bis zu ihrem Tod, auch wenn wir uns seltener gesehen haben. Imke und ich haben oft telefoniert, so einmal pro Woche vielleicht. Und heute Nacht hätte ich bei ihr ...« Sophie Wellmann wurde von einem Weinkrampf geschüttelt, und Pielkötter wartete, bis sie sich wieder gesammelt hatte. »Ich hatte beruflich ein paar Tage in Köln zu tun, und wir haben abgemacht, dass ich Imke anschließend besuchen komme. Sie glauben nicht, wie oft ich vergeblich versucht habe, sie zu erreichen. Erst habe ich mir nicht so viel dabei gedacht, aber als der geplante Besuch immer näher rückte ...« Sophie Wellmann tupfte sich weitere Tränen mit einem Taschentuch ab. »Da habe ich ihre Familie angerufen und erfahren, was passiert ist.«

»Ich nehme an, es gibt einen besonderen Grund, weshalb Sie mich sprechen möchten«, bemerkte Pielkötter. »Sie wissen etwas, das für die Ermittlungen wichtig ist?«

Sophie Wellmann nickte. Ihre Stimme schien zu versagen. Ohne zu fragen, goss Pielkötter Wasser in ein frisches Glas und schob es in ihre Richtung. Er hoffte, damit ihre Trauer für einen Moment umlenken zu können. »Imke und ich hatten eigentlich keine Geheimnisse voreinander«, erklärte sie, nachdem sie ein paar Schlucke genommen hatte. »Mussten wir auch nicht. Wir haben uns vertraut. Außerdem gab es zwischen unseren Bekanntenkreisen keine Berührungspunkte, sodass wir nicht riskierten, einmal aus Versehen etwas Brisantes auszuplaudern.«

»Und welches Geheimnis halten Sie für sehr wichtig?«

»Ich nehme an, dass Sie noch nichts von ihrer kurzen Affäre wissen, die sie nach der Trennung von Patrick eingegangen ist. Ich kann mir nicht vorstellen, dass sie hier jemandem davon erzählt hat.« Sophie Wellmann stockte. »Allein schon, weil sie sich deshalb geschämt hat. Zuerst war es nur ein Ausrutscher nach einer Feier. Ein Dienstjubiläum.« Ihr Mund verzog sich, und Pielkötter befürchtete, dass sie wieder einen Weinkrampf bekommen würde, sie fing sich jedoch. »Sie hat die halbe Nacht mit ihrem Chef verbracht.«

»Gunnar Terstegen?«, fragte Pielkötter alarmiert.

»Kann sein.« Sie zuckte mit den Schultern und kräuselte die Stirn. »Namen zu behalten, fällt mir äußerst schwer, vor allem, wenn ich die Person nicht kenne. Aber ich erinnere mich, dass es nicht gerade ein gängiger Vorname war. Gunnar? Ja, könnte sein. Die Sache war sowieso schnell vorbei. Ganz genau weiß ich nur, dass er verheiratet ist. Aus dem Grund hat sich Imke besonders geschämt und die Beziehung schnell beendet.«

»Und wie hat ihr Liebhaber darauf reagiert?«

»Seltsam, ganz seltsam. Zuerst hat er wohl ziemlich getobt, ihr die Hölle heißgemacht und mit negativen Konsequenzen für ihre Arbeit gedroht. Imke gehörte allerdings nicht zu den Personen, die sich einschüchtern lassen.« Sophie Wellman hatte diese Charakterisierung ihrer Freundin kaum ausgesprochen, da traten erneut Tränen ihre Augen. »Sie hat wohl gekontert, dass sie die Affäre notfalls publik machen würde. Na ja, zumindest zu seinem Vorgesetzten gehen könne und natürlich zu seiner Frau.«

»Dazu ist es jedoch nicht gekommen, nehme ich an.«

»Imke hat erzählt, dass er plötzlich ganz friedlich gewesen

sei, wie ausgewechselt. Danach war erst einmal Ruhe und sie hat ihre Freiheit genossen.«

»Der Zustand währte nicht lang«, warf Pielkötter in den Raum, obwohl Sophie Wellmann nichts dergleichen angedeutet hatte.

»Die Antwort darauf ist nicht ganz einfach.« Mit einer fahrigen Bewegung ergriff sie das Glas und stürzte das restliche Wasser in einem Zug hinunter.

»Nun, Imke hat er zwar in Ruhe gelassen, dafür hat er sich an ihre Kollegin und Freundin rangemacht.«

»Franziska Gerstner?«

»Genau, von der hat sie auch in einer WhatsApp-Nachrichte mal was geschrieben, dann kann ich mir einen Namen immer gleich besser merken, wenn ich ihn geschrieben gesehen habe. Bei unserem letzten Telefonat hat sie mir auch erzählt, dass sie Franziska davor warnen wollte, sich mit dem Chef einzulassen. Und ich Blöde habe noch darüber gelacht. Weil das doch so logisch ist und jeder sich die Konsequenzen selbst denken kann.« Tränen kullerten ihre Wangen hinunter. Als sie das Kinn erreichten, wischte Sophie Wellmann sie mit dem Handrücken weg. »Glauben Sie, er war es?«

»Ich weiß es nicht«, erklärte Pielkötter sachlich, »aber wir finden es heraus, das verspreche ich Ihnen.«

28

Nachdenklich strich sich Barnowski das Haar, das ihm nicht mehr so voll vorkam wie sonst, aus der Stirn. Noch vor ein paar Tagen hätte ihn ein solcher Makel gestört und vielleicht sogar ein bisschen Sorgen bereitet, aber heute war ihm sein Aussehen vollkommen egal. Er atmete tief aus und ein und versuchte, sich zu konzentrieren. Barnowski erinnerte sich an keinen vergleichbar miserablen Zustand. Wie ging er am besten vor? In einer halben Stunde war er bei Christian Stolpe angesagt. Nadine hatte dem Polizisten hinterhertelefoniert und ein Treffen bei ihm zu Hause festgemacht. Barnowski überlegte. Stolpe wohnte in Wanheimerort, sodass er kaum länger als eine Viertelstunde für die Fahrt brauchen würde und ihm noch etwas Zeit blieb. Barnowski starrte auf sein Handy. Es fiel ihm schwer, sich zu entscheiden, aber dann gab er sich einen Ruck. Er hatte alles versucht, um mit Gaby in Kontakt zu treten, mehrmals, immer wieder. Jetzt konnte er nur noch auf Mariella Böttcher hoffen.

»Hier spricht Mariella Böttcher«, vernahm er die arrogant klingende Stimme seiner Schwiegermutter in spe. Nein, eigentlich war sie eher die Mutter seiner Lebensgefährtin. *In spe* war nett gemeint, hatte er einmal gelesen, aber über Mariella Böttcher wollte er nichts Positives sagen.

»Bernhard«, erwiderte er. Ihm war eingefallen, dass sie seine Mobilfunknummer nicht kannte. »Ich muss dringend mit Gaby sprechen.«

»Gaby?«, echote sie, als hätte sie den Überblick über ihre zahlreichen Töchter verloren. Dabei war seine Freundin ein

Einzelkind. Vor ihrer Einschulung hatte der Vater sich von Mariella scheiden lassen. Barnowski verstand ihn gut. »Wieso sollte Gaby bei mir sein?«, unterbrach sie seine Gedanken. »Was ist denn mit ihrem Salon? Wenn sie arbeitet, kommt sie mich doch nicht besuchen. Und eben mal vorbeispringen ist bei der Entfernung ja auch nicht möglich.«

Ein dicker Kloß schnürte ihm mit einem Mal die Kehle zu. Mariella Böttcher hatte glaubhaft geklungen. Normalerweise mochte er den Schulterschluss der beiden Frauen überhaupt nicht, doch in diesem Moment wünschte er sich, sie wüsste, wo sich ihre Tochter befände. »Im Salon war ich bereits zweimal persönlich und habe mehrmals angerufen. Immer hieß es, die Chefin sei nicht da und habe auch keine Nachricht hinterlassen.«

»Das ist wirklich äußerst seltsam. Wann hast du sie denn das letzte Mal gesehen?«

»Vorgestern.«

»Das gibt es doch nicht. Warum hast du mich nicht früher informiert? Was ist mit meinem Kind?« Mariella Böttchers Stimme schien sich zu überschlagen. »Bernhard, du musst sofort etwas unternehmen. Schließlich bist du bei der Polizei.«

»Zuerst habe ich mir nichts dabei gedacht. Wir haben uns gestritten und Gaby ist mit einer Tasche zu Susanne. Aber dort ist sie anscheinend auch nicht mehr. Vielleicht kannst du noch einmal Kontakt mit Susanne aufnehmen. Ich mache mir wirklich große Sorgen.«

Barnowski gab ihr die Nummer von Gabys Freundin durch und beendete das Telefonat ziemlich schnell. Er hatte so sehr gehofft, dass Gaby bei ihrer Mutter sein würde. Selbst eine Standpauke von Mariella hätte er gern ertragen. Stattdessen stand er wieder mit leeren Händen da, nur das ungute Gefühl in seinem Inneren verstärkte sich. Normalerweise schmollte Gaby nicht lange. Reagierte sie jetzt anders, weil er sie mehr gekränkt hatte als sonst, lag das an den Schwangerschaftshormonen oder war ihr etwas ... Nein, diese schreckliche Vorstellung wollte er nicht weiter durchdenken. Seit Nadine in ihrer eigenen Tiefgarage überfallen worden war, spielte seine Fantasie verrückt.

Barnowski schaute auf die Uhr. Das Gespräch hatte unerwartet etwas länger gedauert. Höchstwahrscheinlich würde er zu spät bei Christian Stolpe eintreffen, aber das war ihm egal. Missmutig steckte er das Handy in seine Jackentasche und kramte die Autoschlüssel hervor. Er brauste los, als befände er sich auf einer Verfolgungsjagd, und er fühlte sich auch so. Der schwere Fuß auf dem Gaspedal nützte ihm allerdings herzlich wenig, die vielen roten Ampeln auf der Düsseldorfer Straße bremsten ihn immer wieder aus.

Christian Stolpe wohnte in einem Wohnblock in der Nähe von St. Michael. Er ließ Barnowski nach dem ersten Klingeln hinein. Anscheinend hatte er schon auf ihn gewartet.

»Schrecklich, einfach schrecklich«, sagte er statt einer Begrüßung. »Ich habe mich mit den beiden so gut verstanden.« Stolpe gab die Tür frei. »Am besten setzen wir uns in die Küche. Ich habe mir gerade einen Tee aufgebrüht, wenn Sie auch einen möchten ... oder vielleicht etwas Kaltes?«

»Nein, danke. Ich bleibe sowieso nicht lange. Es sind nur ein paar kurze Fragen, die ich Ihnen stellen muss.«

»Verstehe.« Stolpe stieß eine Tür auf, die von der dunkelblau gestrichenen Diele abging.

Barnowski schielte zu dem kleinen alten Küchentisch mit

gräulicher Resopal-Platte zwischen zwei knallroten Klapp-
stühlen und nahm auf einem der beiden Platz. »Das Wichtigste
vorweg: Wo waren Sie gestern Abend gegen zehn Uhr dreißig?«

»Gestern?« Stolpes Miene wirkte verwirrt. »Wieso gestern? Ist ein neuer Mord passiert?«

Normalerweise hätte Barnowski geantwortet, dass er die
Fragen stelle und nicht umgekehrt, aber im Moment fehlte
ihm der nötige Biss. Wegen der Sorge um Gaby, weil er Stolpe
mit seinem Igelschnitt und den gütigen braunen Augen sym-
pathisch fand oder weil der Befragte selbst vom Fach war und
das Prozedere kannte? »Es hat jedenfalls nicht viel zu der Tat
gefehlt«, antwortete er statt eines leichten Tadels.

»Leider besitze ich kein Alibi wie bei den beiden Morden.
Ich war allein in der Wohnung. Erst habe ich mir einen Film
im Fernsehen angeschaut. Der Krimi ging jedoch sowieso nur
bis Viertel vor zehn. Danach habe ich alte Fotoalben durchgesehen. Meine Schwester hat mich gebeten, ein paar Bilder von
unseren Eltern herauszusuchen. Sie will ihnen zu Weihnach-
ten eine Collage schenken. Bedauerlicherweise war sie nicht
dabei.« Christian Stolpe schien zu überlegen. Er zog die Augenbrauen hoch und die Unterlippe ein. »Dabei habe ich allerdings meine Nachbarn streiten gehört. Die Lehmkuhls über
mir haben laut rumgeschrien. Das könnte schon so um halb
elf gewesen sein.« Stolpe trank aus seiner blau-weiß-gestreif-
ten MSV-Fan-Tasse, in der noch der Teebeutel hing. Inzwischen wirkte seine Miene sehr traurig. »Wenn ich in irgendeiner Art helfen kann, den Mörder zu finden«, er stockte,
schien nach den richtigen Worten zu suchen, »helfe ich gerne
mit, das Monster zur Strecke zu bringen. Und jetzt drängt sich

mir auch eine Frage auf: Wurde wieder eine Polizistin bedroht? Womöglich eine, die ich gut kenne?«

»Zum jetzigen Zeitpunkt möchte ich darauf keine Antwort geben«, erklärte Barnowski. Damit befand er sich auf der sicheren Seite. Denn er durfte keine Informationen nach draußen geben. »Sie haben sich also gut mit Imke Bielstett und Franziska Gerstner verstanden«, lenkte er von dem Thema ab.

»Ja, das kann man wirklich sagen. Das ging schon in gewisser Weise über Kollegialität hinaus.«

»Inwiefern?«, fragte Barnowski hellhörig. »Gab es Intimitäten zwischen Ihnen oder wären Sie ihnen gerne noch näher gekommen?«

»Ich habe mich da wohl etwas missverständlich ausgedrückt. Wir haben Dinge offener angesprochen als innerhalb der Wache üblich. Da waren gegenseitige Sympathie und Vertrauen. Was Intimitäten angeht, muss ich Sie allerdings enttäuschen. Eine Beziehung hätte ich mir nicht vorstellen können. Mit Kolleginnen etwas anzufangen ist eine heikle Sache, besonders wenn es schiefläuft und man sich hinterher ständig sehen muss. Davon hat Imke ja ein Lied singen können, obwohl sie und Patrick nicht einmal zur selben Wache gehörten.«

»Und wenn man verknallt ist und davon ausgeht, dass die Liebe hält?«

»Ich glaube, es ist sehr schwer, eine gute Beziehung zu führen, wenn beide Partner im Polizeidienst stehen«, erklärte Stolpe mit verändertem Gesichtsausdruck. Seine Miene wirkte jetzt härter. »Wegen der schwierigen Arbeitszeiten. Wenn man eine unterschiedliche Schicht hat, sieht man sich kaum. Sind aber beide zu Hause, wird über die Arbeit geredet, da kann man gar nicht abschalten. Nein das ist nichts für mich.«

»Es hört sich an, als hätten Sie diese Erfahrung bereits gemacht.«

Stolpe lächelte gekünstelt. »Nein, nein, ich habe nur öfter darüber nachgedacht.«

Barnowski hatte den Eindruck, das sei nicht die Wahrheit, aber daraus unbedingt ein Motiv zu basteln, empfand er doch etwas weit hergeholt, zumal Stolpe für die beiden ersten Morde ein halbwegs glaubwürdiges Alibi besaß. Auf jeden Fall beschloss er, diese Information im Hinterkopf abzuspeichern. Sofern die Nachbarn den Streit zur Tatzeit bestätigten, war Stolpe sowieso außen vor. »Auch wenn wir das alles schon einmal durchgegangen sind, frage ich noch einmal nach. Fällt Ihnen etwas ein, das die beiden Opfer vielleicht gewusst haben, wodurch sie für jemanden zu einer Gefahr werden konnten?«

»Leider immer noch nicht. Sollte ich mich an etwas erinnern, was relevant sein könnte, melde ich mich selbstverständlich.«

»Das wars schon.« Barnowski erhob sich und reichte Stolpe die Hand.

Im Treppenhaus blieb Barnowski nachdenklich stehen, dann stieg er nach oben. Dabei musste er aufpassen, wohin er seine Füße setzte. Alle Treppenstufen waren mit Schuhen, Kartons, Stapeln alter Zeitungen oder Blumentöpfen zugestellt. Er entdeckte zu seinem Erstaunen sogar einen Schallplattenspieler, einen Schlitten und eine billige Nachttischlampe mit kaputtem Schirm. Messie-Syndrom, schoss ihm durch den Kopf. Im Laufe der Dienstjahre hatte er schon etliche Häuser und Wohnungen betreten, aber in dieser Ausprägung hatte er solch ein Durcheinander noch nicht gesehen. Zur Haustür führte ein schmaler Gang. Hier im obersten Stockwerk wohnte nur eine Familie, nicht zwei Parteien, wie auf den unteren Etagen. Barnowski schellte und wartete einige Minuten, bis ihm geöffnet wurde. Zu seinem Erstaunen erschien im Rahmen ein äußerst korrekt gekleideter etwa fünfzigjähriger Mann. Mit der schwarzen Markenjeans und dem gestreiften Hemd hätte Barnowski ihn eher in einem Büro vermutet, als in dieser Umgebung.

»Dürfte ich Sie kurz sprechen?«, fragte Barnowski, anstatt sich zuerst vorzustellen. Er war etwas verwirrt und fühlte sich unwohl, ohne Aufforderung in dieses Chaos eingedrungen zu sein. Herr Lehmkuhl, zumindest stand der Name auf der Klingel, und wahrscheinlich hatte Stolpe ihn auch erwähnt, schämte sich bestimmt für den Zustand seiner Behausung. »Ich bin Kriminalkommissar bei der Kripo Duisburg.« Er hielt seinen Dienstausweis hin.

»Treten Sie ein.«

Das war gar nicht so einfach wie gesagt. Barnowski musste sich an etlichen Möbelstücken und Kisten vorbeilavieren, bis er mit Herrn Lehmkuhl in einem Zimmer landete, das entfernt an einen Wohnraum erinnerte.

»Charlene, schaff bitte endlich etwas Platz. Man kann hier ja kaum noch sitzen.«

Wenige Augenblicke später erschien eine Frau mit langen rotblonden Haaren im Schlabberlook, die wesentlich jünger zu sein schien als Herr Lehmkuhl.

»Reg dich nicht auf«, stöhnte sie, wobei sie leicht spöttisch zu ihrem Mann schaute. Eine Sekunde später registrierte sie Barnowski und bedachte ihn mit einem kecken Lächeln. »Na, dann wollen wir mal.« Charlene fegte diverse Dosen, Decken und Zeitschriften auf den Boden. Mit einer Geste lud sie ihn ein, sich zu setzen.

Barnowski schob mit der Hand einige Krümel vom Sofa und ließ sich darauf fallen. Der Tisch gegenüber war so zugemüllt, dass man weder das Material noch die Farbe der Platte erkannte.

»Kochst du uns Kaffee?«

»Für mich bitte nicht«, sagte Barnowski schnell. Er brauchte sich nur vorzustellen, wie die Tassen ausschauten, um Herpes zu bekommen. Gaby warf ihm oft vor, er sei pingelig, aber dieser Zustand würde auch ihr missfallen. Bei dem Gedanken an seine Freundin krampfte sich automatisch sein Magen zusammen. »Ich mache es ganz kurz und belästige Sie nicht lang«, erklärte er schnell, um die Probleme in seinem Privatleben in den Hinterkopf zu verbannen.

»Ihr Nachbar hat ausgesagt, dass Sie gestern Abend hörbar gestritten haben?«

»Und, ist das etwa verboten?« Herr Lehmkuhls Miene verdüsterte sich.

»Das hat Ihnen bestimmt der Stolpe gesteckt.« Charlene verdrehte die Augen »Na warte, Bürschchen, wenn ich für dich das nächste Paket annehmen soll, stelle ich auf stur.«

»Sie dürfen Ihrem Nachbarn diese Aussage nicht verübeln. Es geht um ein Alibi. Abgesehen von Ihrem Streit bleibt ihm keine Möglichkeit, seine Anwesenheit im Haus nachzuweisen.«

»Hat er was getan?«, fragte Charlene und hielt sich die Hand vor den Mund.

»Nein, er kennt nur das Opfer, und wir überprüfen jede einzelne Person, die mit dem Opfer in Verbindung steht.«

»Um welche Uhrzeit geht es denn?«, schaltete sich Herr Lehmkuhl ein.

»Zweiundzwanzig Uhr dreißig.«

Lehmkuhl schaute zu seiner Frau und wieder zu Barnowski zurück. »Ja, das kommt hin. Mit den Meinungsverschiedenheiten ging es nach dem Krimi los und sie haben sich hingezogen, bis wir so gegen elf ins Bett gegangen sind.«

»Ja, so wie immer«, erklärte Charlene sichtlich genervt. »Ich hätte mir ja ne anständige Versöhnung gewünscht, aber mein Gatte musste ja schlafen, damit er nicht total verknittert im Büro aufläuft.«

»Okay, das wars auch schon.« Barnowski erhob sich und ließ den Blick ein letztes Mal über das Chaos schweifen. »Sie haben mir sehr geholfen. Und nehmen Sie Ihrem Nachbarn nicht übel, dass er darüber gesprochen hat. Er hatte keine andere Wahl.«

Lehmkuhl brachte ihn zur Tür. Barnowski stand bereits im Treppenhaus, da fiel ihm noch etwas Wichtiges ein. »Vielleicht denken Sie, das ginge mich nichts an, aber in einer Mordermittlung kann man auf Privatangelegenheiten leider kaum Rücksicht nehmen. Ihre Frau hat vorhin bemerkt *so wie immer*. Darf ich daraus schließen, dass Sie öfter streiten? Also abends, alles andere interessiert mich nicht.«

Lehmkuhl schmunzelte leicht, dann wurde sein Gesicht wieder ernst. »Das kann man wohl sagen. Bei uns geht es oft hoch her. Charlene und ich sind viel zu verschieden für Harmonie, aber was soll ich machen, ich liebe sie einfach zu sehr, um mich von ihr zu trennen.«

»Tut mir leid«, seufzte Barnowski, als fühlte er mit seinem Gesprächspartner mit. »Geht es noch etwas genauer? Ich meine Uhrzeit, Frequenz und so weiter?«

»In der Regel streiten wir abends. Ich arbeite ja oft sehr

lange. Zu Hause essen wir, schauen vielleicht fern und dabei schaukelt sich der Konflikt langsam hoch.« Er zog die Augenbrauen in die Höhe und kräuselte die Stirn. »Drei- oder viermal mal in der Woche kommt das schon vor?«

»Danke für Ihre Offenheit.«

Missmutig stieg Barnowski die Stufen hinunter. »Scheiße«, murmelte er leise. Das Alibi konnte sich Stolpe von der Backe putzen, auch wenn er womöglich die Wahrheit gesagt hatte.

29

»Plötsche«, vernahm Pielkötter die leicht herablassend klingende Stimme des Kriminaloberrats aus dem Telefonhörer. »Sind Sie bei den Mordfällen Bielstett und Gerstner weiter vorangekommen? Und vor allem ...«, Plötsche machte eine kunstvolle Pause, »wie schätzen Sie den Überfall auf die Kollegin Nadine Schönling ein? Gibt es da Ihrer Meinung nach einen Zusammenhang?«

Zu viele Fragen auf einmal stöhnte Pielkötter innerlich, während er sich in seinem Bürostuhl zurücklehnte, als sei er völlig entspannt, obwohl Schweißperlen auf seine Stirn traten und der Pulsschlag sich merklich erhöhte. »Welche Antwort darf ich Ihnen zuerst anbieten?«, erwiderte er laut.

Plötsche blieb stumm. Anscheinend verwirrte ihn die Frage. »Mensch Pielkötter, mich interessiert alles, was Sie herausgefunden haben«, polterte er plötzlich los. »Ist das so schwer zu verstehen?«

»Tatsächlich hat sich ein ganz neues Motiv für die beiden Morde ergeben.«

»Und?«

»Laut einer Zeugin hatte Terstegen ein Verhältnis oder zumindest eine kurze Affäre mit Imke Bielstett und bei Franziska Gerstner gab es wohl auch Annäherungsversuche.«

»Terstegen, also, interessant. Was sagt er? Gibt er das Verhältnis zu?«

»Leider habe ich es erst kurz vor ihrem Anruf erfahren und daher keine Gelegenheit gehabt, mit ihm zu sprechen, knöpfe ihn mir aber heute noch vor.«

»Ich bin gespannt.« Plötsche räusperte sich. »Eines liegt mir allerdings noch mehr auf dem Herzen.«

Jetzt kommt 's, überlegte Pielkötter alarmiert.

»Dieser Überfall auf Nadine Schönling bereitet mir Kopfzerbrechen. Aus Neutralitätsgründen können Sie und Ihr Team in dieser Angelegenheit nicht weiter ermitteln. Ich schätze, das ist Ihnen bewusst. Bevor ich Sie von diesem Fall abziehe, möchte ich jedoch wissen, ob Sie vom selben Täter ausgehen. Sofern Sie meine Frage mit ja beantworten, werden Sie selbstverständlich auch die Ermittlung in den beiden Mordfällen niederlegen.«

Pielkötter hatte dieses Gespräch genau vorausgesehen, dennoch fühlte er sich wie nach einem Faustschlag. Während seiner kompletten Laufbahn hatte er niemals einen Fall abgegeben. Das kratzte ungeheuer an seiner Ermittler-Ehre.

»Pielkötter, sind Sie noch da?«, vernahm er Plötsches Stimme wie aus der Ferne. »Denken Sie daran, dass Sie sich ohnehin immer noch in der Wiedereingliederungsphase befinden.«

»Wie viel Zeit gewähren Sie mir, um den Zusammenhang der Taten zu überprüfen?«, ging er nicht darauf ein. Plötsche schien weiter zu überlegen und Pielkötter fuhr fort. »Wer könnte eine gemeinsame Täterschaft besser herausfinden als wir? Vor allem schneller. Es würde eine Weile dauern, bis sich andere Kollegen richtig eingearbeitet hätten. Und der Verzug käme leider dem Täter zugute.«

»Nun, damit haben Sie zweifelsfrei Recht, nur ...« Plötsche ließ das Ende des Satzes für etliche Sekunden im Raum hängen und zerrte ungeheuer an Pielkötters Nervenkostüm. Immer mehr Schweißtropfen traten ihm auf die Stirn und seine Hände wurden feucht. »Also, es kommt darauf an, ob Sie mir sowohl für die eine wie auch für die andere Variante genügend Fakten aufzählen können, womit eine weitere, zeitlich befristete Untersuchung gerechtfertigt würde.«

»Fangen wir mir der Ähnlichkeit der Opfer an«, erklärte Pielkötter, jetzt wieder auf festem Terrain. »Alle drei standen zur Tatzeit im Polizeidienst, alle waren jung, vom Aussehen allerdings unterschiedlich. Größe und Haarfarbe interessierten offensichtlich nicht.«

»Gemeinsamkeiten liegen auf der Hand«, unterbrach Plötsche seinen Redefluss. »Mir geht es eher um die Unterschiede zwischen den Morden auf der einen Seite und dem Überfall auf der anderen. Oder gibt es da nichts?«

»Allerdings. Und zwar unabhängig von den unterschiedlichen Laufbahnen und der Tatsache, dass Frau Schönling als einziges Opfer nicht zum Schutzdienst und zur Polizeiwache Moers gehört, sondern eine Laufbahn als Kriminalkommissarin begonnen hat. Ein ganz wichtiger Punkt ist, dass wir in der Tiefgarage eine Injektion mit Betäubungsmittel gefunden haben. Eine Mischung aus Propofol und einem Barbiturat. Bei den vorangegangenen Morden gibt es keinen Hinweis auf einen derartigen Einsatz.«

»Vielleicht war das Mittel schon abgebaut, als man die Leichen gefunden hat.«

»Ich verstehe Ihren Einwand, aber man hätte Einstichstellen an den Körpern der Opfer entdecken müssen. Davon stand definitiv nichts im Obduktionsbericht, und glauben Sie mir, Tiefenbach arbeitet gründlich, äußerst gründlich.«

»Gut, Sie bekommen achtundvierzig Stunden. Danach übergeben wir mindestens den Überfall an eine andere Dienststelle. Ich denke, das kann ich aufgrund der Sachlage verantworten. Spätestens morgen erwarte ich eine Rückmeldung, wie Terstegen auf die Anschuldigungen reagiert.«

»Danke«, brachte Pielkötter hervor. Sein Mund fühlte sich trocken an. »Da wäre noch was. Ich mache mir Sorgen um Frau Schönling. Schließlich könnte es der Täter noch einmal bei ihr versuchen. Ich halte Personenschutz für dringend ... wenigstens für ein paar Tage.«

»Wo denken Sie hin?«, entgegnete Plötsche in herablassendem Ton. »Ich glaube kaum, dass ich das durchsetzen kann. Eine akute Gefährdung liegt aus meiner Sicht nicht vor. Außerdem wurde Frau Schönling ausgebildet, sich selbst zu verteidigen. Allein die Zeit, bis das genehmigt würde ... Nein, da sollten Sie eine andere Lösung finden.«

Nachdem Plötsche aufgelegt hatte, starrte Pielkötter eine Weile vor sich hin. Er wurde nicht schlau aus seinen Gefühlen. Einerseits freute ihn die unerwartete Galgenfrist, andererseits belastete ihn die Sorge um Nadine Schönling. Durfte er ihr anbieten, für ein paar Tage in sein Haus zu ziehen? Aber würde man ihm nicht unterstellen, dass er wie Terstegen seiner Mitarbeiterin nachstellte? Schnell nahm er Abstand von seiner Idee. Am besten schaltete er Marianne ein. Ihre Wohnung war groß genug. Oder Nadine Schönling ließ sich für ein paar Tage krankschreiben und besuchte Verwandte in ihrer Heimat. Das Trauma rechtfertigte eine Krankschreibung allemal. Pielkötter beschloss, später am Abend bei Marianne vorbeizuschauen, zuerst jedoch musste er sich Terstegen vorknöpfen.

Pielkötter probierte es auf der Wache in Moers, dann bei Terstegen zu Hause.

»Ja bitte!«, meldete sich eine weibliche Stimme, die eine Spur herablassend klang.

»Frau Terstegen, richtig?«, erwiderte Pielkötter. »Ich möchte gerne Ihren Mann sprechen.«

»In welcher Angelegenheit?«

»Dienstlich. Nennen Sie Ihrem Gatten einfach meinen Namen und richten ihm aus, dass es dringend ist.«

Während er am Telefon wartete, trommelte er mit den Fingern der Rechten auf einem Aktenordner herum.

»Gunnar Terstegen, was gibts?«, meldete sich der Vorgesetzte der beiden Opfer endlich.

»Pielkötter hier, aber das wissen Sie sicher bereits, auch dass ich Sie dringend sprechen möchte.«

»Aber das hat doch sicher Zeit bis morgen.«

»Nein!«, fiel seine Antwort äußerst knapp aus. »Bitte setzen Sie sich sofort in Ihren Wagen und erscheinen umgehend auf dem Präsidium.«

»Ich sehe ja ein, dass ich zu gewissen Auskünften verpflichtet bin, allerdings nicht, warum ich mich überschlagen sollte. Und das nur, weil Ihnen ... Ach, was weiß ich.«

Unverschämtheit. Pielkötter ballte seine Hand zur Faust. Er mochte sich erst gar nicht ausmalen, was Terstegen ursprünglich auf den Lippen gelegen hatte. »Im Interesse des häuslichen Friedens rate ich Ihnen, das Gespräch in Abwesenheit Ihrer Frau zu führen. Sofern Sie keine Geheimnisse vor Ihr haben, kann ich natürlich auch gerne bei Ihnen vorbeischauen und Ihre Aussagen von Ihrer Gattin bestätigen lassen.«

Für einige Sekunden hörte Pielkötter nichts, dann ein leises Stöhnen. »Gut, ich bin in etwa einer halben Stunde bei Ihnen.«

Gunnar Terstegen erschien zur genannten Zeit in seinem Büro. Seine Frau ins Spiel zu bringen, hatte seine Motivation, schnellstens ins Duisburger Präsidium zu fahren, offensichtlich enorm erhöht. Pielkötter erkannte sofort, dass von Terstegens arrogantem selbstherrlichen Gehabe kaum etwas übrig geblieben war. Unsicher schaute er sich im Raum um und vermied zunächst Pielkötters Blick, während er sich ihm gegenübersetzte.

»Ich kann mir nicht vorstellen, welche Information so dringend ist«, erklärte er, wobei er sich um eine möglichst feste Stimme bemühte.

»Obwohl Ihnen doch inzwischen klar sein müsste, welche Fragen ich Ihnen stellen werde«, entgegnete Pielkötter mit süffisantem Lächeln. »Solche, deren Antworten Ihre Gattin lieber nicht mithören sollte.« Terstegens gesunde Gesichtsfarbe änderte sich zugunsten einer unnatürlichen Blässe. Seine Miene wirkte verkniffen. »Sie haben uns verschwiegen, dass Imke Bielstett Ihre Geliebte war.«

»Wie ... wie kommen Sie darauf? Sie sind einem Gerücht aufgesessen!« Er fuchtelte mit den Armen in der Luft herum. »Nur ... weil wir auf der Wache vielleicht einmal enger zusammengestanden haben. Oder ich mit Frau Bielstett möglicherweise einmal im vertrauten Gespräch beobachtet worden bin.« Terstegen schnaufte. Auf seiner Stirn bildete sich ein feuchter Film. »Ich will auf der Stelle wissen, wer aus der Wache solche Verleumdungen in die Welt gesetzt hat. Diesen Rufmord werde ich zur Anzeige bringen, darauf können Sie sich verlassen.«

»Die Zeugin, die uns von Ihrem Verhältnis in Kenntnis gesetzt hat, stammt nicht aus Ihrem Mitarbeiterkreis und hat überhaupt nichts mit Ihrer Wache zu tun. Sie gehört zum privaten Umfeld des Opfers und hätte nichts davon, Sie zu verleumden.« Terstegen schien zu schlucken. »Übrigens ist die Dame bereit, unter Eid auszusagen.« Das wusste er zwar nicht, aber es konnte nicht schaden, etwas zu bluffen. Außerdem gab es keinen Grund, an Sophie Wellmanns Kooperation zu zweifeln. Schließlich war sie freiwillig zu ihm gekommen, um ihn zu informieren.

»Verhältnis, Verhältnis!«, so kann man unsere kurze Affäre wirklich nicht nennen. »Gut, ich bin ein-, zwei- oder vielleicht auch dreimal mit Imke Bielstett im Bett gelandet. Aber daraus kann man doch kein Verhältnis basteln. Ich bin ein verheirateter Mann und kann mir das gar nicht leisten. Und wegen einer kurzen Bettgeschichte bringe ich erst recht niemanden um.«

»Warum haben Sie uns die Geschichte dann bewusst verschwiegen?«

»Warum? Warum?« Terstegen ruderte wieder mit den Armen. Inzwischen glänzte nicht nur seine Stirn. »Ich weiß ja am besten, dass ich nichts mit dem Mord zu tun habe. Deshalb war das für mich eine reine Privatangelegenheit.«

»Soll ich das jetzt für naiv oder eher für abgebrüht halten?« Pielkötter sah Terstegen direkt in die Augen und hielt seinen Blick eine Weile fest. »Behalten Sie die Antwort ruhig für sich. Mich interessiert jetzt erst mal, wer von Ihnen das Verhältnis oder die Bettgeschichte – wenn Sie so wollen – beendet hat.«

»Nun ja, ich kann mir eine längere Affäre nicht leisten. Meine Frau ist ziemlich eifersüchtig. Deshalb habe ich Imke erklärt, es sei besser, wenn wir nicht mehr ...« Terstegen zog ein Herrentaschentuch aus seiner Hose und wischte sich damit übers Gesicht. »Sie war auch total vernünftig. Hat gemeint, sie hätte auch schon ein schlechtes Gewissen gehabt, wegen Carola. Imke kannte ja meine Frau. Kurz nach dem Einzug in unser Haus habe ich alle meine Mitarbeiter zu einer Gartenparty eingeladen, bei der sie selbstverständlich anwesend war.«

»Und Sie haben dann einfach so weiter zusammengearbeitet, als ob nichts geschehen wäre«, entgegnete Pielkötter mit einer gehörigen Portion Ironie.

»Weshalb auch nicht? Wir hatten ja beide Skrupel, die Sache weiterzuführen.«

»Für Skrupel war das wohl ein bisschen spät, aber lassen wir das mal so stehen. Mir fällt da noch eine ganz andere Version ein.« Pielkötter drückte den Bleistift in seiner Rechten so

169

fest auf einen Notizblock, als wollte er ihn durchlöchern. »Imke Bielstett war mit der Trennung nicht einverstanden und hat gedroht, alles Ihrer Frau zu erzählen. Möglicherweise hat sie Sie auch erpresst. Es könnte dabei um Geld gegangen sein oder um ihre Aufstiegschancen.«

»So war es aber nicht«, schrie Terstegen laut.

»Vielleicht ist Imke Bielstett auch erst auf die Idee gekommen, nachdem Sie Franziska Gerstner angemacht haben.«

»Ich habe was?«

»Auch dafür gibt es eine glaubhafte Zeugin.«

»Dann will ich jetzt mit meinem Anwalt sprechen. Diese Behauptung kann ich nicht einfach so im Raum stehen lassen. Dagegen muss ich mich wehren.«

»Das steht Ihnen selbstverständlich frei.«

»Sie gehen ja von einem Täter aus, der beide Frauen getötet hat. Ich mag zwar für den Mord an Imke Bielstett kein Alibi haben. Aber vergessen Sie nicht, dass ich für die Tatzeit im Fall Franziska Gerstner eines besitze.«

»Da wäre ich mir an Ihrer Stelle nicht so sicher«, entgegnete Pielkötter und lehnte sich in seinem Sessel zurück. »Für den Abend des zweiten Mordes steht Aussage gegen Aussage. Ihre Nachbarin hat sie mit dem Wagen fortfahren sehen.«

»Was weiß die schon, wer in dem Wagen gesessen hat?«

»Dann sagen Sie es mir, bitte.«

Terstegen starrte stumm zur gegenüberliegenden Wand, als erwarte er, dort eine passende Antwort zu finden. »Der Schlüssel hängt für jeden zugänglich in der Diele.«

»Wer außer Ihnen und Ihrer Frau wohnt denn noch in Ihrem Haus.«

»Mein Sohn aus erster Ehe. Also, gelegentlich.«

»Und der hat Sie an dem Tag der Tat besucht? Wollen Sie wirklich, dass ich Ihren Sohn befrage und er für Sie lügen muss?«

»Okay, Carola und ich haben an dem Abend gestritten und ich habe es bei ihr nicht mehr ausgehalten«, erklärte Terstegen kleinlaut. »Der Streit hat einfach kein Ende genommen, da wollte ich nur noch raus.«

»Und wohin sind Sie gefahren?«

»Keine Ahnung, einfach so in der Gegend rum.« Er suchte Pielkötters Blick. »Ich weiß, dass ich das hätte angeben müssen. Aber hören Sie, ich habe trotzdem niemanden umgebracht.«

»Ich behalte mir weitere Schritte vor. Halten Sie sich auf jeden Fall zu unserer Verfügung.«

Nachdem Terstegen sein Büro verlassen hatte, rief Pielkötter Marianne an. Er verspürte das ungeheure Bedürfnis, sie zu berühren und eine Weile seinen Beruf auszublenden, der ihn in tiefe menschliche Abgründe blicken ließ. Leider sprang nur die Mailbox an und er beschloss, direkt heimzufahren. Er griff nach seinem Jackett, da tauchte Barnowski auf. In dieser Verfassung hatte er seinen Mitarbeiter noch nie erlebt. Er wirkte um Jahre gealtert.

»Ist die Befragung mit Stolpe aus dem Ruder gelaufen?«, fragte Pielkötter irritiert. »Oder ist was mit Nadine Schönling?«

»Gaby ist weg. Und das schon seit zwei Tagen. Selbst ihre Freundin und ihre Mutter wissen nicht, wo sie ist. Zuerst habe ich mir nicht viele Gedanken gemacht, weil wir uns vorher gestritten haben, aber jetzt ...« Barnowski stockte und sah ihn mit seltsamem Blick an. »Bestimmt ist das nur ein Hirngespinst, aber ich möchte nicht ausschließen, dass unser Täter auch sie für eine Schlampe hält.«

»Das ist eine gewagte Theorie«, erwiderte Pielkötter. »Trotzdem nehme ich das Verschwinden Ihrer Freundin sehr ernst und wir melden sie besser als vermisst.« In Gedanken wog er ab, wie wahrscheinlich es war, dass der Täter sein Beuteschema um Partnerinnen von Polizeibeamten erweitert hatte. Dabei kam er zu keinem richtigen Ergebnis, schloss diese Möglichkeit aber keinesfalls aus. Hatte Milton nicht solch ein Szenario andeuten wollen? Marianne, schoss es ihm kurz durch den Kopf. Allerdings waren die Opfer alle deutlich jünger. Die Lebensgefährtin seiner Untergebenen passte da schon eher ins Schema.

Barnowski warf sich auf den nächsten Stuhl. »Gerade jetzt, wo ich Vater werde«, ließ er eine kleine Bombe platzen.

»Sie werden Vater?«, fragte Pielkötter erstaunt. »Dann erst einmal herzlichen Glückwunsch.« Er stutzte. Während er versuchte, sich in Barnowskis Lage zu versetzen, musterte er seinen Mitarbeiter. »Ich nehme an, darum ging der Streit.«

»Ja, aber taucht man deshalb tagelang unter und lässt nicht einmal die engsten Angehörigen wissen, wo man sich aufhält? Selbst Mariella Böttcher, ihrer Mutter, habe ich abgenommen, dass sie vom Aufenthaltsort keine Ahnung hat. Auch nicht von der Schwangerschaft. Sonst hätte sie mir garantiert irgendwelche Vorwürfe gemacht oder mich zumindest mit dummen Ratschlägen überschüttet.«

»Ich denke nicht, dass wir heute noch viel erreichen, aber wenn sich Ihre Freundin bis morgen früh nicht gemeldet hat, setzen wir alle möglichen Hebel in Bewegung.«

Beim Hinausgehen berührte Pielkötter Barnowski leicht an der Schulter. Er hatte sich seinem Mitarbeiter noch nie so nah gefühlt wie an diesem Abend.

30

Rastlos wanderte Pielkötter im Wohnzimmer hin und her. Die Theorie, dass der Täter sein Beuteschema ausgebaut haben könnte, ging ihm nicht aus dem Kopf. Er griff zum Hörer und rief erneut Marianne an.

Diesmal meldete sie sich, und ihm schien ein Stein vom Herzen zu fallen. Marianne befand sich wohlbehalten in ihren vier Wänden, in Sicherheit. Das erleichterte ihn, obwohl er es für unwahrscheinlich gehalten hatte, dass sie in den Fokus des Täters geraten war. Dafür hatte er Angst um Nadine. Beim Abschied im Präsidium hatte er ihr versprochen, eine Lösung zu finden, und er hatte auch schon eine Idee. »Du Marianne, ich weiß, dass es schon spät ist, trotzdem, möchte ich dich heute gerne noch besuchen«, erklärte er.

»Okay. Jan-Hendrik ist auch bei mir. Unser Sohn würde sich bestimmt freuen, dich wieder einmal zu sehen.«

»Bin schon unterwegs.«

Pielkötter fuhr von Walsum auf der A 59 nach Süden in Richtung Stadtmitte. Um diese Uhrzeit herrschte kaum Verkehr. Seine Gedanken rotierten. Mariannes Zögern, wieder zu ihm in ihr Haus zu ziehen, zerrte an seinen Nerven. Er brauchte endlich eine Entscheidung. Notfalls musste er ihr ein Ultimatum stellen. Die Unsicherheiten im Beruf machten ihm genug zu schaffen. Auf der Berliner Brücke wandte er kurz den Kopf und registrierte einige Schiffe in diesem Teil der Hafenanlage. Gehörten sie zu Ruhrort oder Meiderich? Obwohl er schon seit mehr als zehn Jahren in der Stadt lebte, kannte er sich immer noch nicht in allen Ecken von Duisburg aus. Es gab einfach zu viele, und sie waren in ihrer Unterschiedlichkeit kaum zu überbieten.

Die Fahrt hatte knapp zwanzig Minuten gedauert. Marianne empfing ihn mit einem herzlichen Lächeln an der Haustür, in ihren Augen aber lag Neugier. »Du versetzt mich in Erstaunen, nach all unseren gemeinsamen Jahren.« Sie gab ihm einen Kuss auf die Wange. »Dass du um diese Uhrzeit hier auftauchst, ist mehr als ungewöhnlich. Vielleicht hast du es vorher schon versucht, aber ich war mit Jan Hendrik im Kino.«

Er drückte sie an sich und erwiderte ihren freundschaftlichen Kuss. »Ich hoffe, ich bin trotzdem willkommen.«

Sie hakte ihn schmunzelnd unter und führte ihn durch die Diele zum Wohnzimmer. Dort saß ihr gemeinsamer Sohn auf einer Ledercouch vor einem halb vollen Glas Whisky.

»Du trinkst Whisky?«, fragte Pielkötter erstaunt. Die üblichen Begrüßungsfloskeln schenkte er sich. »Willst du etwa in meine Fußstapfen treten?«

Aus einem unerklärlichen Grund fiel ihm in diesem Moment ein, wie Jan Hendrik zum ersten Mal über seine Homosexualität geredet hatte und die Aussprache in einen riesigen Streit ausgeartet war. Heute verstand Pielkötter kaum noch, warum er die Neigung seines Sohns damals nur schwer akzeptiert hatte.

»Nee, schmeckt scheußlich, passt aber zum Anlass.«

»Das verstehe ich nicht.«

»Ich habe mich von Thilo getrennt und spüle den schalen Nachgeschmack gerade mit einem Gesöff hinunter, das noch schlechter schmeckt.« Er versuchte, heiter zu klingen, was gründlich misslang.

Pielkötter fehlten die Worte, um mit Jan Hendrik über dessen Trennungsschmerz oder Wehmut zu sprechen, er selbst fühlte jedenfalls ausschließlich Erleichterung. Auch wenn der Lebensgefährte seines Sohnes nicht straffällig geworden war, wonach es einmal kurzfristig ausgesehen hatte, war ihm dessen unsensible, aufdringliche Art zuwider. Sprüche, dass der Cut das Beste sei, verbot er sich. Jan Hendrik wusste selbst, warum er diesen Schritt gemacht hatte. Pielkötter hätte gerne nach dem Auslöser gefragt, hielt sich jedoch zurück.

»Er hat mich betrogen«, erklärte Jan Hendrik offen. »Allerdings war das nur einer der vielen Gründe. Im Nachhinein denke ich, wir haben überhaupt nicht zusammengepasst.«

»Wahrscheinlich hat er gemerkt, dass er nie an Sebastian heranreichen kann. Die Messlatte hing einfach zu hoch.«

»Schön, dass du das sagst.«

»Finde ich auch«, pflichtete Marianne ihrem Sohn bei und ließ sich neben Pielkötter nieder.

»Jetzt trinken wir noch einmal auf den Schlussstrich und dann will ich heute Abend nichts mehr von Thilo oder Sebastian hören.« Jan Hendrik leerte den Rest in seinem Glas und stellte es hörbar auf den Tisch zurück. »Vielleicht erzählt Papa zur Abwechslung mal etwas von seiner Arbeit. Der Fall mit den beiden ermordeten Polizistinnen aus Moers ist doch bestimmt auf deinem Schreibtisch gelandet, oder?«

»Ja, allerdings nur befristet. Wahrscheinlich geben wir ihn in zwei Tagen ab.«

»Und warum?«, fragten seine Frau und sein Sohn wie aus einem Mund.

»Wir müssen davon ausgehen, dass der Überfall auf meine Mitarbeiterin Nadine Schönling ebenfalls auf das Konto des Täters geht. Aus Neutralitätsgründen müssen wir dann von den Ermittlungen abgezogen werden.«

»Das geht dir bestimmt zusätzlich an die Nieren.« In Mariannes Stimme schwang eine gehörige Portion Mitleid mit.

»Was mich noch mehr bedrückt, ist die Angst um Frau Schönling. Ich kann nicht ausschließen, dass der Täter es noch einmal versucht, um sein Versagen auszugleichen.«

»Du meinst, sie ist in Gefahr?«

»Um Personenschutz zu bekommen, für meine Vorgesetzten leider nicht genug.«

»Vielleicht könnte sie für eine Weile woanders unterkommen? Bei Verwandten zum Beispiel.«

»Ich habe vorhin im Präsidium mit ihr gesprochen. Sie will nicht aus Duisburg fort und Freinehmen kommt für sie auch nicht infrage. Am liebsten würde ich sie in unser Haus aufnehmen, aber das schickt sich wohl nicht.« Pielkötter sah mit hochgezogenen Brauen zu Marianne. »Schließlich lebe ich quasi als ein alleinstehender Mann.«

Jan Hendrik schien angestrengt nachzudenken. »Ich hätte nichts dagegen, wenn deine Mitarbeiterin für ein paar Tage zu mir ziehen würde«, erklärte er, ehe Pielkötter Marianne um

Mithilfe bitten konnte. »Thilos Zimmer ist jetzt sowieso frei und ich brauche den Platz nicht.«

»Das ist gut gemeint von dir, aber ...« weiter kam Pielkötter nicht, weil sein Sohn ihn unterbrach.

»Du kannst ihr ruhig erzählen, dass ich schwul bin und sie von mir keine Komplikationen befürchten muss.« Jan Hendrik lachte, was Pielkötter nicht lustig fand.

»Ich denke, unser Sohn hat Recht«, mischte sich Marianne ein. »Bei ihm wäre die junge Dame doch erst einmal in Sicherheit. Und mit etwas Glück und natürlich viel Arbeit sitzt der Täter bald hinter Gittern und das Problem löst sich ganz von allein.«

»Gut, ich werde sie fragen.« Pielkötter holte sein Handy hervor und rief Nadine Schönling im Präsidium an. Er erklärte ihr kurz, worum es ging, und zu seinem Erstaunen willigte sie tatsächlich ein. Mit der Rechten hielt Pielkötter das Mikro zu und wandte sich an Jan Hendrik. »Wann wolltest du aufbrechen?«

»Von mir aus gleich.«

Pielkötter schaute auf die Uhr und sprach dann wieder ins Handy. »Wenn von Ihrer Seite nichts dagegensteht, holen wir Sie gleich ab und fahren mit Ihnen nach Hause, damit Sie ein paar Sachen einpacken können.«

31

Barnowski saß in einem Sessel, den er normalerweise nicht benutzte, und starrte trübsinnig zu dem ausgeschalteten Fernsehgerät. »Wish you were here« von Pink Floyd dröhnte aus den Boxen der Stereoanlage, die er und seine Lebensgefährtin erst vor wenigen Wochen gekauft hatten. In Gedanken sah er sich und Gaby beim Aussuchen in ihrem Lieblingsgeschäft für Elektronik. Was war seitdem nur alles passiert? Er schüttelte den Kopf, als könne er den Ablauf der Ereignisse kaum fassen. Mitten in das Gitarrensolo hinein klingelte das Telefon. Barnowski schreckte auf und hastete in die Diele, wo der Apparat auf einer alten geerbten Kommode stand.

»Bernhard?«, fragte Gaby, ehe er sich selbst melden konnte. Obwohl sie lediglich seinen Namen genannt hatte, glaubte er einen depressiven Klang in ihrer Stimme herauszuhören. Von der Aggressivität beim letzten Streit spürte er nichts mehr. »Susanne hat mir ziemlich den Kopf gewaschen«, erklärte seine Freundin für ihre Verhältnisse kleinlaut, »deshalb rufe ich an.«

Die Situation kam selten vor, aber er wusste nichts darauf zu erwidern. Eine ganze Flut von Emotionen stürmte auf ihn herein, Wut, Freude, Distanziertheit und natürlich Erleichterung. Alles im Wechsel.

»Bernhard, bist du noch dran?«, fragte Gaby mit seltsam ängstlichem Unterton.

Er seufzte tief.

»Es tut mir leid.«, fuhr sie fort. »Ich wollte dich nicht in Sorge versetzen. In den letzten Tagen habe ich einfach nur an mich gedacht, an mich und an das Baby. Weißt du ... ich habe mir vorgestellt, wie es ohne Vater aufwächst und ...« Barnowski atmete schwer. Schweiß hatte sich in seinen Handflächen gebildet. Der Hörer fühlte sich glitschig an. »Wenn ich mit dir geredet hätte ... ich dachte, dann würdest du mich noch mehr verletzen. Mir war nicht so richtig bewusst, dass du dir Sorgen machst. Vielleicht habe ich das auch einfach verdrängt.«

»Ja, verdammt, natürlich habe ich mir Sorgen gemacht. Morgen wäre die Vermisstenanzeige rausgegangen«, fand er endlich seine Sprache wieder. »Kannst du dir vorstellen, wie peinlich das für einen Polizeibeamten ist?« Er schnaubte. »Ich meine, seine Freundin suchen zu lassen, die einfach mal so nach einem Streit spurlos untergetaucht ist? So mir nichts, dir nichts. Als ob wir im Moment nichts Besseres zu tun hätten. Der Mörder zweier Polizistinnen läuft frei herum, meine Kollegin Nadine wäre um ein Haar das dritte Opfer gewesen.« Barnowski schnaubte erneut, dann presste er die Lippen zusammen.

»Das wusste ich nicht«, erwiderte Gaby zerknirscht.

»Was sollte ich mir denn ausmalen, nachdem selbst deine Mutter mir versichert hat, sie wüsste nicht, wo du bist?«, fragte er mit ironischem Unterton. »Oder war ihre Ahnungslosigkeit gespielt und Mariella Böttcher hat wieder einmal hingekriegt, einen Keil zwischen uns zu treiben?«

»Nein, in diesem Fall tust du meiner Mutter Unrecht. Ich habe sie wirklich nicht eingeweiht. Wegen des Babys ... ich hätte einfach nicht mit ihr darüber reden können. Womöglich wollte ich auch vermeiden, dass sie schlecht über dich denkt.«

»Darf ich das so verstehen, dass es reicht, wenn du das tust?« Seine Stimme klang ebenso fremd wie hart.

»Bernhard, es tut mir alles so leid. Ich habe wirklich nicht damit gerechnet, welche Sorgen du dir machst, nicht einmal, dass du bei Susanne vorbeischauen würdest. Die hat mir übrigens auch immer in den Ohren gelegen, mich bei dir zu melden. Deshalb habe ich bei einer ehemaligen Mitschülerin von der Meisterschule übernachtet, die mich schon öfter eingeladen hat.« Sie stockte. »Und ... ich bin davon ausgegangen, dass auch du Zeit zum Nachdenken brauchst. Genauso wie ich.«

»Hast du die Tage, in denen du vollkommen von der Bildfläche verschwunden warst, wenigstens dazu genutzt?«

»Ja, das habe ich.«

»Und mit welchem Ergebnis?«

»Ich habe eingesehen, dass die Schwangerschaft doch ein bisschen wie aus heiterem Himmel gekommen ist. Jedenfalls plötzlicher, als wir es erwartet haben. Ich bin fälschlicherweise davon ausgegangen, dass du darauf genauso vorbereitet bist wie ich.«

»Also ...«

»Nein, bitte höre mir jetzt einfach erst einmal zu und sage nichts«, unterbrach sie ihn. »Vielleicht habe ich mir ein Baby auch mehr gewünscht als du. Deshalb bin ich bereit, die Hauptverantwortung zu übernehmen, falls dir das schwerfallen sollte. Ich ziehe das Kind alleine groß, wenn du das möchtest. Nur Eltern, die sich streiten, gegeneinander ausspielen, wären für mich keine Option.«

»*Das Kind*, wie sich das anhört?«, entgegnete Barnowski entrüstet. »Als ob ich dazu nichts beigetragen hätte. Natürlich gehört es auch zu mir. Du hast mir ja überhaupt keine Zeit gelassen, die Tatsache zu verarbeiten, dass ich Vater werde. Hast einfach sofort deine Sachen gepackt, bist abgerauscht und hast mich rätseln lassen, wo du bist. Zwischendurch habe ich echt schon Angst gehabt ...« Er stöhnte leise. »Ich habe mir solche Sorgen um dich, nein ... um euch gemacht.« Dass er befürchtet hatte, der zweifache Mörder, der um ein Haar auch seine geschätzte Kollegin umgebracht hätte, könne ebenso Partnerinnen von Polizisten ins Visier nehmen, verschwieg er lieber. »Ich schlage vor, du kommst so schnell wie möglich nach Hause.«

32

Nachdenklich hängte Pielkötter den Schlüsselbund an einen Haken in der Diele. Es war fast Mitternacht. Die unaufgeklärten Morde bereiteten ihm Kopfzerbrechen ebenso wie die Aussicht, die Fälle nach kurzer Galgenfrist abgeben zu müssen. Trotzdem fühlte er sich inzwischen besser. Zumindest hatte er Nadine Schönling sicher bei seinem Sohn untergebracht, und Marianne hatte ihn beim Abschied angesehen, als wolle sie eigentlich mit ihm über etwas Wichtiges sprechen. Interpretierte er den Blick falsch oder war Marianne bereit, endlich eine Entscheidung zu fällen? Auf jeden Fall wollte er ihr kurz Bericht erstatten.

»Ich hoffe, du bist noch auf«, meldete er sich.

»Klar, ich habe schon damit gerechnet, dass du noch einmal anrufst. Andernfalls hätte ich bei dir angeklingelt. Ich möchte natürlich wissen, wie es gelaufen ist. Du kennst doch meine Neugier.«

»Auf jeden Fall besser als erwartet. Ich denke, Frau Schönling ist ganz froh darüber, die nächsten Nächte eine sichere
Unterkunft zu haben. Auch wenn sie eine gute Polizistin ist,
hat sie ein Trauma erlebt, das sie erst einmal verarbeiten muss.
Außerdem kann man nicht sicher sagen, ob es der Täter vielleicht noch einmal bei ihr versuchen wird.«

»Für sie ist das eine gute Lösung, finde ich, und für dich
selbstverständlich auch.«

»Wieso für mich?«, fragte Pielkötter irritiert.

»Du fühlst dich doch bestimmt für deine Mitarbeiterin verantwortlich, unabhängig von deiner sozialen Ader. Anscheinend hast du sie unserem Sohn vererbt. Nicht jeder würde
nämlich für etliche Tage eine fremde Frau aufnehmen, zumindest nicht ohne jeglichen Hintergedanken.«

»Und ich würde dich gerne für immer aufnehmen«, platzte
es aus ihm heraus, obwohl er darüber nicht am Telefon hatte
sprechen wollen.

»Lass uns nicht jetzt davon anfangen.«

»Wann denn?« Seine Stimme klang in seinen eigenen Ohren furchtbar fremd. »So oft ich dieses Thema anspreche, passt
es dir nicht.« Er atmete zweimal tief aus und ein. Offensichtlich hatte er aus reinem Wunschdenken ihren Abschiedsblick
falsch interpretiert. »Marianne, es fällt mir immer schwerer,
dein Zögern zu akzeptieren. Ich habe einen sehr stressigen
Beruf, in dem ich nicht weiß, wie es weitergehen wird. Deshalb wünsche ich mir wenigstens im Privatleben Klarheit.
Selbst wenn du dich gegen eine Rückkehr in unser Haus entscheiden solltest, kann ich damit auf Dauer sicher besser leben
als mit dieser ewigen Ungewissheit.«

»Du hast ja Recht«, erwiderte Marianne zu seinem Erstaunen. »Ich schiebe die Entscheidung nur zu gerne vor mir her, aber das geht wirklich nicht mehr. Gib mir noch drei Tage Zeit.« Sie räusperte sich. »Maximal drei. Vielleicht sage ich dir auch schon vorher Bescheid.«

»Das ist ein Wort.« Pielkötters Stimme hörte sich weiterhin belegt an. Obwohl er genau eine solche Ansage erhofft oder erwartet hatte, kroch etwas Undefinierbares in ihm hoch und setzte sich in der Magengegend fest. »Gute Nacht«, beeilte er sich, das Gespräch möglichst schnell zu beenden. Er wusste genau, wie schwer es ihm fallen würde, seine Gefühle vor Marianne zu verbergen.

»Ja, schlaf gut. Wir sehen uns spätestens in drei Tagen.«

Pielkötter harrte eine Weile regungslos neben dem Beistelltisch aus, auf dem das Telefon stand. Vergeblich hatte er auf Erleichterung gehofft. Stattdessen verspürte er einen Kloß im Hals und etwas Flaues in seinen Eingeweiden. Vielleicht war das doch nicht der richtige Zeitpunkt gewesen, Marianne mit seinem Wunsch zu überfallen. Wenn sie nun unter Druck die falsche Entscheidung fällte? Jetzt musste er mit zwei Ultimaten leben, das eine betraf seinen Beruf, das andere seine große Liebe.

Nach einer unruhigen Nacht erwachte Pielkötter vor dem Schrillen des Weckers. Fast zeitgleich mit ihm klingelte sein Handy. Marianne, war sein erster Gedanke, den er sofort verwarf, da der Anruf von seinem Diensthandy kam. Neugierig schaute Pielkötter auf das Display. Es war Barnowski. Um diese Uhrzeit? Was sollte er davon halten? War seine Lebensgefährtin etwa wieder aufgetaucht oder ...? Dieser Vorstellung wagte Pielkötter nicht weiter nachzugehen.

»Pielkötter«, meldete er sich, wobei er versuchte, möglichst neutral zu klingen.

»Es tut mir furchtbar leid, dass ich so einen Wirbel veranstaltet habe«, erklärte sein Mitarbeiter kleinlaut. »Ich bin wirklich auf die abstruse Idee gekommen, unser Täter nähme jetzt auch die Frauen von Polizeibeamten ins Visier. Nun, ich weiß auch nicht, wieso ich auf solch eine abwegige Vorstellung kommen konnte.«

»Ihre Freundin ist also wieder aufgetaucht«, stellte Pielkötter klar.

»Ja, und alles war wohl ein Missverständnis, und ich entschuldige mich für die Fehleinschätzung.«

»Das müssen Sie nicht«, erwiderte Pielkötter. »Schließlich habe ich mir auch Sorgen gemacht. Und natürlich freue ich mich, dass Ihre Lebensgefährtin wieder wohlbehalten aufgetaucht ist und wir die Vermisstenanzeige nun nicht aufzugeben brauchen.« Er räusperte sich. »Ach ja, ehe ich es vergesse. Frau Schönling habe ich vorerst bei meinem Sohn untergebracht. Der Personenschutz wurde abgelehnt.«

»Eine gute Lösung! Das freut mich. Also, bis bald im Präsidium«, verabschiedete sich Barnowski.

Während Pielkötter auflegte, überlegte er, dass er die Theorie seines Mitarbeiters nicht unbedingt für abwegig gehalten hatte. Am besten rief er noch vor dem Dienst bei Marianne an und riet ihr, äußerst vorsichtig zu sein. Vielleicht zog sie für ein paar Tage zu einer Freundin oder zu ihm, unabhängig von ihrer endgültigen Entscheidung.

33

Barnowski saß Pielkötter am Schreibtisch gegenüber. Sein Mitarbeiter wirkte so zerknirscht, wie er selbst sich fühlte. In der Früh hatte er mit Marianne gesprochen, aber sie hatte das Telefonat schnell abgeblockt. Sie würde sich melden, sobald es ihr die Zeit erlaube, hatte sie ihn wissen lassen. Er mochte es sich nicht eingestehen, und doch: Sie hatte ihn dadurch verletzt. Nun, sollte sie sich bis dahin nicht gemeldet haben, würde er nach Laden- bzw. Dienstschluss mit ihr über eine mögliche Gefahr reden, in das Visier des Mörders zu geraten. Das hielt er für früh genug, denn er schätzte sie nach wie vor eher gering ein. Außerdem hatte der Täter die anderen Opfer bisher immer am späten Abend oder in der Nacht ... Unwillkürlich rebellierten seine Magenmuskeln und er verbot sich, den Gedanken zu vertiefen.

»Chef, es tut mir echt leid, dass ich Sie grundlos in Aufruhr versetzt habe«, erklärte Barnowski mit betretener Miene.

»Vergessen Sie es einfach. Ich konnte und kann Sie gut verstehen.« Pielkötter sah Barnowski an, wie er sich über die Worte wunderte. »Wir gehen noch einmal alle Zeugenaussagen durch und starten einen zweiten Versuch, uns in Frau Schönlings Nachbarschaft umzuhören. Vielleicht treffen wir jetzt diejenigen an, die beim letzten Mal nicht zu Hause waren, obwohl ich wenig Hoffnung habe, dass jemand von ihnen etwas Auffälliges gesehen hat.« Pielkötter kratzte sich am Kinn. »Ach ja, ehe ich es vergesse: Hat die Suche in unserem Datenbanksystem etwas ergeben?«

»Bisher hat ViCLAS keinen Treffer angezeigt. Aber ich habe einen Kollegen darauf angesetzt, sich zu erkundigen, ob es vielleicht in anderen Ländern vergleichbare Fälle gegeben hat. Allerdings glaube ich nicht so recht daran.«

Pielkötter wollte gerade zu einem Aktenstapel auf dem Schreibtisch greifen, da klopfte es an der Tür. Nach einem kurzen Herein erschien Nadine Schönling in seinem Büro.

»Auch wenn Sie meine Mithilfe nicht für gutheißen, muss ich einfach etwas tun«, erklärte sie. »Zu Hause rumsitzen und die Gedanken rotieren lassen, ist überhaupt nichts für mich.« Ihre Miene heiterte sich kurz auf. »Dabei habe ich es bei Ihrem Sohn wirklich gut angetroffen.«

»Zumindest was die ersten beiden Fälle betrifft, sind Sie noch offiziell im Team«, erwiderte Pielkötter. »Also machen wir uns an die Arbeit.«

Trotz aller Mühe ergab sich bis zum Abend jedoch kein weiterer Ansatzpunkt. Die bisherigen Verdächtigen blieben bestehen, neue Kandidaten kamen nicht hinzu. Pielkötter musste immer wieder an Marianne denken. Warum rief sie nicht wenigstens kurz an? Hätte sie nicht in der Mittagspause etwas Zeit erübrigen können?

34

Die dunklen Wolken, die sich den ganzen Tag über gehalten hatten, verschwanden immer mehr, und die Sonne kam kurz hervor, um gleich darauf unterzugehen. Einige Besucher des

Duisburger Forums zog es deshalb zu einem Drink oder kleinem Imbiss nach draußen auf die Dachterrasse. Auch der Mann hatte hier einen Platz im Freien gefunden. Er saß allein an einem Tisch und schaute auf die goldene Leiter, die durch das Dach des Einkaufszentrums in Richtung Himmel aufgerichtet war. In Gedanken stellte er sich vor, eine Stufe nach der anderen zu erklimmen und oben angekommen bis zur nächsten Wolke zu schweben. Er fühlte sich unschlagbar gut. Niemand würde ihn aufhalten. Sein Plan war ausgereift, tückisch und genial. Wenn nicht Unerwartetes dazwischenkommen würde, konnte nichts schiefgehen. Die Schlappe mit dieser elenden Schlampe hatte er sich noch immer nicht verziehen, aber darüber wollte er nicht grübeln und sich seine momentane Hochstimmung verderben.

Ihm lag die Melodie eines Liedes auf den Lippen, dessen Titel er vergessen hatte. Er trank einen großen Schluck Kaffee, zu dem er normalerweise gern ein Stück Kuchen aß. Die angebotenen Torten am Buffet hatten auch allesamt gut ausgeschaut, aber er verspürte keinen Appetit. Er gierte nach etwas anderem. Macht über einen fremden Menschen zu besitzen, selbst ernannte Schlaumeier an der Nase herumzuführen, ohne dass sie es merkten. Genugtuung spiegelte sich in seinem Blick. Eigentlich war er davon ausgegangen, nie wieder einen Mord zu begehen, nachdem er vor Jahren um ein Haar erwischt worden wäre. Ohnehin war es ihm damals gelungen, seine Wut durch die Tat abzureagieren und seine Aufmerksamkeit auf die berufliche Karriere zu lenken. Aber eine Begegnung hatte ausgereicht, um die auch nach Jahren doch noch glimmende Glut seiner Wut erneut auflodern zu lassen. Sie verlangte danach, mit Blut gelöscht zu werden.

Der Mann nippte gedankenverloren an dem leeren Becher, dann sah er auf die Uhr. Obwohl ihm genug Zeit blieb, scheuchte ihn ein Gefühl von Unruhe auf. Er schielte zum Tablett, hielt es aber nicht für nötig, es zur Geschirrrückgabe zu tragen. Stattdessen erhob er sich, ohne abzuräumen, und lief zur Brüstung, von der man auf die Königstraße blicken konnte. Interessiert schaute er auf die flanierenden Leute hinunter, dann nach hinten zum imposanten Gebäude des Theaters. Bald würde hier in der Nähe ein herausragendes Stück aufgeführt, eine Tragödie und er war Autor, Regisseur und Hauptdarsteller der Inszenierung zugleich.

Mit einem diabolischen Lächeln auf den Lippen wandte er sich ab und verließ die Terrasse. Während er mit der Rolltreppe ins Erdgeschoss fuhr, fühlte er in seiner Manteltasche nach dem Fläschchen, das im ersten Akt eine wichtige Rolle spielen würde. Er hatte alles gut vorbereitet. In wenigen Stunden würde sich der Vorhang heben.

35

Pielkötter schaute zum wiederholten Mal die Protokolle durch. Hatte er etwas übersehen? Er hatte auf die Aussagen der Nachbarn von Nadine Schönling gehofft. Leider hatten auch diejenigen, die sie erst später erreicht hatten, niemanden bemerkt, der sich auffällig benommen hatte.

Pielkötter stöhnte. Es fiel ihm schwer, sich zu konzentrieren. Immer wieder schweiften seine Gedanken zu Marianne. Warum rief sie nicht endlich an? Er hatte ihr zweimal eine SMS mit der Bitte zukommen lassen, sich dringend bei ihm zu melden. Inzwischen hatte die Boutique seit gut einer Stunde geschlossen. Pielkötter gab sich einen Ruck, ließ den falschen Stolz fahren und rief Marianne an. Das Handy hatte sie ausgeschaltet und am Festnetzanschluss meldete sich nur der Anrufbeantworter. Gut, die größeren Lebensmittelläden öffneten bis zweiundzwanzig Uhr. Es gab keinen direkten Grund, in Panik zu verfallen. Trotzdem blieb das ungute Gefühl. Denk daran, wie es bei Barnowski mit seiner Gaby gelaufen ist, ermahnte er sich.

Als das Telefon schellte, griff er hastig zum Hörer. »Kriminaloberrat Plötsche«, vernahm er die Stimme seines Vorgesetzten wie aus der Ferne. »Inzwischen habe ich geklärt, dass Düsseldorf ab sofort für den Fall Schönling zuständig ist. Also sehen Sie zu, dass die Akte mit allen bisherigen Ermittlungsergebnissen sofort in unserer Nachbarstadt landet.«

»Und die Frist?«

»Muss ich zurücknehmen, wenn höhere Stellen es mir befehlen, das müssen Sie doch verstehen. Die Vorschriften ... und ich bin nicht bereit, den Kopf hinzuhalten, nur weil Sie ...«

»Ich bin davon ausgegangen, dass Sie zu Ihrem Wort stehen«, donnerte Pielkötter wütend dazwischen.

»Wie gesagt, die Vorschriften.«

36

Marianne öffnete die Augen, sah aber nichts als Dunkelheit. Verwirrt fasste sie sich an den Kopf, der höllisch schmerzte, dann tastete sie neben sich. Anscheinend lag sie auf einem Bett, nein, eher auf einer Pritsche. Was war nur mit ihr geschehen? Sie wusste es nicht, zumindest nicht im ersten Moment. Langsam kehrte die Erinnerung zurück. Sie sah den Mann an ihrer Wohnungstür genau vor sich, das Grinsen in seinem Gesicht, hörte ihn reden. Warum nur hatte sie ihm abgenommen, dass Willibald ihn in ihrer Wohnung erwarte und auf dem Weg sei? Okay, er hatte ihr glaubhaft den Grund erklärt und war nicht ein x-beliebiger Mann von der Straße. Trotzdem hätte sie vorsichtiger sein müssen.

Krampfhaft versuchte sie, den Ablauf zu rekonstruieren. Sie hatte ihm sogar Tee angeboten. Der Becher mit der Aufschrift »I love Duisburg«, aus dem sie am liebsten trank, hatte auf dem Wohnzimmertisch gestanden. Sie war in die Küche gegangen, um eine zweite Tasse zu holen. Eine Weile hatten sie sich gegenübergesessen und unterhalten. Dabei hatte er immer wieder auf seine Uhr geschaut. Sie hatte vermutet, er wundere sich über Pielkötters Verspätung. Wahrscheinlich hatte er nur abschätzen wollen, wann die Wirkung der Droge einsetzte, die er in ihre Tasse gegeben hatte, als sie das Wohnzimmer verlassen hatte.

Am liebsten hätte sie laut losgeschrien. Sie war so grenzenlos naiv gewesen und reagierte selbst in der jetzigen Situation völlig verkehrt. Sie kramte in der Erinnerung herum, anstatt ihre Umgebung zu erkunden und einen Plan für ihre

Flucht zu entwickeln. Dass sie sich in einer Art Gefängnis befand, stand für sie mittlerweile fest. Obwohl sich ihre Augen längst an die Dunkelheit gewöhnt haben mussten, sah sie immer noch nichts, nicht einmal vage Konturen. Marianne richtete ihren Oberkörper auf. Dabei wurde ihr leicht schwindelig. Sie wartete, bis der Taumel sich gelegt hatte, dann schwang sie die Beine über den Rand der Pritsche. Ihre Füße berührten den Boden. Er war kalt. Erst jetzt bemerkt sie, dass sie am ganzen Körper fror.

Erneut überkam sie der Wunsch laut loszuschreien, aber sie blieb stumm. Sie durfte ihrem Entführer keinesfalls signalisieren, dass das Mittel nicht mehr wirkte. Bisher hatten sich ihre Gedanken angefühlt wie in Watte verpackt, doch jäh schien die Verpackung zu zerreißen. Mit einem Mal war sie hellwach. Sie erkannte glasklar, in welcher Gefahr sie schwebte. Angst kroch in jede Faser ihres Körpers. Für einige Sekunden wimmerte sie leise, dann verbot sie sich, auch nur einen Laut von sich zu geben. Sie musste nachdenken, analytisch vorgehen und hoffen, dass Willibald nach ihr suchte. Willibald! Der Gedanke an ihren Mann gab Hoffnung und schmerzte zugleich. Sie durfte nicht in diesem Gefängnis verrecken, ohne dass sie sich endgültig mit ihm ausgesprochen hatte.

Marianne erhob sich von der Pritsche. Schwindel wie Kopfschmerz verstärkten sich und sie rührte sich erst einmal nicht von der Stelle. Langsam ließ der Taumel nach. Sie machte einen Schritt vorwärts und streckte die Hände aus. Da sie kein Hindernis berührten, lief sie weiter, bis ihre Finger gegen eine raue, unverputzte Wand stießen, die sich allenfalls zwei Meter von ihrem Lager befinden konnte. Lautlos tastete sie sich an den Steinen entlang. An einer Ecke bog sie ab, folgte den Mauern ihres Gefängnisses, bis sie den Ausgangspunkt erreicht haben musste, eine Tür fand sie nicht. Hockte sie gefangen in einem Kellerloch, das nur über eine Falltür zugänglich war, oder auf einem Söller mit Luke?

Marianne ging in die Knie und verharrte in dieser Position. Erst nach einigen Minuten war sie fähig, den Boden abzutasten. Dabei versuchte sie krampfhaft, nicht daran zu denken, was der Entführer mit ihr anstellen könnte. Sie hatte die Fläche bereits ziemlich weit abgesucht und immer nur Beton gespürt, da hörte sie plötzlich ein Geräusch. Es kam von oben. Das Blut rauschte in ihren Adern, ihr Atem ging schneller. Das Herz schlug heftig. Am liebsten hätte sie sich versteckt, aber wo? Sie hatte keine Chance. Marianne nahm allen Mut zusammen und wagte, hochzuschauen. Sie erspähte Licht. Es fiel in drei äußerst schmalen Ritzen nach unten.

Das Geräusch verstärkte sich. Wahrscheinlich Schritte. Sie kamen näher. Am liebsten hätte Marianne laut um Hilfe geschrien, aber sie konnte den Schrei im letzten Moment unterdrücken. Während die Luke geöffnet wurde, warf sie sich auf die Pritsche. Helligkeit blendete sie. Schnell schloss sie die Augen. Sie hörte über sich jemanden hantieren. Trotz ihrer wachsenden Angst blinzelte sie kurz. Zuerst sah sie eine hölzerne Leiter. Sie lehnte oben gegen die Luke und führte in ihr Gefängnis hinab. Auf ihr stieg ein Mann die Stufen hinunter. Mit der linken Hand hielt er sich fest. In seiner Rechten sah sie etwas Blitzendes und ihre Glieder begannen unkontrolliert zu zucken. Ein Messer, schoss es durch ihren Kopf. Sie traute sich nicht, genauer hinzusehen, und schloss automatisch die Lider.

Obwohl sie am liebsten in Tränen ausgebrochen wäre, zwang sie sich, ganz ruhig zu atmen. Marianne spannte die

Muskeln an, um das ungewollte Zittern zu unterdrücken. Schließlich nahm sie allen Mut zusammen und musterte das vermeintliche Messer. Voller Panik erkannte sie eine Schere.

37

Pielkötter saß mit versteinerter Miene in seinem Lieblingssessel und versuchte vergeblich, sich zu entspannen. Sein Handy lag in Griffnähe auf einem kleinen runden Tisch neben einem Glas mit Wasser. In Gedanken spielte er wiederholt die Möglichkeiten durch, warum sich Marianne nicht meldete. Er suchte vor allem nach Gründen, die für sie keine Gefahr darstellten. Einer war ihm immerhin eingefallen: Marianne fühlte sich durch seine Nachrichten womöglich unter Druck gesetzt, weil ihre Entscheidung ausstand und sie sich auf dem Weg dorthin in einer wichtigen Phase befand, in der sie nicht gestört werden wollte.

Pielkötter erhob sich und lief eine Weile im Raum hin und her. Ob er Jan Hendrik so spät anrufen konnte? In dieser Situation war die Uhrzeit egal, fand er.

»Hallo, wen möchtest du sprechen, mich oder Nadine?«, fragte Jan Hendrik. »Allerdings sitzt sie gerade vor der Flimmerkiste und sieht nicht so aus, als ob sie gerne gestört werden wollte.«

»Nein, nein, es geht um deine Mutter«, kam Pielkötter sofort zur Sache. »Ich mache mir langsam Sorgen, weil ich seit

Stunden vergeblich versuche, sie zu erreichen. Auf meine Bitte, sich zu melden, hat sie bisher nicht reagiert.«

»Keine Ahnung.« Sein Sohn räusperte sich. »Warte mal ... wollte sie nicht heute mit ihrer Chefin ins Theater gehen? Großes Haus, Ballett, also nichts für dich.« Während Jan Hendrik stockte, lockerte Pielkötter seine Rechte, die bisher das Handy krampfhaft umklammert hatte. Nun gab es einen weiteren Grund für ihr Schweigen, mit dem er sich gut anfreunden konnte. »Vielleicht findet die Aufführung aber auch erst morgen statt. Ich bin nicht sicher.«

»Danke, du hast mir damit schon sehr geholfen. Und sobald du von ihr etwas hörst, sag mir Bescheid, auch wenn sie sich selbst nicht melden möchte. Bis dann.«

»Keine Grüße an deine Mitarbeiterin?«, fragte Jan Hendrik gespielt vorwurfsvoll.

»Doch, natürlich. Im Moment strömt einfach zu viel auf mich ein.«

Das Telefonat mit seinem Sohn hatte Pielkötter zwar etwas beruhigt, dennoch hatte er sich die Nacht unruhig im Bett herumgewälzt. Nach dem Aufwachen warf er unsinnigerweise einen Blick auf sein Handy, dessen Klingelton für eingehende Anrufe und Nachrichten er nicht abgeschaltet hatte. Niemals hätte er ihn überhört. Und tatsächlich zeigte auch das Display, dass niemand versucht hatte, ihn zu erreichen. Pielkötter erhob sich müde und schlurfte ins Bad. Er beeilte sich, um früh im Präsidium zu sein. Die Boutique, in der Marianne arbeitete, öffnete um zehn. Sofern sie sich bis dahin nicht gemeldet hatte, würde er dem Laden einen Besuch abstatten.

Missmutig fuhr Pielkötter seinen Dienstrechner hoch. Seit

gestern Abend hatte er keine Post erhalten. Er sah im Spamordner nach. Dort war mitten in der Nacht eine Mail eingegangen. Zuerst erschien sie ihm wegen der Uhrzeit interessant, dann sah er sich den Namen genauer an und stutzte. Sein Herz begann heftig zu schlagen. Kalter Schweiß trat auf seine Stirn. Der Account beim Freemail-Anbieter GMX trug den Namen Marianne.Schädel. Er kannte niemanden, der so hieß, ahnte jedoch, dass der Mörder sich dahinter verbarg und Marianne in seine Gewalt gebracht hatte.

Hallo, Herr Kommissar, sicher möchten Sie wissen, wie es Ihrer Frau geht, las er und ihm wurde schwindelig. *Sie befindet sich seit gestern in meinem Gewahrsam und sieht etwas verändert aus. Damit Sie sich das besser vorstellen können, habe ich Ihnen ein aussagekräftiges Bild angehängt. Selbstverständlich lasse ich Sie an der fortschreitenden Veränderung teilhaben. Bis bald.*

Pielkötter schluckte. Ein dicker Kloß in seinem Hals schien ihm die Kehle zuzudrücken und ihn am Atmen zu hindern. Das Blut rauschte durch seine Adern, weitere Schweißperlen traten auf seine Stirn. Er hatte sich noch nicht gefangen, da erschien Barnowski.

»Chef, was ist denn mit Ihnen los? Sie sehen aus, als wenn sie jeden Moment umkippen würden.«

»Er hat Marianne«, brachte Pielkötter mühsam hervor, dann versagte seine Stimme.

Barnowski eilte zu ihm und starrte auf den Bildschirm. »Am besten lassen Sie mich den Anhang öffnen.«

»Nein«, widersprach Pielkötter mit festerer Stimme. »Wir schauen uns das Bild gemeinsam an.«

Wie gebannt fixierten sie den Monitor mit dem Foto von

Marianne. Sie saß auf einem Stuhl. Ihre Hände hatte der Täter offensichtlich auf dem Rücken zusammengebunden, die Augen wirkten voller Angst. Die Haare auf der rechten Seite ihres Schädels waren abgeschnitten. Bei dem Anblick der kurzen Stoppeln krampfte sich Pielkötters Magen zusammen. Ein Gefühl der Machtlosigkeit übermannte ihn, zugleich verspürte er ungeheure Wut. Am liebsten hätte er in diesem Moment mit dem Täter etwas angestellt, das er als Polizeibeamter nicht einmal denken durfte.

Barnowski fing sich zuerst. »Scheiße«, spie er aus. »Aber wir werden ihn kriegen. Und zwar bevor er Ihrer Frau noch mehr antun kann. Ich gebe sofort die Fahndung raus.«

»Warten Sie! Wir schieben sie besser etwas raus. Ich möchte nicht riskieren, dass der Täter unter Zeitdruck gerät. Schließlich können wir nicht ausschließen, dass er selbst Polizist ist und diesen Schritt mitbekommt. Außerdem könnte ich es nicht ertragen, jetzt sofort von dem Fall abgezogen zu werden.«

»Gut, warten wir mit der Fahndung ab«, erwiderte Barnowski. »Bevor wir einen Schlachtplan für die Befreiung Ihrer Frau entwickeln, will ich Sie noch kurz über die Ergebnisse meiner Abfrage nach ähnlichen Fällen im Ausland informieren. In Deutschland hat es ja keine gegeben. Keine Ahnung, ob uns weiterhilft, was ich erhalten habe: Es gibt einen Fall mit gewissen Parallelen, allerdings liegt der dreißig Jahre zurück.«

»Welche Parallelen?«, fragte Pielkötter hellhörig.

»Punkt eins: Opfer war eine junge Polizistin. Punkt zwei: Blutiger Schriftzug auf ihrem Körper. *Fuck the slut* stand in der Akte. *Slut* kann man auch mit Schlampe übersetzen.«

»In England? Wo wurde die Tote denn gefunden?« Pielkötters Stimme zitterte leicht.

»In der Nähe von Oxford.«

»Sagten Sie Oxford?« Als habe ihn jemand gestochen, sprang Pielkötter vom Stuhl hoch. »Wir müssen sofort nach Münster. Die genaue Adresse ermitteln wir unterwegs.«

»Das verstehe ich jetzt nicht ganz«, erwiderte Barnowski irritiert.

Margarete Brinkmann lebte im Kreuzviertel. In der Umgebung standen viele gut renovierte Jugendstilbauten. Dagegen wirkte ihr Haus eher baufällig und bescheiden. Pielkötter hatte dafür keinen Blick. Er hoffte nur, dass Margarethe Brinkmann zu Hause war, mit Volkers Anwesenheit rechnete er nicht. Um seine Mutter nicht vorzuwarnen, hatten sie sich nicht angemeldet. Während er auf den Klingelknopf drückte, klopfte Pielkötters Herz bis zum Hals. Bald vernahm er schlurfende Schritte. Je näher sie kamen, desto stärker spannte er alle Muskeln an.

»Wer ist da?«, fragte eine Frauenstimme.

»Willibald Pielkötter. Ich bin ein Bekannter Ihres Sohnes. Neulich habe ich ihn zufällig getroffen. Dabei hat er mir erzählt, dass er im Moment bei seiner Mutter wohnt.«

»Volker ist nicht hier«, erklärte sie und Pielkötter verspürte große Angst, dass sie damit das Gespräch beenden würde.

»Vielleicht lassen Sie mich trotzdem kurz ins Haus. Ich zeige Ihnen auch gerne meinen Dienstausweis. Sie wissen doch, wie der aussieht. Soweit mir bekannt ist, war Ihr Mann doch auch bei der Polizei.«

Die Tür öffnete sich und Pielkötter erkannte eine Frau, deren Mundpartie ihn an Volker erinnerte. Er hielt ihr seinen Ausweis hin. »Das ist übrigens mein Mitarbeiter Barnowski. Wenn Sie mit mir vorliebnehmen wollen, kann er natürlich gerne draußen bleiben.«

»Nee, das geht schon in Ordnung. Ich bin ja froh, wenn ich mal jemanden zum Erzählen habe. Volker wohnt vorerst zwar offiziell bei mir, aber er ist kaum da. Er hat immer etwas anderes vor.«

»Gestern und heute auch?«, fragte Pielkötter hellhörig.

»Ja, leider, aber kommen Sie doch erst mal rein in die gute Stube. Darf ich Ihnen etwas anbieten, Kaffee, Tee oder etwas Kaltes?«

»Nein danke«, erwiderte Pielkötter schnell, ehe Barnowski sich äußern konnte. In seinem Kopf kreisten die Gedanken. Er wog das Für und Wider unterschiedlicher Strategien ab. Einerseits hätte er die wichtigen Informationen am liebsten sofort aus Margarete Brinkmann herausgepresst, andererseits war Vorsicht angesagt, um sie nicht misstrauisch werden zu lassen. Persönlich betroffene Ermittler von einem Fall abzuziehen, machte wirklich Sinn. Trotzdem würde er alles daransetzen, Marianne selbst zu retten.

»Was wollen Sie eigentlich von Volker? Also, mich wundert Ihr Besuch doch etwas, denn zu den Jungs von der Polizeiakademie hatte er keinerlei Kontakt mehr und jetzt möchten gleich zwei Beamte zu ihm.«

»Nun, mein Mitarbeiter hat mich hierhergefahren«, erwiderte Pielkötter. »Ich bin zurzeit gesundheitlich etwas angeschlagen und nur bedingt einsatzfähig, sonst hätte ich Sie allein aufgesucht.« Das war nicht einmal gelogen und aus Plötsches Sicht sogar die volle Wahrheit. »Es geht um einen ehemaligen Kommilitonen, den Ihr Sohn zumindest von früher her kennt. Wenn ich ihn zu dem gemeinsamen Bekannten befragen könnte, wäre mir das möglicherweise eine große Hilfe. Deshalb müsste ich dringend mit ihm sprechen.« Pielkötter brach der Schweiß aus. Am liebsten hätte er sich über die feuchte Stirn gewischt. Er begab sich mit seiner Taktik auf hauchdünnes Eis, auch wenn er nicht davon ausging, dass Volker Brinkmann in der jetzigen Phase seines Plans für seine Mutter erreichbar sein wollte. Falls sie dennoch vorschlug, ihren Sohn anzurufen, kam er aus dieser Nummer kaum heraus.

»Tut mir wirklich leid, Volker ist manchmal etwas komisch. Er igelt sich ein, lässt mich selten Anteil an seinem Leben nehmen. Ich habe ihn vorgestern Morgen das letzte Mal gesehen. Da hatte er einen kleinen Koffer dabei. Als er gegangen ist, musste ich regelrecht um eine Erklärung betteln. Er hat gesagt, er müsse ein paar Tage in Ruhe nachdenken, ob er für immer hierbleiben oder doch wieder nach England gehen möchte.«

»Ist er mit seinem Wagen weggefahren?«, schaltete sich Barnowski ein.

»Volker ist mit dem Flugzeug nach Deutschland gekommen.«

»Er ist vorgestern zu Fuß mit dem Koffer fort?« Pielkötter runzelte die Stirn.

»Nein, er hat sich einen Mietwagen genommen.«

Barnowski wechselte einen vielsagenden Blick mit Pielkötter und erhob sich. »Chef, ich gehe mal kurz vor die Tür, um eine Zigarette zu rauchen.« Mit einem Lächeln wandte er sich an Margarete Brinkmann. »Entschuldigen Sie mich. Leider habe ich mir das Laster noch nicht abgewöhnt.«

»Klingeln Sie einfach, wenn Sie fertig sind.«

»Und Sie haben keine Ahnung, wohin Volker wollte?«, fragte Pielkötter, nachdem Barnowski den Raum verlassen hatte.

»Nein, er hat nichts erzählt. Der Junge war ja schon immer so verschlossen. Ich habe auch nie erfahren, was damals auf der Polizeiakademie passiert ist. Hab nur gemerkt, wie verzweifelt und enttäuscht er war, dass sie ihn nicht mehr haben wollten.«

Brinkmann hat die Ausbildung also nicht freiwillig abgebrochen, überlegte Pielkötter. Leider half ihm diese Erkenntnis herzlich wenig, solange er nicht wusste, wo er sich aufhielt. »Hatte Volker früher einen Lieblingsort? Vielleicht besitzen Sie auch eine Laube oder ein Wochenendhaus. Kennt er eine einsam gelegene Hütte, in der er in Ruhe nachdenken kann?«

Margarete Brinkmann legte die Stirn in Falten und schwieg, was Pielkötters Nerven bis zum Äußersten strapazierte. »Gerade ist mir eine Idee, gekommen«, antwortete sie endlich. »Sie ist sehr abwegig, weil das alles schon so lange her ist.«

»Egal, wie unwahrscheinlich Ihnen das auch erscheinen mag, sprechen Sie es bitte aus.« Da die Schweißperlen in seine Augen zu tropfen drohten, wischte Pielkötter nun doch kurz mit der Hand über seine Stirn.

»Mein Mann hat die Jagd geliebt, auch wenn ich das nie verstehen konnte«, erklärte sie. »Eine Weile hat sich Kurt mit einigen Bekannten an einem Revier beteiligt. Dazu gehörte auch eine Hütte zum Übernachten. Gegen meinen Willen hat er Volker ein paar Mal mitgenommen. Der Junge war ganz begeistert davon.«

»Wo war das?«, fragte Pielkötter bemüht, sich seine Erregung nicht anmerken zu lassen.

»Genau weiß ich das nicht. Irgendwo in der Hohen Mark. Aber warten Sie mal. Der Erwin Rossmann, sein ehemaliger Freund, müsste das wissen. Der lebt nämlich noch.«

»Hier in Münster?«

»Ja, in Hiltrup.«

»Möglicherweise haben Sie mir damit sehr geholfen.« Pielkötters Stimme klang heiser. Er erhob sich eilig und schüttelte ihr die Hand. »Machen Sie es gut.«

Vor der Tür stieß er fast mit Barnowski zusammen, der gerade anklingeln wollte.

38

Volker Brinkmann setzte sich mit einem Glas Rotwein auf eine gepolsterte Eckbank. Vor ihm auf dem Tisch brannte eine batteriebetriebene LED-Lampe, die Fensterläden der Hütte hatte er nicht geöffnet. Den Merlot hatte er sich aus zwei Gründen verdient. Erstens war sein genialer Plan bisher super aufgegangen und zweitens brauchte er sich jetzt nicht mehr das Gekreische der Schlampe anzuhören. Er hatte ihr einen kräftigen Schlag ins Gesicht verpasst und danach hatte sie sich still verhalten. Er nippte an dem Glas, dann trank er einen ordentlichen Schluck.

Als er sich Willibald beim Betrachten des Mailanhangs vorstellte, lächelte er. Dieser Schlaumeier tappte blind herum. Es gab keine Spur, die zu ihm und zu dieser Hütte führte. Trotzdem musste er vorsichtig sein und die Dauer der Gefangenschaft wohl abwägen. Abgesehen von dem Geschrei vorhin genoss er die Situation, die Angst in Mariannes Augen, die Vorstellung, wie sehr sich der Hauptkommissar wegen seiner Frau in die Hosen machte. Er hielt alle Fäden in der Hand und ließ die Puppen nach seinem Willen tanzen.

Obwohl es ihm schwerfallen würde, die Sache zu beenden, rückte das Finale unweigerlich näher. Er hatte nicht vor, ewig in dieser wenig komfortablen Hütte mit den verschlossenen Fensterläden auszuharren. Außerdem käme seine Mutter nachher auf die Idee, ihn als vermisst zu melden. Am besten rief er sie an und wog sie in Sicherheit.

Sein größtes Risiko jedoch hieß Marianne, auch wenn es zunächst so einfach gewesen war, ihr K.-o.-Tropfen in den Tee zu träufeln und sie zu seinem Wagen zu bugsieren. Er hatte nicht einmal die aufgezogene Spritze benutzen müssen. Trotzdem war der Vorrat an Betäubungsmitteln inzwischen fast aufgebraucht. Leider konnte er nicht ausschließen, dass irgendwelche Spaziergänger der Hütte zu nah kamen, schlimmstenfalls in dem Moment, wenn die Gefangene gerade losschrie. Wahrscheinlich drang kaum etwas durch die Luke und die Holzwände nach außen, dennoch blieb ein gewisses Restrisiko. Zwischendurch hatte er sie geknebelt. Daran wäre sie fast erstickt, und sie sollte nicht sterben, bevor er das beschlossen hatte.

Er nahm noch einen kräftigen Schluck und genoss es, wie der Wein seine Kehle wärmte. Wenn er seine Mission mit dem Mord an Marianne als Höhepunkt beendet hatte, würde er in sein normales Leben zurückkehren. Vielleicht sogar nach England. Er drückte das Glas in seiner Hand so heftig, als wolle er es zerquetschen. Nachdenklich erhob er sich, um Mariannes Aussehen weiter zu verändern. Pielkötter freute sich bestimmt auf ein zweites Foto. Bei dem Gedanken verzog er den Mund zu einem hässlichen Grinsen. Und vor dem endgültigen Finale rief er besser seine Mutter an.

39

Volker Brinkmann hatte den Wagen zum Glück unter seinem Namen gemietet und die Fahndung nach dem Mietauto lief. Allerdings hatten Pielkötter und Barnowski bisher keine Verstärkung angefordert und zu der Hütte geschickt, deren Lage der ehemalige Freund von Kurt Brinkmann genau beschrieben hatte. Pielkötter befürchtete, dass Volker vorzeitig aufgeschreckt werden könnte.

Je näher sie dem Ziel kamen, desto heftiger klopfte sein Herz. Barnowski bog in einen Waldweg ein, der nur Platz für ein Fahrzeug bot. Barnowski fuhr langsam, der Motor war leise, trotzdem dröhnte er höllisch in Pielkötters Ohren. Seine Nerven fühlten sich an wie zum Zerreißen gespannt. Wenn Marianne etwas passieren würde, weil er sie durch seinen Beruf in diesen perversen Sumpf hineingezogen hatte, würde er sich das niemals verzeihen.

»Da vorne links«, bemerkte Barnowski.

Pielkötter sah in die angegebene Richtung und erkannte halb im Gebüsch versteckt den Wagen, den Brinkmann gemietet hatte. Nur wenige Meter dahinter tauchte die Jagdhütte auf. Der Eingang befand sich genau in der Mitte, zu beiden Seiten je ein Fenster. Hölzerne Blenden verschlossen die Sicht ins Innere.

»Halten Sie besser an!«

Barnowski parkte mitten auf dem Waldweg und blockierte so die Ausfahrt. Mit einem dicken Kloß im Hals stieg Pielkötter aus. Während sie sich der Hütte näherten, mieden sie den Weg, nutzten lieber die Bäume und Sträucher zur Deckung. Pielkötters Atem ging so schwer, als liefe er Marathon. Kurz vor dem Ziel zogen sie sich tiefer ins Gebüsch zurück. An der rechten Seite der Hütte gab es ein weiteres Fenster. Sie kämpften sich vorwärts, bis sie durch die Spalten in den Blenden nicht mehr gesehen werden konnten, dann traten sie aus dem Dickicht heraus. Pielkötter gab Barnowski ein Zeichen und sie entsicherten ihre Dienstwaffen. Anschließend trennten sie sich, um die Hütte aus unterschiedlichen Richtungen zu umrunden. Sie trafen sich auf der linken Seite.

»Keine zweite Tür«, flüsterte Barnowski, der an der Rückseite entlanggeschlichen war. »Wie gehen wir vor?«

»Zuerst fordern wir Verstärkung an«, erwiderte Pielkötter mit seltsam ruhiger Stimme. »Aber wir warten nicht ab, bis die Kollegen hier sind. Wir müssen da jetzt rein. Jede weitere Minute birgt die Gefahr, dass Brinkmann Marianne etwas antut.«

Barnowski nickte. »Ich bin bereit.«

Mit vorgehaltener Waffe schlichen sie zum Eingang. Bisher war kein Laut zu ihnen herausgedrungen. Pielkötter legte sein

Ohr an das Holz. Er konnte nichts hören. Angespannt trat er zurück und zielte mit seiner Pistole auf das Schloss. Es krachte. Im nächsten Moment warf er sich mit der gesunden Schulter gegen die Tür. Er betrat die Hütte. Barnowski folgte ihm. Innen herrschte Dunkelheit. Pielkötter betätigte den Lichtschalter und ging sofort in Deckung. Auf den ersten Blick befand sich niemand in dem Raum mit zwei Schlafkojen und einer Eckbank mit Tisch davor. Es gab nur eine weitere Tür, dahinter vermutete er eine Toilette. Verdammt, wo steckte Brinkmann? Und vor allem: Wo hatte er Marianne versteckt? Er würde ja wohl nicht mit ihr draußen im Wald sein, es sei denn … Pielkötter verspürte einen stechenden Schmerz in seinen Eingeweiden und er zwang sich, den grauenvollen Gedanken beiseitezuschieben. Er musste professionell vorgehen, durfte sich keinen Fehler leisten. Gerade in dieser Situation.

Sie durchsuchten jeden Winkel der Hütte, sahen in jedem noch so winzigen Schrankfach nach, ohne einen Hinweis zu finden.

»Der hat sich abgesetzt«, flüsterte Barnowski, obwohl er nicht davon ausging, dass ihn außer Pielkötter jemand hören konnte. »Vielleicht hat er inzwischen seine Mutter angerufen oder sie ihn. Dadurch ist er gewarnt.«

In Pielkötters Kopf ratterten die Gedanken. »Ohne Wagen?« Er mochte sich keine Flucht zu Fuß vorstellen, zumal das bedeuten würde, dass er Marianne sicher nicht mitgenommen hatte, jedenfalls nicht lebend. Vor seinem geistigen Auge tauchte plötzlich das Foto auf. Er konzentrierte sich auf den Hintergrund. Es war nicht in dieser Hütte aufgenommen worden. Warum hatte er das bisher übersehen? Marianne hatte eher in einem kleinen Verschlag oder Kellerloch gesessen.

Automatisch wanderte Pielkötters Blick nach unten. Er suchte den Holzboden ab. Ein einfacher bunter Webteppich war etwas verrutscht und ließ die Umrisse einer Luke erkennen.

Schweißtropfen bildeten sich auf seiner Stirn. Stumm zeigte er auf die Stelle. Barnowski nickte. Was sollten sie nur tun? Pielkötter hatte sich in seinem Leben niemals so unsicher gefühlt. Egal, wie er jetzt handelte, das Ergebnis war kaum absehbar. Plötzlich schien ein Ruck durch seinen Körper zu gehen, alle Muskeln spannten sich an. Er musste es versuchen. Jetzt! Sie durften nicht länger warten. Jede Sekunde, die er verstreichen ließ, stellte ein zusätzliches Risiko dar. Marianne lebte, das glaubte er nun ganz deutlich zu spüren.

Lautlos näherten sie sich der Luke. Pielkötter stemmte den Deckel hoch. In dem Kellerloch befand sich kein Licht. Die Helligkeit, die von oben nach unten fiel, reichte jedoch, um Marianne zu erkennen. Seine Frau! Mit der Spitze einer Schere an ihrem Hals. Panik in ihren Augen. Pielkötter konnte den Anblick kaum ertragen.

»So hast du dir unser nächstes Treffen wohl nicht vorgestellt«, höhnte Brinkmann und verzog seine Miene zu einer hässlichen Fratze. »Ich nehme an, du bist allein. Willst den Helden spielen. Jeder andere Bulle hätte Verstärkung angefordert, aber du bevorzugst das ganz persönliche Duell. Okay, das kannst du haben.« Offensichtlich hatte er Barnowski noch nicht entdeckt, und Pielkötter hoffte inständig, dass er weiterhin außerhalb von Brinkmanns Sichtfeld blieb. »Ich lasse Marianne laufen, wenn du dich in meine Obhut begibst«, fuhr Brinkmann höhnisch fort. »Kleiner Geiseltausch, wenn du so willst. Dazu wirfst du als Erstes deine Dienstwaffe zu mir hinunter.«

Pielkötter zögerte. Er wusste genau, dass Volker das Angebot nicht einhalten würde.

»Na wirds bald? Nachher rutsche ich noch mit der Hand aus und durchtrenne deiner Braut versehentlich die Halsschlagader.«

»Ja ich bin allein hier, das hast du gut erkannt. Okay, ich gehe auf deinen Vorschlag ein«, erwiderte Pielkötter, um Brinkmann in Sicherheit zu wiegen und Zeit zu gewinnen. Seine Stimme hörte sich fremd an. Auf seiner Stirn bildete sich noch mehr Schweiß. »Aber vorher möchte ich wissen, warum du die beiden Polizistinnen getötet hast.«

Brinkmann grinste schief. »Gelegenheit macht Diebe, wie man so schön sagt.«

»Willst du diese brutalen Morde etwa mit Diebstahl vergleichen? Und welche Gelegenheit? Das musst du mir schon näher erklären.«

»Du selbst warst der Auslöser, du und unser zufälliges Zusammentreffen.«

»Tut mir leid, das verstehe ich nicht.«

»Schluss jetzt mit der Hinhaltetaktik. Wirf endlich die Waffe runter, sonst garantiere ich für nichts!«

Pielkötter schleuderte sein Walther P99 nach unten. Krachend schlug sie auf den Betonboden auf, dann ertönte ein Schuss. Brinkmann fluchte. Seine Hand blutete und er ließ die Schere fallen. Während Marianne sich von ihm löste, erschien Barnowski neben Pielkötter. Seine Waffe zielte auf Brinkmann. Mit wutverzerrter Miene nahm er die Arme nach oben.

40

Pielkötter hatte den Fall nach Mariannes Befreiung sofort an die Düsseldorfer Polizei abgeben müssen. Mit versteinerter Miene saß er Volker Brinkmann im Vernehmungsraum des Präsidiums der Nachbarstadt gegenüber. Das offizielle Verhör hatte bereits durch die Kollegen Rainer Schauer und Ahmet Yilmaz stattgefunden. Da Pielkötter Schauer kannte, bekam er die Gelegenheit, inoffiziell mit Brinkmann zu sprechen. Pielkötter bedauerte, in dem Fall nicht mehr zu ermitteln, auch wenn es dafür gute Gründe gab. Zumindest fühlte er große Erleichterung darüber, dass keiner der verdächtigen Polizisten die Straftaten begangen hatte, der Täter also nicht zu ihnen gehörte.

»Warum?« Pielkötter fixierte Brinkmann mit seinem Blick. Seine Stimme hörte sich fremd an. »Sie haben mir noch keine richtige Erklärung gegeben, warum unser Treffen der Auslöser gewesen sein soll.« Ohne darüber eine bewusste Entscheidung getroffen zu haben, war Pielkötter zum Sie übergegangen. Er empfand sein Gegenüber nicht länger als alten Bekannten, sondern als überführten Täter.

»Ich bin nicht für einen kurzen Besuch nach Münster zurückgekehrt, wie ich dich und meine Mutter glauben ließ. Als ich meine Zelte in Oxford abgebrochen habe, hat die Wut mich fast aufgefressen. Ich habe mich für meinen Onkel und seine Firma abgerackert.« Verächtlich verzog Brinkmann sein Gesicht, dann presste er die Luft durch seine schmalen Lippen. »Obwohl der alte Scheißkerl mich gar nicht zum Teilhaber gemacht hat, wie ich dir erzählt habe. Er hat mir immer schön die Wurst vor die Schnauze gehalten und im letzten Moment weggezogen. Nach seinem Tod hat er die Firma komplett einer Nichte vermacht, die ihm nur Honig um den Bart geschmiert hat, ohne jemals einen Handschlag für die Firma getan zu haben. Meine Wut galt nicht nur der Erbin. Die Erinnerung kam einfach wieder hoch. Frauen haben mir immer schon übel mitgespielt. Bereits damals.« Brinkmann seufzte tief. »Also, auf der Polizeiakademie. Erinnerst du dich an die rotblonde Linda? Linda Köstner. Die hat damals doch fast allen den Kopf verdreht.«

Pielkötter nickte, obwohl der Name ihm im Moment nicht viel sagte. Auf jeden Fall musste er Brinkmann dazu bringen, dass er weitererzählte.

»Mit mir hat sie rumgeflirtet, was das Zeug hält. Nachdem ich sie angefasst habe, wollte sie plötzlich einen Rückzieher machen. So was geht nicht. Auch als Mann darf man sich nicht alles gefallen lassen. Erst scharfmachen und dann einfach ...« Brinkmann schnaubte. »Das Schlimmste war jedoch, dass sie mich angezeigt hat. Tja, diese Hexe hat mit einem Schlag meine Karriere bei der Polizei zerstört. Wegen dieser blöden Schlampe hat man mich rausgeschmissen.«

»Das habe ich nicht gewusst«, erwiderte Pielkötter überrascht.

»Kein Wunder. Wurde auch nicht an die große Glocke gehängt. Und ich selbst habe den wenigen Bekannten, denen ich unbedingt einen Grund für meinen Abgang präsentieren musste, von dem tollen Angebot meines Onkels erzählt. Tatsächlich hat er mich eher widerwillig in seiner Firma eingestellt.« Brinkmann knallte seine Faust auf den Tisch. »Wenn Linda, dieses miese Miststück, mir damals nicht alles vermasselt hätte, säße vielleicht ich heute auf deinem Posten. Mit der Schlampe hat alles angefangen, sie hat mein Leben zerstört.«

»Aber warum haben Sie unschuldige Polizistinnen umgebracht? Außerdem verstehe ich immer noch nicht ganz meine Rolle in …«

»Guck sie dir an«, fiel Brinkmann ihm ins Wort. »Die sind doch alle gleich. Wackeln mit ihren Ärschen, anschließend zeigen sie dir die kalte Schulter.« Er setzte ein spöttisches Grinsen auf.

»Kommen Sie auf den Punkt. Was hat das alles mit mir zu tun?«

»Als ich dich wiedergetroffen habe, arbeitslos und frustriert, war das wie eine Art Déjà-vu für mich. Du hattest alles, was ich eigentlich haben wollte. Eine Karriere bei der Polizei und sogar … Marianne. Du wirst es kaum glauben, aber damals habe ich mich auch in sie verguckt.«

Dieses Bekenntnis hatte Pielkötter nicht erwartet, obwohl Marianne etwas in der Richtung vermutet hatte. Aber sie war sich nicht sicher gewesen, als sie vor ein paar Tagen darüber gesprochen hatten, und er hatte der Angelegenheit nicht viel Bedeutung beigemessen, zumal das so lange zurücklag. Bei dem Gedanken, dass Brinkmann sie damals angefasst haben könnte, wurde er jedoch wütend. Pielkötter versuchte, seine Gefühle zu verbergen. Diesen Triumph wollte er Brinkmann auf keinen Fall gönnen.

»In gewisser Weise habe ich dich bereits in unserer gemeinsamen Studienzeit gehasst.« Brinkmann verzog das Gesicht zu einer Grimasse. »Du wusstest immer die richtige Antwort, hast die besten Klausuren geschrieben und zu allem Überfluss die schärfste Braut abbekommen. Ich kann dir gar nicht beschreiben, welche Flutwelle von Wut unser unerwartetes Wiedersehen bei mir ausgelöst hat.« Brinkmann tippte sich an die Stirn, dann auf seinen Oberarm. »Aber endlich kam mir eine Idee, wie ich damit umgehen konnte. Machtkampf, weißt du, Kräftemessen. Wer ist der Clevere von uns beiden? Okay, offiziell hattest du mehr erreicht als ich, ob du allerdings so schlau bist wie ich, musste erst noch geklärt werden. Mit jedem Mord bin ich dir nähergekommen und habe dich stärker herausgefordert. Leider hast du gewonnen. Ich habe dich unterschätzt.«

»Sie haben sich also nicht irgendwelche Polizistinnen für den Rachefeldzug ausgesucht, sondern zunächst Opfer aus meinem Zuständigkeitsbereich«, kommentierte Pielkötter. »Woher wussten Sie eigentlich, dass Imke Bielstett nicht zur Polizei in Duisburg gehörte und ich damit ermitteln würde?«

Brinkmann kratzte sich am Kopf und ließ sich Zeit. Schließlich lächelte er schief und setzte zu einer Erwiderung an. »Um ehrlich zu sein, hätte ich die Sache fast versiebt. An Zuständigkeiten habe ich überhaupt nicht gedacht, als ich meine Opfer ausgesucht habe. Die Bielstett und die Gerstner sind in ihren Uniformen auf dem Gelände des Duisburger Präsidiums rumgelaufen, waren da wohl zu einer Besprechung, jedenfalls trug die Gerstner einen Aktenordner unter dem Arm. Der Zufall ist mir einfach zu Hilfe gekommen, so einfach ist das. Ich muss ja auch mal Glück haben.« Er lacht höhnisch. »Als ich Franziska Gerstner erwürgt habe, wusste ich allerdings bereits, dass sie zur Hauptwache Moers gehörte. Mit ihr habe ich mich sogar länger unterhalten. Ich habe ihr vorgegaukelt, mein Sohn wolle zur Polizei, und sie um Informationen gebeten.«

Pielkötter dachte an die Fortbildung, in der der Referent Psychopathen in verschiedene Kategorien eingeteilt hatte. »Nach den beiden Morden hat es Ihnen aber nicht mehr gereicht, sich als schlauer zu erweisen, weil wir Ihnen nicht auf die Spur gekommen sind«, erklärte er. »Sie brauchten einen weiteren Kick, wollten mir zeigen, dass ich nicht in der Lage bin, mir Nahestehende vor Ihnen zu beschützen. Aus diesem Grund haben Sie zuerst meine Mitarbeiterin Nadine Schönling ins Visier genommen und anschließend sogar meine Frau.«

Brinkmann nickte und sah Pielkötter direkt an. »Wahrscheinlich stimmt das. Im Nachhinein muss ich leider erkennen, dass meine Macht dazu nicht ausgereicht hat. Ich habe verloren.«

»Woher kannten Sie eigentlich Mariannes Adresse? Ihr Anschluss steht nicht im Telefonbuch, und ich kann mir keine Behörde vorstellen, die Ihnen Auskunft gegeben hätte.«

Brinkmann tippte sich an die Stirn. »Ich bin halt ein cleveres Kerlchen. Und mein Gedächtnis funktioniert tadellos.« Er bedachte Pielkötter mit einem spöttischen Blick. »Sicher hast du es vergessen, aber bei unserem Treffen in Münster hast du mir erzählt, dass Marianne in einer Boutique in der Innenstadt arbeitet. Ich habe es aus dir herausgekitzelt, obwohl ich zu diesem Zeitpunkt nicht einmal ansatzweise geahnt habe, was ich mit dieser Information anfangen würde.« Pielkötter erinnerte sich an Brinkmanns Vorwurf, seine Frau in die Hausfrauenrolle gedrängt zu haben. Weil es ihn gereizt hatte, Brinkmann zu widersprechen, hatte er Mariannes Berufstätigkeit erwähnt.

»Wahrscheinlich wolltest du mir zu verstehen geben, dass du nicht so konservativ bist, wie ich es vermutet hatte.«

»Und die Adresse?«

»Deine herauszubekommen, war ja nicht schwer. Ich habe mich dann etwas in der Nachbarschaft umgehört und schnell feststellen müssen, dass ihr nicht mehr zusammenlebt, aber Kontakt haltet. Du Schlitzohr hast mir davon gar nichts erzählt. Jedenfalls habe ich aus deiner Geheimniskrämerei geschlossen, dass die Trennung nicht von dir ausging und du Marianne zurückhaben willst. Die Info hat mir jede Menge Schadenfreude und Genugtuung bereitet, sage ich dir.«

Brinkmann grinste, als hätte er eben erst davon erfahren. »Obwohl das meinen Plan verkompliziert hat, denn nun musste ich Mariannes neue Adresse herausbekommen. Ich habe etliche Boutiquen in der Stadtmitte abtelefonieren müssen und nach einer Marianne Pielkötter gefragt, bis ich endlich fündig geworden bin. Dafür war anschließend alles einfach. Ich habe mich auf die Lauer gelegt und bin ihr nach Ladenschluss bis zu ihrer Wohnung gefolgt. Dass sie den Weg zu Fuß zurückgelegt hat, hat mir die Sache ziemlich erleichtert. Allerdings ... « Brinkmann legte die Stirn in Falten. »Wie vorhin schon erwähnt hätte ich die Sache nicht übertreiben dürfen. Du hast dir Marianne nicht wegnehmen lassen und bist mir auf die Schliche gekommen. Für diesen Fehler werde ich büßen.«

»Sie irren in zweierlei Hinsicht«, entgegnete Pielkötter mit hochgezogenen Brauen und unüberhörbarer Schärfe in seiner Stimme. »Erstens hätte ich auch die beiden ersten Morde alleine aufgeklärt, zweitens dürfen Sie die Schuld für Ihre Misserfolge nicht anderen Menschen geben. Nur Sie persönlich sind dafür verantwortlich, dass Sie das Studium abbrechen mussten und damit eine Abwärtsspirale in Gang gesetzt haben. Übergriffige Männer haben im Polizeidienst wirklich nichts zu suchen.«

213

»Du kannst doch überhaupt nicht beurteilen, wie die Schlampe mich hereingelegt hat.« Brinkmanns Hals rötete sich und er fuchtelte mit den Händen wild in der Luft herum.

»Ich kann mir nur schwer vorstellen, dass jemand, der drei unschuldige Frauen umgebracht hat und auch vor Vergewaltigung nicht zurückschreckt, das Nein einer Frau akzeptiert.«

»Wieso drei und wieso glaubst du, dass du mir auch ohne Marianne auf die Schliche gekommen wärst?«

»Der Mord in Oxford ist Ihnen zum Verhängnis geworden. Einer nach demselben Muster. Erstaunlich, dass rund dreißig Jahre bis zum Nächsten vergangen sind.«

Brinkmann zog die Stirn kraus. Er schien zu überlegen, ob er es Pielkötter wirklich erklären sollte, seufzte tief und begann endlich zu sprechen. »Meine Wut hatte sich nach der ersten Tat gelegt. Vor allem aber wäre ich beinahe erwischt worden. Es gab eine Zeugin. Zum Glück war die etwas sehbehindert und hat mich nicht richtig erkannt.« Brinkmann lachte hysterisch. »Auch ich habe nicht nur Pech. Außerdem hatte ich inzwischen eine gute berufliche Perspektive. Wie gesagt hat mein Onkel mich glauben lassen, mir die Firma zu vererben. Es käme nur auf meinen Fleiß und gutem Willen an, hat er immer getönt.«

Während Brinkmann unerwartet in sich zusammensackte, musterte Pielkötter ihn mit verächtlichem Blick. »Ich hoffe, Sie erhalten eine gerechte Strafe«, erklärte er und erhob sich.

Epilog

Nach der traumatischen Entführung und ihrer Gefangenschaft hätte Pielkötter Marianne gerne Zeit gewährt, eine Entscheidung über ihr künftiges Leben zu treffen, aber sie hatte die von ihr selbst gewählte Frist so wenig wie möglich überschreiten wollen. Auf Pielkötters Wunsch hin saßen sie nun in dem ruhig gelegenen Dreigiebelhaus unweit des Innenhafens. Er hatte in dem wohl ältesten Haus Duisburgs einen Tisch reserviert, weil er sowohl das Essen als auch die Atmosphäre mochte. Tradition, Bestand und Verlässlichkeit, sinnierte er, Werte, die er sich ebenso in der Beziehung mit Marianne sehnlichst wünschte. Der Ort für dieses wichtige Gespräch war ihm symbolisch erschienen. Außerdem hatte Barnowski die Location in seine Erinnerung gebracht. Sein Mitarbeiter hatte hier gestern seine Versöhnung mit Gaby gefeiert und der Mutter seines Kindes einen Heiratsantrag gemacht.

Pielkötter betrachtete Mariannes Gesicht, das ihm so vertraut war und doch so viele unlesbare Gedanken hinter der hohen Stirn verbarg. Seine Frau wirkte immer noch mitgenommen und verletzlich. Die Wangen erschienen ihm etwas eingefallen, ihre Augen strahlten nicht so wie sonst. Ihre Haut war auffällig blass. Ungewollt wanderte sein Blick zu der Kurzhaarperücke, die schmerzhaft an das erinnerte, was ihr zugestoßen war. Wie gerne hätte er ihr erklärt, sie stets zu beschützen, aber das kam ihm zu altbacken vor. Stattdessen ergriff er ihre Hand, streichelte über ihre bleiche Wange, eine Geste, die bisher nicht zu seinem bescheidenen Repertoire gehörte, Zuneigung auszudrücken. Von der kurzen Berührung ging für ihn etwas Unerklärliches aus und er hoffte, Marianne spürte das ebenfalls.

»Du wartest sicher sehnlichst auf eine Antwort«, erklärte sie, nippte an ihrem Weinglas und sah ihn an.

Pielkötter entgegnete nichts, hatte auch nicht den Eindruck, dass es von Nöten sei. Marianne kannte ihn. Das bedeutete Fluch und Segen zugleich. Wortlos erwiderte er ihren Blick, registrierte, wie sich ihre Lider senkten. Warum begehrte er sie wie am ersten Tag?

»Ich habe mich entschieden.« Mit diesem Satz schwand sein Sehnen, er entzog ihm den Boden unter den Füßen. Seine rechte Hand umklammerte das Bierglas so fest, als wolle sie es zerbrechen. Er wagte nicht, Marianne direkt anzuschauen, befürchtete, sie könne seine Gefühle erraten. »Nicht erst jetzt, nach dem schrecklichen Erlebnis«, stellte sie klar. »Ich habe es dir bereits an dem Abend mitteilen wollen, als Volker aufgetaucht ist.« Pielkötter vernahm ihre Worte wie aus der Ferne. Unnatürlich schnell rauschte das Blut durch seine Adern. Ihm kam es vor, als sei er in einem lebensbedrohlichen Einsatz. Schweißtropfen traten auf seine Stirn. »Willibald, hörst du mir überhaupt zu?«, fragte Marianne.

Pielkötter rief sich zur Räson und wandte sich ihr wieder zu. »Ja, natürlich.« Doch wollte er wirklich hören, was sie zu sagen hatte?

»Ich ziehe zu dir zurück. Auch wenn ich jetzt schreckliche Angst um dich haben werde. Nachdem ich die Gefahr selbst gespürt habe, der du in deinem Beruf ausgesetzt bist, werde ich nun jeden Tag noch mehr als früher darum bangen, dass du gesund heimkehrst.«

Hatte er sich verhört? Er konnte ihre Worte kaum fassen.

Nur langsam sickerte ihre Bedeutung zu ihm durch. Am liebsten wäre er aufgesprungen und hätte sie in seine Arme gerissen, aber er war unfähig, sich zu rühren. Mariannes liebevoller Blick tastete an ihm entlang, veränderte sich. Sorge stand plötzlich in ihren Augen. Er musste endlich reagieren.

»Du musst keine Angst um den Hauptkommissar haben«, brachte er mühsam hervor. »Beinahe hätte ich dich verloren. Wegen meines Berufs, wegen meines Ehrgeizes. Hätte ich den Fall sofort abgegeben, hätte Brinkmann den Machtkampf gewonnen und dich nicht entführen müssen.« Er griff über den Tisch und nahm ihre Hand. »Die Polizeihochschule sucht Dozenten. Ich glaub, das wäre etwas für mich.«

Besonderer Dank für Konstruktive Kritik, Korrektur
und fachliche Informationen

Sabrina Komoßa
Ingo Wegner
Joachim Scharenberg

ganz besonders meiner Lektorin Dr. Anette Kleszcz-Wagner
für wertvolle Anregungen und Korrektur

Weitere Krimis aus dem Ruhrgebiet von Irene Scharenberg

Die Sünderinnen
Paperback, 186 Seiten, ISBN 978-3-935263-70-2

Gefährliches Doppel
Paperback, 191 Seiten, ISBN 978-3-935263-89-4

Im Kreis der Sünder
Paperback, 199 Seiten, ISBN 978-3-95475-004-7

Ein Fall zu viel
Paperback, 200 Seiten, ISBN 978-3-95475-076-4

Versteckte Gifte
Paperback, 221 Seiten, ISBN 978-3-95475-100-6

Doch der Tod wartet nicht
Paperback, 204 Seiten, ISBN 978-3-95475-129-7

Einmal morden ist nicht genug
Paperback, 207 Seiten, ISBN 978-3-95475-207-2

Näher als du glaubst
Paperback, 247 Seiten, ISBN 978-3-95475-222-5

Tödliches Bad
Norderney-Krimi
Paperback, 238 Seiten, ISBN 978-3-95475-167-9

Stirb zweimal
Norderney-Krimi
Paperback, 208 Seiten, ISBN 978-3-95475-198-3